采莲浜苦情录

CAI LIAN BANG KU QING LU

范小青

长篇小说系列

FAN XIAO QING

人民文学出版社

图书在版编目（CIP）数据

采莲浜苦情录／范小青著. —北京：人民文学出版社，2015
（范小青长篇小说系列）
ISBN 978-7-02-010981-4

Ⅰ.①采… Ⅱ.①范… Ⅲ.①长篇小说—中国—当代 Ⅳ.①I247.5

中国版本图书馆 CIP 数据核字（2015）第 120704 号

责任编辑　包兰英
装帧设计　陶　雷
责任印制　史　帅

出版发行　人民文学出版社
社　　址　北京市朝内大街 166 号
邮政编码　100705
网　　址　http://www.rw-cn.com

印　　刷　北京季蜂印刷有限公司
经　　销　全国新华书店等

字　　数　178 千字
开　　本　680 毫米×1000 毫米　1/16
印　　张　16　插页 3
印　　数　1—5000
版　　次　2016 年 10 月北京第 1 版
印　　次　2016 年 10 月第 1 次印刷

书　　号　978-7-02-010981-4
定　　价　31.00 元

如有印装质量问题，请与本社图书销售中心调换。电话：010-65233595

引　子

　　事情就是这样发生的。

　　天气还不太热,可是屋里已经很闷气了,大家坐在路口上乘凉,吹牛,和路过的年轻姑娘寻开心,吃吃豆腐。

　　没有人走过,他们就窝里斗,互相说一些不正经的话。开始是梨娟说了一句什么话,老三老四的,倒像她家老太太的口气。

　　董健拍拍她的肩,说:"梨娟你不要这样老卯,你小时候我还抱过你呢,那时你爸把你驮在背上到公社去开下放户大会,你还撒了一泡臊尿在我头上,倒霉的……"

　　梨娟很风骚地瞟了董健一眼,嬉皮笑脸地说:"就算你从前抱过我,现在你还敢抱我吗?"

　　大家哄笑起来,拍手跺脚,有滋有味地看着董健。

　　董健站了起来,什么话也没有说,走上前去就把梨娟横着抱了起来。

　　梨娟没有挣扎,反而钩紧董健的颈项,咯咯咯地笑。

　　在众目睽睽之下,董健抱着梨娟,一步一步走进了屋里。

　　大家又笑了一阵,才发现屋里居然没有一点动静。

"真的上了?"有人兴奋地问。

"当然真的上了。"有人激动地回答。

董健的母亲李瑞萍脸涨得通红,狠狠地盯住大家看,她犹豫了一会儿,拖着几乎跨不出去的步子朝自己家走去。

在敞开的房门口,她惊呆了。

黑咕隆咚的大床上,董健和梨娟赤条条、汗淋淋地抱在一起……

李瑞萍闭上眼睛尖叫了一声。

听见她的叫喊,董健从梨娟身上抬起头看看母亲,眼睛血红,但却没有就此罢休的意思,梨娟更是无动于衷,居然还笑眯眯的。

李瑞萍反身逃了出来。

外面的人从她脸上找到了答案,却没有谁说话。

李瑞萍坐下来喘了几口气,看见梨娟一边扣衣扣,一边走出来,她跳了过去,对准那张厚颜无耻的漂亮的脸蛋甩了两记耳光。

跟着出来的董健闷声闷气地对母亲说:"你不要去打她。"

"打!我还要去告她呢!这个婊子,这个卖货!"

梨娟摸摸脸,骨头没有四两重,笑着说:"哎哟李阿姨,你不要发火嘛,乡里乡亲,客客气气的,你告我什么呢?你要告我,我也可以告你儿子呢,强奸我嘛,中国法律向来保护妇女儿童的嘛……"

李瑞萍气得手脚发抖,不晓得怎么办才好,只是一迭连声地说:"贼坯子,贼坯子,贼坯子……"

这就容易让人想到了梨娟的好婆沈菱妹身上去了。沈菱妹从前是做过娼妓的。不过老太太为人随和亲善,心胸豁达,很少同人家讨气。所以李瑞萍的话也就挑不起什么争端。

董健眼睛里的血色已经褪尽了,闷闷地劝母亲:"妈,你也不要气,你不想想,我已经三十四岁了……"

李瑞萍听了这话,突然捂住脸呜呜呜地哭了。

也不晓得出于什么目的,隔日她还是到派出所去讲了这件事。

街道派出所吃不透这个案子的性质,专门到区公安分局去汇报。区里听汇报的几个人问了一句话,这件事发生在什么地方?听说是黑窝的事,他们都笑了,说:那里的事,就算了吧,这种事在那地方是不稀奇的,我们要管也管不过来。

于是就不了了之了。

在这个城市,几乎全城的人都知道黑窝。

黑窝还有许多别称,比如"矮房子""红房子""渡江干部村""两块头"等,但名气最响的当然是"黑窝"。

黑窝的官名叫采莲浜。

关于采莲浜的传说,就像关于苏州城的传说一样,老苏州大概都能说出一二。

采莲浜这个名字,据说源于两千多年前的春秋战国时期。那辰光,越女西施深得吴王夫差宠爱,夫差为了和西施逍遥作乐,曾经花费大量人力、财力,建造开辟了许多游乐胜地。夫差在城南二十里的灵岩山造了一座富丽堂皇的馆娃宫,设置琴台,又用名贵的梗梓木造了一条响屧廊,让西施和宫女们穿上木屐,在长廊上来回走动,发出木琴般的音响。在灵岩山下,开辟采香泾,沿岸种植香草,由夫差陪着西施在溪间荡舟采香,消磨辰光。夫差还把洞庭西山的南湾,辟为西施的避暑场所,取名消夏湾,在城内吴宫周围,也开掘了许多河陉,在宫女簇拥下,泛舟河上饮酒行乐。其中就有一条名为香水溪的小河,宫女们在此洗濯,河水芬芳,所以又被称作胭脂塘。那辰光,夫差耗尽民脂民膏,为自己筑造宫殿,其中工程最为浩大的要数姑苏台。这姑苏台造在城西姑苏山上,前后花了八年,是一座巨大的建筑物,高三百米,宽八十丈,据说周围三百里都能看到。姑苏台上另外还造了春宵宫,宫中歌伎千人,他们成天寻欢作乐。相传有一日,夫差正在城内宫中作乐,西施的心痛病又犯了,蹙眉捧胸。夫差听人说吃莲子能治此病,于是打听到城西不远处,有一较大的荷花塘,就和西施一起乘坐青龙舟来到这里。一看,果真河塘美妙无比,红的荷花,绿的荷叶,青青的莲蓬如一个个充满青春气息的少女,亭亭玉立于河池中,和那些坐菱桶穿梭其间的采莲姑娘争相辉映。西施在青龙舟上随手摘采莲子,吃着新鲜的莲心,心口立时不痛了。夫差开心煞了,命名这个荷花塘叫"采莲浜"。从此,派专人管理采莲浜。

后来,越国灭了吴国,夫差自刎,西施也不知去向。再后来,采莲浜也就名存实亡了。

不晓得又过了多少年代,苏州城西郊的农民,觉得这样一大片水面浪费掉太可惜了,于是在采莲浜里种植荷莲和水红菱,每年倒也收获不少,担进城里可以换取些用物银两。

说来也奇怪,采莲浜里出产的莲、藕和水红菱,鲜美异常,别有一种滋味,尝到过的人个个赞不绝口,慢慢地采莲浜的名气就响了出去。城里有许多讲究吃的人家,买菱买藕非采莲浜的不要。

从前辰光,苏州城里白相人多,从公子王孙到才子文人,从小儿顽童到良家妇女,一年四季,不晓得要想出多少花样来消闲。新年头月逛玄妙观是顶闹猛的,玄妙观里除了有三清殿、弥罗宝阁等一些高大雄伟、造工精致的古建筑以及在三十六景中的水火亭、五鹤街、麒麟照墙、望月洞、三星池等古迹,最让人感兴趣的却是那

"三教九流"的营生和那些杂货饮食的店摊。像那些露天书、独角戏、说因果、小热昏、西洋景之类文气一点的和卖拳头、走绳索、使刀枪以及猢狲出把戏之类武气一点的,尽管从娱乐上讲都算不上文雅之举,但却也吸引了为数不少的白相人。

到了正月十五,元宵节看灯会,又是一场热闹,届时阊门以内,大街小巷,搭棚竖架,张灯结彩,几乎不见天日。苏灯大凡用五彩玻璃制成,山水、人物、花草各式精奇百出,工艺之精巧,名声之广大,是很令苏州人自豪的。灯谜的游戏还为灯会增添了许多乐趣。这一夜,年轻妇女相率出门,要去走过三座桥,称为"走三桥",据说可以防病。

二月里的白相以探梅香雪海为主,这时节,光福邓尉山梅花盛开,迤逦数十里,实在是个好去处。

到了清明节,白相朋友往往借上坟祭祖之俗踏青游春。还有三节庙会,四月十四轧神仙,八月十五游石湖、走月亮,等等等等,可见苏州人对白相是相当重视的。后来在这些传统节目之外,由于采莲浜的名气日益响亮,苏州人又开创了六月二十四荷花生日看荷花,七月半看菱花的习俗。

人世沧桑,历史变迁,又不晓得过了多少年代,采莲浜开始衰落了,采莲浜的荷花越开越瘦,采莲浜的菱花越开越少,采莲浜出产的菱藕也失去了鲜美的特色,采莲浜失宠了。

元末明初,张士诚在苏北举兵起义,渡江过来在苏州落脚,割据称王以后,也开始贪图享乐,凡是当年吴王享受过的,他也要尝试一下,采莲浜一度又兴旺了。可惜张士诚好景不长,不到十年就兵败身亡了。

自此以后,采莲浜可说是一蹶不振,虽然周围农民还在浜里种植一些水菱,但收获无几。

有一年,官兵太湖剿匪,捉住了大名鼎鼎的女湖匪叶毛妹,押往城内官府,途经城西采莲浜时,叶毛妹企图跳水逃跑,被官兵乱刀砍死,叶毛妹的尸体置于采莲浜岸上,一直没有人敢来收尸,后来还是官家派了人来,就地挖一个坑,草草埋葬了事。

后来,也不晓得怎么回事,那地方就成了固定的刑人之所,问斩罪犯。官府在此还专门建了一座康王庙,以成康王措刑之意。日脚长了,采莲浜沿岸四处,就出现了一堆一堆的乱葬岗子。采莲浜被唤成勾魂浜,离采莲浜不远处有一座采莲桥,也变成了落魂桥。落魂桥现在的名字是日晖桥,那是许多年以后人们根据谐音改过来的。

采莲浜附近的农民嫌这地方不清不爽,不明不白,忌了一脚,不仅再也不去种植什么水产物,而且都搬迁得远远的。

浜里的淤泥越积越多,水越来越少,最后就成了一块荒芜的沼泽,蚊虫蛇蝎出没其中,夜间鬼火飘游,行人无不寒毛凛凛,胆战心惊。

那座明末建造的康王庙,清朝康熙帝时虽然大修过一次,以后再无人过问,几面墙都塌了大半,到后来只剩下屋顶和几根大柱,撑住一个框架,就像死尸烂光了血肉,只剩一副骷髅骨架了。

采莲浜虽已经如此败落,但仍然是一条必经之途,城里人要出西郊,必得经过此地,破烂不堪的康王庙,有时还成了人们避雨、歇脚的地方。

采莲浜的传说,有的见诸历史记载,有的则是口头流传下来的,反正和所有的传说一样,是既可信又不可信的,虽然内容丰富,但毕竟与苏州城里的平民百姓并无什么直接的关系。

一直到公元二十世纪七十年代末,在那一片荒芜多年的废地上,突然竖起了近二百幢红砖红瓦、低矮简陋的平房,几乎在新房子交付使用的第二天,只一眨眼的工夫,采莲浜就成为这座城市的一个正正式式的居民住宅区。采莲浜从此有了人,有了人的气息,也就有了关于人的一切。

第 1 章

　　沈菱妹可算得上是个"吃闲饭"的人了。她大概有二十年没有做过什么事。不做事,不寻钱,靠什么吃,靠什么带大她的儿子,街坊邻居里自然各有各的说法,不过说到底,别人也管不着她。

　　心安理得地吃了二十年闲饭的沈菱妹,这一阵却有点坐立不安了。门外树干上,绑着一个大喇叭。这个大喇叭里,喊各种革命口号,又播出样板戏,后来又有文攻武卫的信息,还我战友、讨还血债的怒吼等,现在则每天有一个女人在说:我们也有两只手,不在城里吃闲饭。据说这两句话是兰州的一位居民老太太说出来的,老太太恐怕连自己也没想到,这两句话会传遍全国。

　　沈菱妹预感到她的生活要有重大的变化了,她并不担心,也不害怕,她是经过风雨见过世面的人,她是那种到哪儿都能过日脚的人。她只是希望她的儿子能够留下来。

　　每天儿子下班回来,沈菱妹总是询问他单位里的情况、形势。

　　沈忠明是个忠厚老实的人,单位领导已经和他谈过下放的事,他不想下放,却又说不出理由。领导还告诉他,他家所在的地段居委会已经来联系过了,像他母亲这种情况是肯定要下去的。

沈忠明就更加说不出话来,于是单位领导趁热打铁又说,小沈你是修脚工,现在批判资本主义修正主义,不允许再修脚了,擦背也不允许了,你在我们这里也没有什么事可做了,不如和你母亲一起下乡去。

沈忠明回来对母亲说了,沈菱妹没有责怪儿子无用,她想了一会儿,说:"也好,要走一起走吧,出去转几年也好,早晚要回来的。"

沈忠明看看母亲,看着她那遇事不慌、沉着冷静的样子,他的心也平静下来。也许因为他唯一的亲人就是母亲,也许因为他从来没有离开过母亲,母亲对他的影响太大了。沈忠明从小就很佩服母亲,虽然自他懂事以后,就知道了母亲从前做过那种见不得人的营生,但他无论如何,不能把他的母亲和婊子这样的字眼联结起来。他曾经问过她,问她是不是别人瞎说,她很豁达地笑了,告诉他那是真的。沈忠明后来也就承认了这一事实,但这并没有破坏母亲在他心目中的地位,相反,却更增加了他对母亲的尊敬。这一个沉重而肮脏的大包袱,一般的人恐怕既背不动又甩不掉的,将会一辈子被压得失去人形,扭曲灵魂。可是,母亲却始终挺直着腰杆做人,大概很少有做过妓女的人,能活得这样达观、这样开朗。所以,母亲说"早晚要回来的",一句话,一下子把沈忠明心头的阴云扫去了。

到了一九六九年的年底,街道革委会就敲锣打鼓地上门报喜了。

这一年沈菱妹已经五十岁了。她生在苏州,长在苏州,五十年没有跨出苏州一步,临到老了,却失去了做一个苏州人的资格。

离开苏州的那一天清早,她和儿子戴着大红花,走在下放户的游行队伍中,虽然鞭炮锣鼓齐鸣,却不见喜色,所过之处,看热闹的也悄无声息,默默地为他们送行。

从市革委会出发的游行队伍,后来分成两路,汽车站和轮船码头,就是他们城市生活的一个终点。

沈菱妹母子经过三天的颠簸,最后坐着一辆破牛车来到大树村。他们的行装,由跟在后面的两个农民推着两辆独轮车拉着。他们很快就到达了目的地。

车到村口,接他们的生产队长孙宝子说:"到家了。"

沈菱妹心中一动,到家了,这就是家。虽然她对儿子说过,早晚会回去的,可她心里并无把握,想到离开住了五十年的家,来到这千里之外的苏北农村,举目无亲,沈菱妹再豁达,心中也不免涌起一股苦涩的味道。

大树村的村口,几乎全村人都等在这里。他们这个村子因为太偏僻太穷,知青下放时就没有安排进来,沈菱妹母子,是他们第一次迎来的城里人。

当面目清秀、皮肤白皙的沈家母子出现在他们眼前时,男女老少个个好奇而贪婪地盯住他们看。

沈菱妹大大方方地拍拍身上的尘土,揉揉坐得发僵的双腿,舒展了一下筋骨,下了牛车,用一口地道的苏白和农民打招呼,还从口袋里摸出糖来给小孩子吃。小孩子们本来自然是挤在最前面,就像看戏子唱戏,看狮狮出把戏,突然看见这个城里老太婆给他们糖吃,吓得连忙往后退,踩痛了大人的脚,被大人拍了巴掌,摸着头皮,眼睛却还盯着沈菱妹手里的糖。

沈菱妹开心地笑起来。

沈忠明就不出趟,被大家看得脸红心跳,脑袋恨不得往裤裆里钻，爬下牛车时偏偏衣襟又被车上什么东西钩住了，他心急慌忙，用力一拉，"刺啦"一声，衣服拉破了一道口子。

几个妇女哈哈大笑。其中有一个走过来，伸手去拉沈忠明的衣襟，沈忠明吓了一跳，脸更红了，那妇女说："哟，城里人，小白脸红了……"

另几个妇女笑得更厉害，和那个女人寻开心："张寡妇，你不要动手动脚，人家城里人规规矩矩的，你做什么？又想尝尝城里人的味道啦？当心秋桂子喝醋啊……"

"喝醋，喝乐果才好呢，"张寡妇情意绵绵地盯住沈忠明看，说："哎，城里人，你叫什么名字？"

沈忠明此时虽然已经二十多岁，但由于家庭、性格、工作性质等原因，还从未接触过女人，女人在他心里还是一个谜，现在这个年纪轻轻、风骚漂亮的张寡妇，几乎脸贴脸地对着他，他感觉到了一种从未感觉过的诱人的气息，这就是女人的气息，他想。他心里很激动，很混乱，又很害怕，不知怎么办才好。

生产队长孙宝子走过来，粗手粗脚地拉开张寡妇，粗野地骂她："你这个女人，我日你的妈妈，不要脸的东西，你走远一点。"

沈忠明大吃一惊。

张寡妇却一点也不在乎，反而笑着说："哟，孙宝子，你管什么事，你能管住大家的肚子就不错了，用不着你管人家的裤腰带了……"

大家笑起来，沈菱妹听懂了，也忍不住笑了，沈忠明却不好意思笑。

孙宝子大概自知不是张寡妇的对手，退了一步，说："好了好了，那你自己管你的裤腰带吧。"一边说，一边转身朝两辆独轮车看看,对看热闹的农民吆喝:"看什么,来呀,帮一把手!"

农民们嘻嘻哈哈,一拥而上,七手八脚帮忙卸下下放户的东西。

孙宝子指着不远处一座孤零零的低矮的小茅屋,对沈菱妹母子说:"你们就住那里。"

这小茅屋原来是村上一个五保老人住的,后来老人死了,屋子就空着。

不等沈菱妹和沈忠明有什么反应,张寡妇尖叫起来:"咦,不是讲好给他们住仓库的?这房子怎么好住人,哼,哼!"

沈忠明也问了一句:"我们下来时,政府说拨了二百块钱给队里,帮我们造房子的。"

队长连忙解释:"哎哟喂,总共两百块钱,怎么造房子噢。再说,现在天寒地冻,也不好开工,原来是安排你们先在队上的仓库住一冬,可是,可是……"

沈菱妹问:"是不是仓库里有粮食?"

大家又笑,不过笑得很古怪。

孙宝子叹了一口气:"这时候,哪还有什么粮食噢,老鼠都饿死了。"

沈菱妹很奇怪:"怎么,还早呢,到开年上来还有好长时间吧,年还没有过呢,吃什么呀?"

大家七嘴八舌地告诉他们,不要说队里仓库空了,各家的粮囤也差不多见底了,往后就等着吃救济粮了。

沈菱妹摇摇头,无限感慨地说:"从前我们一直唱山歌:卖油的大姐水梳头……"

苏北农民倒也听懂了这口苏白,有人说:"我们这里也有这样的山歌,多呢,比如,小麦吃不到知了叫,稻谷吃不到穿棉袄……"

沈忠明怕母亲惹祸,拉了她一把,沈菱妹笑笑。

张寡妇对沈忠明的一举一动都看在眼里,又走近来,对他说:"我看你娘倒是个爽快人,你还不如你娘呢……"

沈忠明不敢看她那双火辣辣的眼睛,连忙躲开了。

沈菱妹回过头来问队长:"既然仓库里没有粮食,为啥不让我们住?"

孙宝子愁眉苦脸地说:"前日来了讨饭人家,娘儿四个,小孩冻得没命,这种冷天,他们不能再走了,要冷死了,真是可怜……"

沈菱妹半真半假地说:"我们也很可怜呢,你说我们不可怜?"

孙宝子说:"你们不一样,公家还发生活费给你们,公家还是关心你们的,比叫花子强,也比我们农民强,我们苦一年,肚子还填不饱,买斤盐的钱也没有……"

沈菱妹和沈忠明哭笑不得,把他们和叫花子比,不知算是什么道理。在城里生活了大半辈子,突然被赶了出来,每月发给几块钱的生活费,农民居然还眼红这几块钱。沈菱妹自以为是见过世面的人,这种世道却是没有见过的。

孙宝子看沈家母子不说话,以为他们不高兴,连忙说:"暂时的,暂时的,只住一冬,你们去看看,那里灶也给你们修好了,不漏烟的,水缸也给你们安好了,我到邻队借了三十斤米,你们先吃起来,你们放心,宁可我们饿了,也不能饿着你们城里人的。你们先将就一冬,到开春,我再想办法凑点钱,给你们弄新房子……"

沈家母子本不是很计较的人,入乡随俗,客随主便,反正也只有一个冬天。他们不可能知道,国家安置他们的二百块钱,早被队长拿去分红分掉了。这一年,他们队的工分又贬值了,但到分红时，队里拿不出现金来兑现，只好挪用了那二百块钱，这种挪用，其实也就是侵吞。

沈菱妹和沈忠明母子做梦也没有想到，在这间破陋低矮的小茅屋里，一住就住了十年。

有一段辰光，广播里天天念最新最高指示，不过，天高皇帝远，那些指示绝大多数是指给城里的工人、干部、学生们听的，同农民不搭界。何况最高指示念了三年，他们队的工分值从一角八分降到一角二分了，他们总觉得兆头不好。

一直到城里拥下来许许多多的学生和下放户，农民们才发现，最高指示真的就像太阳光呢，一处照得着，处处照得着。

沈家母子从苏州城来到苏北这个贫困落后的地方，给一个平静闭塞的小村子带来了许多冲击，其中感受最深、受冲击最大的大概要数秋桂子了。

秋桂子原是村里一户人家的上门女婿，从前是渔船上的，四海为家，漂泊流浪，后来被人家看中了那副好身坯，招了女婿，总算过上了安稳日脚。可惜好景不长，不出一年，老婆得病死了，他成了鳏夫。

秋桂子丧妻的这一年，张寡妇也正守空房，她的第二个男人也是外来户，和她做了两年夫妻，嫌这地方太苦，偷了她仅有的几件细软逃走了。

张寡妇和秋桂子很快勾搭成奸。

张寡妇花男人的本领是很厉害的，她若是看中谁，想和他睡觉，那是谁也逃不了的。所以村里的妇道人家对张寡妇是既恨又怕，背地里说长道短，当面都不敢得罪，怕她把自家男人抢走。

秋桂子顺理成章地爬上了张寡妇的床，那一阵，女人们都很开心,一味地怂恿他们正式地做一家人家。秋桂子也有这个意思,他很喜欢张寡妇,和自己原配老婆比起来,张寡妇才是真正的女人呢。其实,何止秋桂子一个人呢,张寡妇虽然很烂污,但凡和她相好或没有和她相好的男人都喜欢她,这恐怕也是一种功夫。

张寡妇开始并没有想同秋桂子做什么正式夫妻,由于秋桂子原先的丈人丈母娘太霸道,硬要秋桂子为他们的女儿守"寡"三年,所以一发现秋桂子去找张寡妇,他们就又闹又打,这一下子激怒了张寡妇,她先把那家的老头子迷花了心,迷蒙了眼,迷昏了头,弄得家里鸡犬不宁,结果叫老太婆乖乖地把秋桂子的户口交了出来。

经过一场患难,张寡妇倒对秋桂子真有了感情,她暗自下了决心,从此以后要好好做人家,好好过日脚了。

就在这时候,出现了一个沈忠明。

那一天,张寡妇看见沈忠明从牛车上爬下来,好一个腼腆可爱的城里人,比起她接触过的许多粗野愚笨的乡下人完全是另一个味道。

张寡妇几乎一见钟情地爱上了沈忠明。

秋桂子心里当然最清楚。夜里和张寡妇睡觉,她就嫌他野蛮,说他像狗,像猪,不文雅。

秋桂子虽然舍不得放弃张寡妇,但他倒也不是那种没有骨气的男人。他对张寡妇说:"你喜欢他,你去跟他吧,别的事可以勉强,睡觉的事是不好勉强的。"

张寡妇贴住秋桂子的脸"咯咯咯"地笑,拍拍他的脸颊:"这才是个男人。"

秋桂子无可奈何地笑笑:"我等着你,你在那边厌气了,还来找我。"

张寡妇很感动。

秋桂子最后说:"我想,你和他大概不会长的。"

张寡妇没有说什么。

秋桂子果真不再到张寡妇那里去了。

张寡妇和秋桂子和平谈判以后,每天往沈忠明家里去,她晓得沈忠明和乡下男人不同,不会主动上她的床。和沈忠明相好,她要下更大的功夫,最后只有她上他的床才能成事。张寡妇过去总是被男人追逐,都是吃的现成饭,这一回换了口味,要尝尝追求别人的滋味。

沈忠明自从那天在村口第一次见了张寡妇,心里竟是怎么也摆脱不了她的影子,弄得有点精神恍惚了。

沈菱妹是个自来熟,和当地农民很快就热络起来,她虽然年纪大了,但适应力还很强,对语言的接受力也不错,很快就能用学来的苏北话和农民交谈。

正是冬闲季节,家里常常有农民来串门,男人们来了,沈菱妹就像男人一样派烟给他们,她自己也能陪着抽几根。女人们总是来剪个搭襻鞋样或是讨几张草纸,说是小店里连草纸也不卖。沈菱妹奇怪,她们要这几张纸够一家用几天呢。后来才晓得,女人讨了草纸不是去擦屁股,而是烧给老祖宗当钱用的。

只要张寡妇不在,女人总要说她的坏话,说张寡妇怎么怎么下流,话很粗鲁,沈忠明听了心里很不好过。他也看得出张寡妇是一个什么样的货色,也想不理睬她,可是每天张寡妇一到,老远听见她的声音,他的心跳就加快了,手心里出汗,哪天她来迟一点,他都会坐立不安。

有时候沈菱妹也到别家去坐坐,张寡妇就关上门,动手动脚地靠近沈忠明,他越是胆小害怕,她就越觉得他可爱。终于有一天,沈忠明不再躲她,不再害怕,发疯一样地把张寡妇按倒在床上……

完事以后,他躺在那里,看着张寡妇,心中十分感激她。

那天沈菱妹回来,张寡妇已经走了,但老太太从儿子的一举一动中,猜出已经发生了什么事,她笑笑,也不去戳穿他。

沈忠明却受不了沉默,他压抑不住自己,对母亲说:"人家都说她……"

沈菱妹打断儿子的话:"我看这个人人心倒不坏。"

沈忠明受到鼓舞,说:"我,我和她结婚。"

沈菱妹一笑,没有正面回答,却说:"她很能干,身体也好,不会拖累你的……"

"可是,可是,人家都说她……"

沈菱妹看了儿子一眼,正色地说:"只要你喜欢,管人家说什么!"

沈忠明恨不得跪下来给母亲磕几个响头。

第二天张寡妇就住到沈家来了。

村里的人又议论了一阵。秋桂子有好长时间抬不起头来,见了沈忠明总是绕道走。而沈忠明见了秋桂子则愈发地心虚。

队里的几个干部找沈忠明谈话,郑重其事地告诉他,张寡妇是个烂货,提醒他不要上她的当。可是沈忠明却死心塌地要和张寡妇过日子。

后来队长孙宝子说:"你是城里人,你怎么会要这样一个烂货?你要是真想在乡下结婚,我们可以帮你找个大姑娘嘛。"

沈忠明昏了头,不要大姑娘,偏要这样一个烂货。村里人说:

看看,张寡妇的功夫,实在厉害。

沈忠明就成了张寡妇的第三个男人。说是男人,自然也不是正式的,没有结婚证的,实际上也就是姘头,这地方这种事情很多,不足为怪,这里的性关系很混乱,也可以说是很开放的,大家在田里做活,讲得最多的就是男女苟合。

沈忠明倒是坚持要去公社领结婚证书,可是沈菱妹和张寡妇都说不急,过些时候也不迟。沈忠明弄不明白这是为什么,但他却发现,两个女人相处得很好,她们互相都不叫应,但什么事都心领神会,配合默契。他不知道是不是因为两个女人经历中有着相似之处。

沈菱妹心中是有数的,她晓得张寡妇和她儿子不会做成长远夫妻,领了证以后反而麻烦,既然这地方男女关系这么随便,没有人管,没有人查,就让他们去做一段露水夫妻吧。

张寡妇不愿意办手续,她自己也不清楚为什么。秋桂子临别前的那句话,说她和沈忠明不会长的,似乎在她心中投下了一道阴影。

女人的预感常常是很准的。

女儿断奶的第二天,张寡妇就重新跟着秋桂子去过了。

其实,还在张寡妇肚皮里刚有了沈忠明种下的胚胎时,沈忠明就晓得她又和秋桂子挂上钩了。就像当时秋桂子的谦让一样,他也很谦让。他只求她把孩子生下来再走,她答应了,不光生下了女儿,还喂了十个月的奶,总算良心不坏。她的奶水很充足,好像再吃十个月也不成问题,可是她终于等得不耐烦了,她牺牲的时间够长了。

女儿断奶的第二天一早,张寡妇从沈忠明的床上爬起来,洗刷干净,精心梳了一个很好看的发髻,插上一朵已经褪了色的红绢花,又朝脸上扑了一层白粉,这粉是沈忠明的母亲送给她的,她非常喜欢,在他们这个村里,用这种粉扑脸的,大概只有她一个。

沈忠明叫她吃过早饭再走,她摇摇头,有情有义地对沈忠明一笑,和沈忠明的母亲道了别,又朝床上的女儿看了一眼,然后就走出门去。

太阳正照在小茅屋前的空地上,张寡妇心绪很好,她哼了一句什么情歌。茅屋里的小丫头突然哭了起来,她停下脚步,回头朝茅屋看看,小丫头只哇了两声,就不哭了。她叹了口气,继续朝前走,却不再哼什么情歌了。

张寡妇从小桥上走过去,秋桂子已经在桥那边等她了,张寡妇想到今天夜里她就能堂堂正正地睡到秋桂子的床上,心里一阵骚动。

张寡妇是在同沈忠明相识两个月以后就住到沈家去的。可是住到沈家还不到两个月,她就想离开他。

沈忠明中看不中用,张寡妇最不满意的恰恰是当初她看中他的那一点:文雅、温和。就连在夫妻生活中,他也是同样的温和,很被动,张寡妇很快就受不了了。她总是回忆那第一次的情景,她想唤起他的疯狂,可是怎么也不成。张寡妇不由回想起秋桂子,那副身坯,那种燃烧的情欲。有一次沈忠明跟着队上的粪船进城挑大粪,张寡妇夜里溜到秋桂子那里睡了一觉,就再也不想回沈家住了。

可是这时候她肚子里已经有了。为了孩子,也为沈忠明母子,她又在沈家住了一年多。

沈忠明虽然也很大度，但心里却很懊丧，他开始并不明白张寡妇嫌他哪里不好，后来还是村里人传笑话，传到他耳朵里，才知道了原委。

他又伤心又气恼，母亲反倒帮张寡妇说话："你和她本来不是一路的货嘛，她待你这样，算不错了，你不想想，你有什么值得她跟你一世的，下放户，在人家眼里，和叫花子也差不多嘛……"

沈忠明想想母亲的话也有道理，而且后来他也没有闲工夫再去想心思了，张寡妇给他生的女儿，占据了他的整个的心。

梨娟从懂事起就觉得这个世界充满了奇怪。

首先是母亲的概念，她觉得很含糊，别人的母亲总是和孩子在一起，可是她的母亲，明明在一个村里，她见了她就喊："妈妈。"她也答应，还经常送东西给她吃，送衣服鞋子给她，可就是不住在自己家里，却住在别人家里。

她向爸爸提出过疑问，还抗议过。可爸爸平时和她有说不完的话，但一提到母亲，他就不做声了。

她问好婆，好婆说："她就是你妈，她是很喜欢你的，住在谁家，不是一样的吗？"

梨娟却坚持认为不一样，不住在自己家，就不是自己的妈，这是她的逻辑。后来，她居然再也不叫"妈妈"了，不管大人怎么骗怎么骂，梨娟就是不叫。

张寡妇是个想得开的人，不叫就不叫，照样也看女儿，送吃的送穿的，但是在梨娟心里，只有爸爸和好婆，没有这个妈妈。

梨娟才三四岁就跟着爸爸到处跑。沈忠明摇船开码头，她跟着，到处开眼界，在粪船上臭气熏得头脑发昏，大人都受不了，唯有她快活。沈忠明下田做活,她也跟着,坐在田埂上玩,有时被虫咬了,有时滚到沟里,弄了一身泥,收工回家,把她往牛背上一放,她也很快活,从小养成了大胆子。

由于沈菱妹多少年一直不做事,养成了习惯,怕劳动。现在她也不下田劳动,光一些家务事,烧饭、洗衣、晒草、扬谷,就够她受的了。一家人的生活开销,全靠沈忠明一个人做出来,日子过得十分艰苦。当初带下来的一些东西,不断地变卖,越来越少,小茅屋也越来越破旧。

沈菱妹觉得自己的身体大大不如从前了,回苏州的信念也越来越动摇,不由心灰意懒,常常叹息,怀旧,自言自语:"唉,从前在苏州,过日脚多么惬意噢……"

梨娟听不明白就问:"好婆,什么是苏州?"

沈菱妹说:"你不晓得噢,你是苏州的种,却去不了苏州,老天不公平噢……"

到了梨娟六岁的时候,沈家已成了队里最大的透支户,已背了近千元的债,那年月,百把块的债就能出一条人命呢。

沈忠明才过三十岁,背驼了,还生了几根白发,被生活压得喘不过气来了。

沈菱妹再也坐不下去,只好去参加集体生产劳动,为一天一角几分钱去拼老命。

家中的一切,就由六岁的梨娟撑场面了。梨娟好像天生很能干,家事操持得不比好婆差,空下来她就到田里去看大人做活,听大人讲话,听得最多的是男男女女。

沈忠明不希望她听那些下流粗俗的笑话,赶她走,她却不走,津津有味地听,还喜欢刨根问底,常常弄得大家哈哈大笑,说她真是张寡妇的坯子。

梨娟似懂非懂,只以为自己的话引得大家笑,还很开心呢。

沈菱妹也去挣工分,并没有改变家庭的处境,到了梨娟该上小学的时候,家里拿不出钱来交学费、买书包,后来还是张寡妇代办了这一切。

梨娟却不领她的情,既不要书包,也不肯去上学。后来沈忠明火了,说她要是不去上学,他就不认她是女儿了。梨娟这才哭丧着脸去上学了。也许因为这个原因,梨娟一开始对念书就没有什么好感。

入学第一天,老师叫同学报自己的姓名和家长的名字,梨娟报出爸爸的名字,老师"哦"了一声,说:"下放户。"

梨娟很敏感,以为老师看不起他们,就不高兴地在座位上嘀咕:"什么叫下放户……"

老师很严厉地说:"下面不要讲话,上学第一天,就这么不守纪律?"

同学都朝梨娟看,梨娟很生气。

那时候小学里上的第一课就是"无产阶级文化大革命好",老师刚讲了开头,梨娟嘴巴又痒了,说:"'文化大革命'有什么好呀,我奶奶说,要是没有'文化大革命',我们家的日子才好呢!"

老师四周看看,板了面孔说:"你站起来,沈梨娟,你这个小孩怎么这么凶,你说这种话要闯祸的,你懂不懂?你们家大人怎么不管教你,你以后再这样捣乱,就出去!"

梨娟眼泪汪汪地坐了下来。她也知道这个书念得不容易,可是不知怎么搞的,就是坐不定,在教室里浑身难受,她宁可去做活,去割草,去放牛,去晒太阳。

这一年的春节,村里有个姑娘出嫁,梨娟去看热闹,回来一进门就急促促地喊了一声:"爸爸!"

"什么事?"沈忠明发现女儿的眼神很奇怪。

"我要结婚。"

沈忠明吃惊地看着女儿,不知所措,过了好一阵才回过神来:"你个死丫头,你再瞎说,我撕烂你的嘴!"

梨娟不服气:"我怎么瞎说啦,我要结婚也是为了你好,我可以不吃你的饭,不靠你养活了,男人会养活我的。再说结婚还有红棉袄穿,还有绸被子,你总归要办嫁妆的……"

沈忠明又心酸又气恼,说不出一句话。梨娟的早熟使他担心,他很害怕女儿以后又走奶奶和妈妈的路,可是在早熟的女儿身上,已经出现了种种腔调,什么都无所谓,不在乎,很烂污,他一想到女儿以后也被人骂烂货,心里就不寒而栗。

想来想去,只有再用张寡妇的臭名声来教育女儿。

"梨娟,你不是不喜欢你的妈妈嘛。"一个做父亲的对女儿说这样的话,心里真是五味俱全。

"怎么样?"梨娟不明白爸爸的意思。

"既然你觉得你妈妈不怎么样,你就不要学她。你知道你妈妈是什么样的人吗?"

"知道,人家说她穿裤子不用裤腰带,对不对?"

沈忠明又一次噎住了。

梨娟却扬扬得意地抖着腿:"不系裤带是什么,我也晓得,嘿嘿,你不要以为我不懂。有一阵那个秋桂子去开河,她就到我们家来,夜里不回去,我看见你们在干什么,嘿嘿,真好玩,你大概以为我睡了吧,其实我……"

沈忠明只觉得两眼直冒金星,他举手狠狠地打了女儿一个耳光,这是女儿出世以来,他第一次动手打她。

梨娟从小在父爱的庇荫中长大,不知道挨打是什么滋味,这一耳光打得她七荤八素,她立时觉得,所有的父女感情都被打掉了,她什么话也没有说,掉头就跑。

等沈忠明稍稍平了气,女儿已经无影无踪了。

梨娟一口气跑到公社,在小镇上晃荡了半天,到下午,被一个外地来的男人盯上了。那个男人请她吃了一屉小包子。

梨娟从来没有吃过这样好吃的点心,她觉得自己太幸福了。那个人告诉她,只要她跟他走,天天有得肉包子吃。

梨娟很认真地想了一会儿,答应了,她愿意跟他走,她自然也想爸爸和奶奶,但是那个家太苦、太穷、太没有意思了,那个家的吸引力比不过肉包子的诱惑。

当沈忠明和张寡妇急匆匆地追到公社,在汽车站找到梨娟的时候,只差一步,她就跟着那个人上汽车走了。

沈忠明一步上前,死命捏住女儿的手臂,梨娟痛得大叫。

那个男人见势不妙,溜走了。

张寡妇也过来责怪梨娟:"你这个小孩,太不像话了,爸爸打你一下,你就这样,你才几岁呀,长大还了得呀?"

梨娟挣脱爸爸的手,对母亲翻一翻白眼:"不要你讲,你有什么资格说我,你自己是什么东西,是烂货!"

张寡妇愣住了,过了片刻,突然哭了起来。平时她也没被人少骂过烂货什么的,可想不到亲生女儿这么小竟然就敢骂她,真是报应。

沈忠明又急又气,又拉女儿,又劝张寡妇。

梨娟也知道自己过分了,后来就乖乖地跟着回家了。

到了家,沈忠明向母亲诉说女儿的不是,谁知沈菱妹却说:"有什么大惊小怪的,你拖她回来,又能怎么样呢,又指望她什么呢,她要是出去闯闯,说不定还能进城去混混呢。"

沈忠明对母亲的不满已经压抑了不是一两天了。从前对母亲的那种敬佩早已荡然无存,他觉得祸根正是她,是她怂恿他和张寡妇睡觉,又是她支持张寡妇走,现在在女儿的教育问题上,她居然主张放任自流,他实在压不住心头的火了,大声指责母亲:"你这个做奶奶的,也不想想自己的身份,你还想怎么培养下一代……"

沈菱妹说:"是我的身份拖累了你吧,你现在开始怨我了……"

"不是现在开始,早就怨了,梨娟就是你带坏的,我不许她听大人讲下流粗俗的故事,你说没事,让她听,你自己,自己做了婊子不算,还要害孙女啊?"

沈菱妹也生气了:"是我害了她,还是你自己,当初和张寡妇睡觉,是你自己要睡的,我要是反对,你就倒挂八字眉,我当然只有顺你的心啦,孽是你自己作出来的,你倒往我身上泼脏水……"

"你本来一身肮脏,用不着我来泼……"

梨娟毕竟还小,想不到因为自己,一向和气的爸爸和奶奶会吵成这样,她害怕了,求饶说:"爸爸,奶奶,你们不要吵了,我以后再也不敢了。"

这次吵闹以后,梨娟倒是太平了一阵,可是她身上的那股子野性,总是压不住。

有一回,出于忌妒,她居然用小刀把一个女同学新上身的花衬衣划了一道长长的口子。

那个学生的家长吵到学校来,老师倒还是偏着梨娟的,说:

"她还小,这次饶过她吧,以后……"

可是人家不买账,眼睛一瞪:"你做老师的居然帮这种人的腔,她是什么东西,什么坯子,你不晓得?哼,娘是婊子,奶奶是婊子,她必定是个小婊子,你帮她,你做老师的算什么东西?"

老师哑口无言。

梨娟扑上去狠狠地咬了那个女人一口,跑出了学校。

梨娟常听人说她娘是婊子,但没有听说奶奶也是,那天爸爸骂奶奶,她没敢问,这一回,她非要弄弄清楚了。

回到家里,她看见奶奶正坐在门口发呆,上前就问:"奶奶,人家说你也是婊子,你是不是?婊子是什么东西?"

沈菱妹听了孙女儿的话,胸口发闷,什么话也说不出来。

从前的阊门,是苏州这座古城的繁华热闹之地,尤以唐宋时期为最。自唐时起,可说是商贾云集,店肆林立,故历代诗人为阊门题词极多,所谓"阊门何峨峨,飞阁跨道波""朱户千门室,丹楹百处楼""处处楼前飘管吹,家家门外泊舟航"以及"茗肆纷开""十家三酒店"等无不是当年阊门繁华之写照。当时阊门高楼阁道,十分雄伟壮丽,地方官吏常在宽敞的城楼宴请迎送宾客。也就是从那辰光起,官妓私娼纷纷在阊门立足,据说阊门外从鸭蛋桥至枫桥,被称作十里香城,苏州人唤作"堂子"的妓院接连不断,且那时的妓院颇有贵族气象,虽不及公馆排场,但也至少有二十间,多至几十间,门庭整齐,进入石库门,便见小花厅、玻璃窝等,满天井花草甚为富丽。

清朝时,太平天国之乱给阊门繁华区造成毁灭性的打击,兵临城下,因巡抚徐有壬死守,阊门内外市面建筑横遭焚毁。战乱前,那一带方圆五十里,全是房屋,兵过之后,几无市面,全为瓦砾堆。惨祸至此,堂子自然也无可幸免。后来,娼妓业就渐渐地从阊门外迁至阊门内,在仓桥浜一带重又兴起,但规模气派大不如从前。及至光绪年间,城外建设马路,洋务局主持此事,欲兴马路市场,又将部分娼妓逐出城外,留于城内的为数不多,不过八九家。从前各家均以"堂"标其门,如"福喜堂""彩鸿堂"之类,后来则更为隐蔽,索性不标堂名。一般外人站在门前也未必知道这是妓院,既无招牌,亦无暗示,所以陌生人是走不进去的,只有熟人介绍,才可进去。

沈菱妹当年就是阊门仓桥浜一家私营妓院里的一个下等妓女。

现在回想起来,当初卖身做婊子,也说不上什么自愿还是强迫。那一年她才十五岁,她爹赌红了眼,把她卖了,说堂子里好赚钱。

沈菱妹从小常听老人说,人生五苦自难当,最苦要数老来苦,都说做婊子的老来最苦,人老珠黄不值钱。她不想去做婊子,却是老爹把她骂醒了,老爹说你是个笨×,你懂什么,婊子要看你怎么做,留个心眼,存些私房钱,不等人老珠黄,就跟个本分人走,老来才不苦呢,总不会像我这样拖一世黄包车苦。

沈菱妹于是就抱着这样的观点踏上了社会,开始了婊子生涯。

沈菱妹没有读过书,不识字,又是那种家庭出来的,处处露出粗俗之相,只能排个三等妓女,俗称野鸡。为了赚钱,粗俗之人也要附庸风雅。从前高级一点的妓女都讲究吟诗唱曲。相传明代苏州有一名妓黄秀云,性悲、喜诗,有一个叫陈礼方的人曾以诗名闻于吴中,秀云曰:吾必嫁君,然君家家贫,乞诗百篇为聘。陈礼方果真苦苦吟之,他最终也只吟得六十余首,被人笑话,陈礼方却欣然每夸于人,以为奇遇。

此种风雅之趣,到沈菱妹为妓时已大为减弱,正因如此,沈菱妹一字不识,苦吟苦背,熟记了几十首古诗,倒也不失为一种特长,确实给她带来了福音。

老爹的话灵验了,沈菱妹在堂子里混了十年,暗暗一算,私存的钱银已够后半辈子花的了,于是她略施小计,让一良家子弟为她赎了身,并且生下一个儿子。可惜的是最后一着未落,那人最终未能娶她为妻,而沈菱妹已满足。知足常乐,别无他求。

然而,也许是命中注定,这老来苦终究未能摆脱掉。

被赶出苏州,赶到苏北乡下,已经十年了,沈菱妹几乎万念俱灰,什么信念、什么希望都没有了,现在唯一陪伴她的,就是回忆。

孙女梨娟跑来问她婊子是什么东西的时候,她正在想着从前坐花船的趣事。

那时阊门内外的妓女,一般都沿河而居,可算是水陆两栖,所有的妓女都喜欢做水上生意。因为水上生意不用付出肉体,只需打扮得漂漂亮亮,在船上侍奉客人吃吃玩玩,打牌,饮酒。

有一年八月十五中秋节,开船去看虎丘山塘庙会,途中,一位李姓公子突发奇想,要学"红楼梦"吟诗作对子取乐,于是排定一人一句,妓女们哪是公子的对手,前面几轮,姐妹们都败下阵来,轮到沈菱妹,却急出一句好诗来,赢了个满堂彩。那个对子说的是什么,如今沈菱妹一个字也不记得了,可是那位李公子从此对她另眼相看,后来还替她赎了身,她是永世不忘的。李公子是她儿子的父亲,却不是她的丈夫。

沈菱妹想入非非,咧开嘴笑了起来,旁边的梨娟吓了一跳,连忙推推老太太:"奶奶,你做什么? 奶奶,你怎么了?"

沈菱妹回过神来,重又陷入痛苦之中,呆呆地望着天,一言不发。

梨娟发现奶奶神色不对,她仔细地盯住奶奶看了一会儿,叫了起来:"奶奶,你老了,你是老太婆了……"

沈菱妹叹了口气:"老了,老了,快了,快入土了,回不去了,死在异乡,死不瞑目啊……"

梨娟眨巴着眼睛,她突然害怕起来,莫名其妙地害怕。

突然,沈忠明的声音从很远的地方传来,他还从来没有发出过这样可怕的声音:"妈! 妈!"

他奔了过来,脸色白里泛青,嘴唇发紫,抖动得讲不出话来。

沈菱妹连忙问:"什么事? 什么事?"

沈忠明喘了半天,才结结巴巴地说:"有、有希望了,公社开会传达了,下放户可以回去了……"

沈菱妹精神一振,随即又冷下来:"又是空心汤团,听了三年了……"

"不,不不,这回是真的,我刚才在公社下放户办公室看到红头文件了!"沈忠明一把抱起梨娟,"女儿,我们要回去了!"

沈菱妹张大嘴愣了一会儿,才喃喃地说:"回家了,梨娟,我们要回家了,回家了!"

梨娟看看爸爸,又看看奶奶,不解地问:"什么回家,还有什么家,这里不是我们的家吗?"

沈菱妹流下了两行老泪。沈忠明背过脸去,朝远处看看。

梨娟不知道发生了什么事情,也哭了起来。

第 2 章

好日子定在腊月二十六。

日子是女方选的。几乎所有的一切都是女方准备的。这地方的风俗,招女婿上门,和讨媳妇进门是一回事,女方要主动承办一切。

董健家是下放户。下放户在那里是吃不开的。董健的母亲李瑞萍一点也不能干,下乡这么多年了,农活还是做不来,下雨天还不会走路,连个家务事也料理不过来,家里弄得乱七八糟,这婚事要是让男方主办,他们也办不了。

春英子看中董健,大家就晓得她是不会进董健家门的,反过来,如果董健到春英子家,以后生的孩子是不能姓董的,这一点,城里人好像比乡下人开通一点。再说董健不是长子,是次子,董家大儿子董克已经在乡下成家,也有了儿子,自然姓董,这就够了。

所以,董健和春英子的婚事,一切由春英子家说了算。

进入腊月,春英子那边就忙开了。她家在村上算是一户较有实力的人家,春英子的婚事自然要办得出众一点。春英子念到初中毕业,和董健是同学,在苏北乡下算是个女状元了,比一般的农村姑娘要高几等呢。家里按她的意愿,从镇上请来木匠,打了一套上海刚刚流行的捷克式家具,漆成奶白颜色,新房的布置也是以淡雅为主,表现出主人的修养不同一般。村里性急的人早早地先饱了眼福,传了出去,老人们说,怎么是白的,白的不是喜呢,兆头不好呢。春英子听了这种话,只是鄙夷轻蔑地一笑,不以为然。

这一年春节前后,村里只有春英子这一对办婚事。大家早已翘首以待,等着吃喜酒,看热闹。

腊月二十五,是年前公社机关办公的最后一天,小两口打算那一天去领证。

腊月二十,下放户们听说家乡苏州来了慰问团,挨家看望下放户和插青,到了腊月二十四,慰问团果真下来了。先看了几个插青,后来就到董家来了。

董健结婚,董家虽然不用大办,但多少要准备一点,比如弄几床棉被,打了几只马桶脚桶,像嫁女儿一样。

慰问团的人看见这些嫁妆,觉得奇怪,他们晓得董家大女儿董琪没有跟父母一起下放,在父母下放前,她就一个人去黄海农场了。现在准备的嫁妆是给谁做的呢?一问,才知道原委。

慰问团的一位面善心慈的老阿姨拉拉李瑞萍的衣服,示意要她到另一间屋去,有话要告诉她。

李瑞萍和老阿姨一起走进灶屋,老阿姨压低嗓音,带点神秘的样子说:"叫你儿子不要结婚了!"

李瑞萍不明白:"为什么?"

"马上要开始办上调了,下放户连子女都能回去了,过了年就开始,不过在乡下结了婚的子女是不能跟回去的……"

李瑞萍在毫无思想准备的情况下,突然听到这样的消息,又惊又喜,立刻觉得心里又烫又辣,好像浇了一瓶开水进去。

慰问团的老阿姨同情地看着李瑞萍,没有再说什么,只是强调了一句:结过婚的孩子上不去了。

慰问团一走,李瑞萍迫不及待地把这个消息告诉了全家。接着不等大家说什么,她就当机立断:"董健,你马上去回春英子,先不要告诉她什么原因,防止他们破坏我们。"

董健心里很乱,近几年来,就是在梦中也常想着回苏州。小时候,苏州的每一扇城门,每一座城墙他都玩过,下乡以后,他最想念的就是那一段儿童时代的生活。后来听说城门都没了,只剩下盘门,他想再不回去,恐怕连盘门也看不到了。现在,无望的生活中突然出现了一线希望,按照他的性格,他是要大喊大叫,又蹦又跳了。但此时,他却乐不起来,如果说苏州和春英子当中让他挑一个,他当然挑苏州。可是,他怎么能跑去对春英子说"我不结婚了"这样的话,他说不出口。

李瑞萍急了:"你、你这么不懂事,一结婚就完了,你今生今世再也不要想回苏州了,你不要为了一个乡下女人毁了自己的前途,你要后悔的……"

李瑞萍的眼睛朝坐在一边扎鞋底的大儿媳妇粉宝溜了几下,粉宝虽不识字,但很聪明,也很知趣,连忙退了出去。

李瑞萍指着董克说:"你自己是完了,你劝劝你弟弟吧,他不能再走你的路了……"

董克咳嗽了一声,说:"道理是不错,可是现在马上回春英子,于情理上……"

"屁个情理!"李瑞萍生气地指责两个儿子,"你们真是一对宝货,没出息,眼光这么短浅……"

董健不服："去年是你劝我早点和春英子结婚的,你说看起来我们今生今世不要想回家了,今生今世要做农民了,能找到春英子这样的姑娘,这样的家庭,是我的福气,你不是这样讲的吗？"

李瑞萍说："你不要嘴硬,反正你是不能同春英子结婚的,幸好还没有去登记,乖乖,只差一天,好险啊,你不去？好,你不去回春英子,我去……反正……"

董健挡住母亲："你再等一等,你这样去,人家……"

"嘿呀,还顾得上人家呢,先顾自己吧！"李瑞萍回头对一言不发的丈夫董仁达说,"你这个木头,呆货,你养出来的儿子,和你一样,头脑拎不清的,你去跟儿子说,这婚是不能结的,也是老天开了眼,早一天来了消息,要是迟一天……你说呀,你这个人？"

董仁达也觉得不好说话。

李瑞萍见父子三人这副熊腔,不再同他们啰唆,一扭身,自己到春英子家去了。

春英子正在家忙碌,杀了一头肥猪,里里外外堆满了办酒席的用具和食物,一派喜气洋洋。李瑞萍看到这情形,不由得犹豫了一下。后来,她咬一咬牙,绕开春英子的父母,直截了当地对春英子说："你们不要弄了,这婚,结不成了！"

春英子一家还有帮忙办事的人都以为李瑞萍发了疯,吃惊地看着她。还是春英子自己镇静一点,她压抑住愤怒的心情,问："为什么,为什么不能结婚？"

大家这才反应过来,一拥而上,把李瑞萍围住了,恨不得咬她几口。"你说呀,你说,为什么？"

李瑞萍天生没有说谎的本领,又不能说真话,脸憋得血红,想走却走不脱,只听四周一片叫嚷："说清楚再走！"

春英子见问不出什么,连忙奔到董家去,看见董健垂着头,她大声责问他:"你这个东西,你妈跑来,说什么不结婚,你知道不知道?"

董健抬头看看她,无力地点点头。

"啊!"春英子叫起来,大出意料,她原以为只是李瑞萍对她有什么看法,想不到董健也……她追问董健:"为什么?你说,为什么?"

董健无力地摇摇头。

春英子气得脸色发白,嘴唇发紫:"你不说清楚,我吊死在你家门上!"

董健知道春英子是烈性子,怕她真会做出什么可怕的事,只好将事情和盘托出。

春英子听了董健的话,浑身瘫软了。她一向是十分拎得清的,晓得这下真的完了,跌跌撞撞往回跑,未进家门,"哇"的一声哭开了。

这边的人围住李瑞萍,正在等春英子的消息,见春英子哭着回来了,知道事情不妙,愈发不让李瑞萍走了。

李瑞萍不知怎么办好,竟也哭了起来,一哭就收不了场了:"你们行行好,开开恩,放我们走吧,我们家老的老,小的小,下来十年了,你们可怜可怜我们吧,好不容易有了盼头了,你们不能把我们一家人吊死在这里呀……"

一边哭一边说,眼泪鼻涕滚了一脸一身,也不擦,头发也散乱了,看上去很可怕。乡下人也有些害怕了,他们还没见过李瑞萍这样失态过,连忙让开了道。

李瑞萍一走,这里春英子的哭声更响了。春英子的大哥说:

"没这么容易,不能放那小子过门!"

"可是有什么办法呢,还没有领证呢,领了证,他是逃不脱的……"春英子的父亲说。

"去告他,告他个狗日的!"

"告什么呢,有什么好告的呢……"这个问题同时提醒了几个人,春英子的大哥也顾不得其他了,问妹妹:"那小子有没有和你睡过?"

春英子瞪了大哥一眼:"没有!"

"我不信,不可能,那小子!告他强奸!"

"是没有!"春英子一口咬定。

"你个贱货,被人家蹬了,你还包庇他,你这贱货!"

春英子边哭边说:"没有就是没有!"

春英子父亲劝儿子:"别追问了,春英子不会瞎说的,你告了人家,到时候要验身的,反而出春英子的丑……"

大家一时无言以对。

事情却并没有就此了结,第二天,董家吃早饭的时候,门外闹了起来,春英子家叫来了一大帮亲戚朋友,上门评理算账,杀气腾腾,有几个还手持棍棒。

董健一出门,就被他们拖拖拉拉的,吓唬并要揍他,李瑞萍追出门来一看,以为儿子被打了,心里一乱,双腿一软,就倒了下去,嘴角全是白沫。

董仁达慌了手脚:"不好了,不好了!"

春英子家的人看看躺在地上的李瑞萍,说:"装死,装死,昨天也是装死,倒把我们吓住了,今天不受你的骗了……"

董仁达大叫:"不是装的,不是装的,她都……没气了……"

粉宝连忙去喊了赤脚医生来,一听一查,也紧张起来,取出一根银针,对准人中扎了一针。过了半天,李瑞萍才舒出一口气,慢慢地醒了,眼角滚下两颗泪珠。

"怎么样?你怎么样了?"

李瑞萍看到丈夫、儿子、媳妇都围在自己身边,很想安慰他们,却说不出话来,心里像浇了一瓶开水的感觉又来了,又烫又辣,她不由得有点害怕,这种感觉近来已经出现好几次了,不知是不是什么病兆?

李瑞萍的七十八岁的老母亲听见外面吵闹,拄着拐杖出来,一见女儿躺在地上,老太太不顾一切地扑了过去:"哎呀,瑞萍啊,你作的什么孽噢……"声音抖抖颤颤,听了让人心碎。

春英子家的人又一次被吓退了。

这桩婚事总算还是了结了,经过和平谈判,女方降低了要求,要董家拿出八百块钱算是春英子的名誉损失赔偿费。

李瑞萍硬撑着衰弱的身体,四处奔波,借的借,卖的卖,最后连家里鸡下的蛋都倒光了,凑足了数,给春英子家送去。

春英子拿着这八百块钱,大哭了一场。

董健自由了。

可是董克惨了。

董克跟着父母下放时已经十七岁了。如果当时再坚持半年,也就初中毕业,说不定可以安排工作了,当时有人劝过李瑞萍,顶住不要把董克的户口迁下去。李瑞萍自己没有主张,回去和老母亲商量,老太太说:算了,把小人一个人留在城里,看又看不见,照料又照料不到,不放心的,还是带着走吧,老古话说:皮之不存,毛将焉附。

董克就这样跟着全家一起下来了。

在苏北乡下一晃过去好几年,上门说媒的不少,李瑞萍却一直没有松口。

前年冬天,老太太病得很重,一天要打两次针,赤脚医生王松忙不过来,不可能天天上门诊治,王松的女儿粉宝见董健董克天天用独轮车把老太太推到合作医疗站打针,天寒地冻,老太太直发抖,有时下了雪,路上滑,还翻车,把老太太折腾得半死,兄弟俩也累得够呛。粉宝自告奋勇上门去打针,王松答应了,以后粉宝一天两次跑董家。她虽然不识字,但父亲教会她打针却派了大用场。粉宝脾气温顺,待人亲和,除了打针,还帮助给老太太喂药喂水,服侍她大小便。

一个月以后,老太太病好了,粉宝便不来了,两天不见粉宝,老太太居然很难过,她对女儿说:"和阿克说说,讨粉宝吧,这样的媳妇,打着灯笼也难找的。"

李瑞萍也觉得粉宝确实讨人喜欢,和董克说了。董克虽然对粉宝不乏好感,但毕竟谈不上什么爱情,开始自然不同意,可是老太太很生气,说:"你不讨粉宝,我是不闭眼的。"

董克生性懦弱,像父亲。既然家里这样坚决,而且粉宝也不令人讨厌,他服从了。

结婚以后,粉宝更加贤惠,一切家务都由她包下,把全家老小服侍得十分周到。平时的家庭生活中,听不见粉宝粗声大气地说话,不管受到什么委屈,她也不计较。第二年就给董克生了个大胖儿子。

粉宝的温柔把董克的心也融化了,他后来倒是真心地爱上了她,小夫妻感情很好,十分恩爱。

慰问团带来的消息,董健和春英子的事,在董克和粉宝心里投下了一层阴影。连续几天,粉宝不敢看董克,董克不敢和粉宝多说什么话,两个人心照不宣,默默地紧张地等待着。

董健的事情解决以后,李瑞萍心情好了一些。可是一想到董克,她心里又不得安宁了,当初是她把董克带下来的,现在要把董克一个人丢在乡下,做母亲的怎么能安心噢。

李瑞萍责怪丈夫,说他当初主张董克和粉宝结婚是昏了头。董仁达真是冤哉枉也,在这个家里,他是没有说话余地的,几十年来,每次一发生什么争执,李瑞萍母女总是联合起来对付他,天长日久,董仁达被磨得失去了一个男人的自尊。

董仁达因为吃惯了冤枉,也不在乎了,实在急了,也不过反问一声:"你再想想,当初是你和老太太极力主张的,你们喜欢粉宝……"

李瑞萍大吵大闹,要死要活,说日子没法过了。老太太就在一边帮女儿的腔,指责女婿不讲理。

慰问团带来的是一桩天大的喜讯,却弄得家里大哭小叫,好像得了什么噩耗。

夜里董克躺在床上唉声叹气。粉宝低低地哭了,问丈夫:"你妈这样闹,是不是想要我们……离……"

董克心里一刺,他也实在搞不清,母亲从前是很有涵养的,很自重的,现在变得这样粗俗,他接受不了,也弄不明白。他暗暗拿定主意,不管母亲怎样闹,他也不和粉宝离婚。

粉宝自然明白丈夫的心思,心里踏实安全多了。

可是李瑞萍的无理取闹却越来越频繁,连一向不问青红皂白祖护女儿的老太太也觉得不可思议,全家人都觉得李瑞萍变得烦躁不安,自私委琐,不近人情,谁也没有想到在这个表面现象背后,隐藏着一场大病,或者说是李瑞萍生理上的一个大变化。

这一日,大清早,李瑞萍又指桑骂槐,责怪粉宝拖累了她儿子,说粉宝当初上门打针就是一个阴谋。

董仁达看粉宝很伤心,忍不住劝了一句:"你不要多想了,少说几句,养养神吧。"

李瑞萍一跳三丈高,骂丈夫:"你个不要脸的东西,你倒会心疼她呀,你说说清楚,你心疼她打算怎么样?"

话越说越难听,粉宝实在忍耐不下去了,一边哭,一边往外跑,董克一把拉住粉宝:"你不要走,怕什么,有我在!"回过身来,铁青了脸对准母亲,"呸"了一声,说:"你不要脸,你算什么东西,你的良心给狗吃了,你连做人的起码道德都丧失了,你还有什么脸说话……"

李瑞萍呆呆地看着儿子,好像没有听懂什么话。

董克继续说:"你从前老是讲做人要有人格,你原来全是假面具,你的人格呢?一个城市户口就可以买你的人格。哼哼,你这种母亲,不像个母亲!"

李瑞萍只觉得心里又像浇了一瓶开水,又烫又辣,她"哼哼"了两声,往地上一栽,什么也听不见了。

李瑞萍病了,病得很奇怪。

毕业前几天,和她通了一年信的那位志愿军战士突然出现在她面前。

厚厚的嘴唇,黝黑的皮肤,身材高大,虽然不如她想象的那么英俊，却也不失男子的风度。更重要的，他是英雄，胸前挂了几枚军功章，对于五十年代初的少女来说，这恐怕是爱情的最大动力。

此时董仁达已经复员，回到老家苏州，在机关里做事，他希望李瑞萍跟他到苏州去。李瑞萍答应了他的请求，毕业分配前，她向领导汇报了思想，谈了董仁达的要求，得到了校方的支持，学校主动帮她在苏州联系工作，很快就联系好了，到一个区级机关做文书工作。

于是，年轻漂亮的女师毕业生李瑞萍远离故乡，来到苏州，和董仁达组成了一个小家庭。

很快，几年中，他们有了三个儿女，李瑞萍虽然把母亲接来一起过，以便照顾孩子，可还是忙得转不过身来。到了一九六二年，国家动员精简机构，董仁达在单位是积极分子，就回来做李瑞萍的工作。由于当时生活条件不高，董仁达的工资养活一家人也足够了，李瑞萍考虑了几天，终于退了职，领了一笔退职费，从此再也拿不到国家一分钱了，从一个国家干部变成了一个普通的居民，后来许多年，她一直为此怨恨丈夫。

孩子慢慢长大了，上学了，李瑞萍闲下来，就开始闹病，不是这里痛就是那里酸，一天到晚躺在家里，不敢出门见人，瘦骨伶仃，弱不禁风。"文革"中街道上来人动员下放，几个老阿姨一看，说，哟，这种样子，老弱病残，不要叫她下去了吧。其实那时李瑞萍才三十几岁。可是工宣队说：不行，就要让这种娇生惯养、不劳动的人下放，不能再让她做吸血虫了，让她去劳动，自食其力，锻炼锻炼有好处。

工宣队的话倒是说准了。李瑞萍病歪歪地下了乡。那时董仁达的工资也取消了，一家几口没饭吃了，她倒振奋起来，挑起了家庭的重担,身体也一日一日健壮起来。虽然田里活不大会做,但因为她能写会画,常常被大队、公社抽去帮助搞宣传,赚的工分倒也不少。

有一年,参加一打三反工作队,她还担任了副队长,每天深更半夜还在大队部研究阶级斗争新动向。由于工作队过火的斗争,一个三反对象上吊死了,家属把死人抬到大队部,谁也没办法解决,最后还是李瑞萍说服了他们,把死人抬回去了。从此大家都佩服李瑞萍,说她有水平,是做干部的料子,反而把董仁达看低了。

李瑞萍带着全家在乡下苦了十年,倒把身体苦好了,这是她的一个意外收获。谁能想到,如今回城有盼了,她却病倒了。

董仁达陪着李瑞萍四处求医,从市里的大医院到乡间的土郎中,从进口的西药吃到自配的中药,各种心脑电图、超声波、X光全做过了,什么问题也查不出,病却越来越重,成天哼哼地叫嚷,问她哪里不舒服,竟是说不出,全家人给闹得走投无路。

粉宝回娘家去和父母说了,王松也从未见过这种病例,粉宝的母亲却突然想到了,她怀疑是春英子家在捣鬼、在念咒。粉宝回去问董克,董克自然不信。可是老太太相信了,她坚持要李瑞萍上春英子家赔罪。李瑞萍被病魔折磨得苦不堪言,根本顾不上什么面子里子了,只要有一线希望,她就要抓救命稻草,于是,董仁达哭丧着脸搀着李瑞萍来到春英子家。

春英子家门一开,李瑞萍跪下来就磕头,弄得人家莫名其妙。

后来,村上就传出了风声,说李瑞萍是精神病,这当然是春英子家在背后造的谣。可是这个谣言倒提醒了董仁达父子。

董仁达立即带着李瑞萍,赶到上海,到精神病医院求医。

李瑞萍一见到医生,照例是哭着闹着喊:"医生,救救我呀,医生,救救我呀。"

叫她讲述病情,她却颠三倒四。

精神病医院那位年轻的女大夫却不嫌她啰唆,耐心地听她讲,然后很简要地查了一下,就很有把握地开起药来。

董仁达以为老婆真的患了精神病,又急又怕,紧张地问:"医生,是不是精神病?"

女医生不满地横了他一眼:"你怎么瞎说,不是!"

"那、那是什么病?"董仁达像遇见了救星。

女医生说:"更年期综合征。"

李瑞萍和董仁达都没有听说过这种病,一起追问:"更年期综合征是什么病?"

女医生笑了:"说是病,又不是病,说不是病,又是病,这是一种生理变化引起的病态,不是什么要紧的事体,你们可以放心了,只要保持心情愉快,过了这一段时间,自然会好的……"

李瑞萍还不放心:"大概要多长时间?"

"少则几个月,多则几年,哎,你是做什么工作的?"女医生问。

李瑞萍愣了一会儿,说:"下放户。"

女医生"哦"了一声:"在苏北?快了,都要解决了。"

李瑞萍止不住流下了眼泪。

女医生又关照:"现在有这方面的书,你可以找来看一看,不要紧张,要有信心,会过去的……"

李瑞萍不知怎么感谢她才好,反反复复地叨叨:"好人,好人,好人……"

女医生又笑了,末了说:"我也是下放在苏北的,后来上了医大……我给你开了一点镇静药和谷维素,谷维素常吃,镇静药嘛,你自己掌握，不到必要时尽量不吃，如果实在觉得心里焦虑烦躁，控制不住时，小剂量用一点，千万注意，不能多用，相信你会安然度过的……"

李瑞萍走出医院大门，顿时觉得精神状况好多了，那种说不出地方、说不出味道的难受也减轻了。

回到旅馆，女儿董琪已经在那里等他们了，母女相见，难免又是一场悲悲切切的叙述。

董琪是一个人到农场插队的，三年前，被推荐到上海上了大学。临上学前，董琪从农场赶到父母下放的地方，和家人道别，全家大喜，唯有李瑞萍，总感到女儿的笑很勉强，笑中夹着痛苦。李瑞萍也知道，凭女儿的背景，推荐工农兵学员，不大可能轮得到。她几次想问一问女儿，可欲言又止，假如女儿有什么难言之隐，就让她埋在心中烂掉、忘掉，不应再去挑出来，刺痛她。夜深人静，母女同床齐卧，李瑞萍只对董琪说了一句话："过去不管发生了什么事，但过去不再属于你了，你把眼睛朝向明天吧。"

董琪听了母亲的话，放声大哭，吵醒了全家人。李瑞萍说："睡吧，睡吧，琪琪开心煞了，疯了……"

三年过去了，董琪快要毕业了，她告诉母亲，已经有对象了，是大学同学，也是苏州人，他们正在争取毕业后一起回苏州工作。

董琪要陪父母在上海玩几天，可是李瑞萍惦记家里，想到一家人为她的病吃了不少苦，今日总算有了眉目，她急于要回苏北乡下。

董琪送父母到长途车站，买了几盒外婆最喜欢吃的酥糖，还拿来一张她和对象的合影，要带给外婆看看，从小，外婆最喜欢她这个外孙女。

汽车发动了,李瑞萍泪眼蒙眬地对女儿挥手,心里念叨着:快了,快了,快了……

老太太却等不及了。

她没有等到回苏州,甚至没有等到女儿从上海看病回来。

就在女儿回来的前一天夜里,几十年未见面的老伴突然来了,喊着她的小名说:巧儿,跟我去吧,我一个人过,孤单得很……老太太舍不得女儿,又放心不下丈夫,二十几年来,她跟着女儿出来后,就没有回去过,对老头子又恨又想。老头子当初戴上历史反革命的帽子,害苦了她,也害苦了女儿,她是反革命家属,女儿就是反革命子女。女儿不管怎么困难,每月都寄钱给父亲。几年前,老太太突然得到一个什么暗示,好像老头子已经不在人世了,问女儿,女儿说她瞎想,并把每月寄钱的收据给她看。她总是半信半疑,总想着什么时候该去看看他了。

这一夜,老太太就跟着他走了。

李瑞萍满怀喜悦千里迢迢奔回家来,刚进村口遇上村上一个农民对她说:"你可回来啦,你家老太太昨天夜里去了。"

李瑞萍如雷击顶,只觉得心里那种说不出的难受,又烫又辣的感觉又上来了,她"噢"地叫了一声,又瘫倒了。

那个农民吓坏了,连忙和董仁达一起连抱带拖把李瑞萍弄回家。

李瑞萍睁开眼睛,最先看见的就是直挺挺躺在门板上的,白发苍苍、干瘪瘦小的老母亲。她哭号着扑过去,被大家拉开了。

董克董健跪在母亲身边,董克说:"外婆去的时候很安静。"

李瑞萍哭着问:"她、她说了什么?"

"她说要去看看外公,说外公一个人太冷清了,别的没有说。"董健扶着母亲,"你看,外婆没有什么牵挂了,她很安详……"

安详也好,不安详也好,母亲就这么去了,从此再也没有母亲了,李瑞萍活到四十五岁,几乎还没有离开过母亲,她接受不了这个事实。

她结婚后刚刚怀孕,母亲就从老家出来了,那时父亲躲过了"镇反",没有被定罪,当时还在一所中学做教导主任。家底基本没有动过。母亲从家里带出来许多东西。到了一九五五年"肃反",父亲出事了,被划为历史反革命,判了五年刑,李瑞萍曾几次劝母亲回去,母亲怕连累女儿没有回去,后来父亲刑满释放,母亲还是没有回去。几十年来,母女相依为命,特别是全家下放农村后,日子很苦,母亲却无怨言。一直到老人家过世,她从家里带出来的那些东西,已经全部变卖完了。

老太太苦了一生,临走时却一无所有。

最使李瑞萍伤心的就是母亲终于没能回得苏州,母亲的尸骨就埋在这里了。

埋葬了老太太,李瑞萍的病更加重了,大剂量地服用镇静药也不见效。

下放户回城的消息却越来越多,越来越近。

终于有人来调查摸底了。

李瑞萍填了发下来的表格,送到公社下放办,下放办的邱主任当年曾和李瑞萍在一个工作组工作过,产生过一点小矛盾,女人气量小,一点小事也挂在心上,现在李瑞萍撞在她手里,虽说政策她改变不了,但谈话时给她点颜色看看也可以出口气。

邱主任斜眼看了一下表格,说:"好,老李,你放着吧。"

李瑞萍想打听一点确切的消息，还没有开口问，邱主任却说："哎，老李，你下放前是哪个单位的？"

李瑞萍说："我是居民下放，老董是……"

"老董是老董，你是你……"邱主任打断她的话，"老董有单位，没问题，很快就能落实的，可是你……上面有个精神，没有单位的，恐怕要缓一缓呢……"

李瑞萍很急："我不是没有单位，我是居民下放，居委会就是单位嘛。"

"居委会算什么单位，我说的单位，要能安排你工作，安排你住的，居委会能吗？不能的。再说你下放前也没有工作，现在下放户关键是有原单位，原单位会负责的，居委会就不行了……"

李瑞萍差一点哭出来："我，当初，又不是我要退职的，说过退职不吃亏的，一样待遇的……"

邱主任冷笑了："谁叫你退职了呢，你若是好好地工作，怎么会叫你退职呢……"

李瑞萍不由自主地说："是的，大概是因为我父亲的历史问题，我后来才明白的……"

"不见得吧，"邱主任更加得意，"我党的政策历来是不唯成分论，不会因为你父亲的问题叫你退职吧，我倒是听说，那时候犯了错误才退职呢，现在是开除，那时候叫退职……"

"犯了错误？犯了错误，犯了错误……"李瑞萍双眼直愣愣地盯住邱主任，一迭连声地重复，"犯了错误，犯了错误，犯了错误……"

邱主任看李瑞萍不对头，连忙笑起来："老李，你当真呢，我同你开玩笑的……"

可是已经迟了,邱主任也想不到这几句话会使李瑞萍的精神彻底崩溃。

李瑞萍突然爆发出一阵刺耳的大笑,并且一笑再也不可收拾了,她指住邱主任,嘴里不停地说话。

在公社办公的人闻声都围过来看,有人说:"疯了,疯了。"

公社一位领导问邱主任:"怎么回事,你说什么刺激她了?"

邱主任很害怕,连连摇头。

大家上来劝李瑞萍,有人倒来开水让她喝,有人让她坐下歇一歇,都一概被李瑞萍的大笑弄得不知所措。

邱主任自知闯了祸,连忙跑到公社卫生院请来一位有本事的老医生。

老医生稍事检查就明白了:心应性反应,精神分裂症的一种。

李瑞萍大笑不止,浑身乱颤,医生开了大剂量的安眠药,肌肉注射后,过了好一阵,也不见起效,医生正感到奇怪,董仁达和儿子董健闻讯赶来了。

李瑞萍见了董仁达,突然不笑了,一本正经地说:"哎呀,老董,恭喜你啊,你可以回去了。"只几秒钟,随后又大笑起来。

董仁达告诉医生,李瑞萍已经有一个阶段每天服用镇定药,医生"哦"了一声,说:"先到卫生院去,还是要让她先安静下来。"

李瑞萍在卫生院又打了一针,才慢慢地止住了笑,睡了过去。

医生告诉董仁达,这种情况,恐怕要住一阵医院,最好是住到苏州的精神病院去,他可以写信给他的一个学生,帮助解决床位。

董仁达父子回村去筹集医疗费,家中几乎已是倾家荡产,只有去借债。可是当地农民也都很穷,何况都知道下放户要走了,谁肯做这样的傻瓜,万一借了不还,要讨债还得花费一番工夫呢。

董健毕竟年轻,不好意思开口,到邻村几个知青和下放户那里转了一圈,垂头丧气空手而归。

走到村口,突然听见有人"喂"了一声,抬头一看,竟是春英子。董健觉得没脸见她,想避开,春英子却走近来,拿一个纸包往他手里一塞,不说什么,转身走了。

董健捏着沉甸甸的纸包,晓得包的是什么,心里一热,眼眶红了。

董仁达和董克也在外转了一天,几乎没什么收获,春英子这八百块钱帮了大忙。可董健一想到这八百块钱就是他家赔春英子的钱,心里很不是滋味。

为了看病方便一些,经过一番周折,最后由公社出面,派出了专人负责,帮李瑞萍把户口先办回了苏州。

离别整整十年,终于回家了。可李瑞萍却无家可归,丈夫和孩子还在下面,要等着按正常手续办调动,没个半年一年的,至少也得一两个月。还有,母亲,永远地留在乡下了。

这一天,李瑞萍由丈夫和小儿子搀送着,来到她回苏州后的去处——苏州精神病医院。

迎接她的,是一群真正的疯子,李瑞萍看着这些傻笑着的,哭着的,唱着语录歌、跳着忠字舞的,还有被绑在床上的人,不由又哈哈大笑起来。

第 3 章

如果说当初百万知青大军几乎在一夜之间拥了回来，确实给一些大中城市带来了相当的压力，造成了某种恐慌的话，那么，几乎在同时期，苏州这座古老的小城的背脊上，也同样被返城的下放户压上了一个极为沉重的包袱。"文化大革命"曾经给中国的每一座城市、每一处乡村都留下了不可磨灭的记忆和难以弥补的创伤，有许多从前不为世人所知的地方，因为"文化大革命"而闻名于世。也有许多地方因为"文化大革命"，而改变了世人对于它的看法。在苏州这样历史悠久、民风纯美的城市，先是令人惊骇的武斗震动了外界，接着，大规模地下放干部、工人、居民，又使外地人瞠目结舌。

十年以后，知青回来了，下放户也回来了，他们同样遇到了工作、住房、生活等困难。然而，知青们毕竟还有个家，有一个虽然没有多大的能力，却好歹支撑了他十年，也还能继续再支持一下的后盾。可是下放户没有，他们带回来的是一堆不值钱的破烂农具和几张要吃要喝的嘴。

他们没有家，没有后盾，没有支撑点。

他们没有一点退路。

政府预料到会有一场恐慌和混乱,事先制定了方针政策规定:一定要自己寻到了住处,有了所在地居委会的证明,才能办回苏手续。

于是,奇迹出现了,几乎所有的下放户,在几天之内都手持一张有居委会大红公章的证明来办手续。

中国人民是聪明的,什么办法都能想出来,什么奇迹都能创造出来。

轧钢厂厂长这些天真是伤透了脑筋,他们厂当年下放了十户职工,现在都回来了,其中竟有九户是无房户。还没有容他来得及想一想办法,仓库里已经挤进六户,老老少少几十口,另外三户分别住在车间和厂部办公室,厂里到处堆着他们从乡下带回来的破烂货。

才过几日,厂里就开始失窃,小到破铜烂铁,大到机器马达,工人们有意见,说这样乱下去,厂里要给他们几户人家败光了。下放户却拍屁股拍胸脯骂厂里没有良心。

下放工人老薛的老婆赵巧英尖嘴利舌,厂部办公室上班的人成天听她演讲,厂长实在听不下去,去找老薛。

老薛正捂着耳朵坐在板床上。

厂长皱着眉头说:"老薛,你不是说你们找到房子了吗,你的证明不是凤凰街居委会开的吗,你为什么不住到凤凰街去?"

老薛苦笑着摇摇头:"没有,哪里有。"

厂长生气地说:"老薛,不是我批评你,你以前也是厂里的骨干嘛……"

"骨干个屁!"赵巧英横戳枪,"骨干还叫他下放呀,你们这种人,势利眼,就是看他人老实,好说话,欺侮他吗……"

厂长怕赵巧英,没有理睬她,只对老薛说:"你怎么可以用欺骗的办法回来呢?"

赵巧英却不饶过他:"欺骗?谁欺骗谁?是你们骗我们的!当初怎么说的,多好听啊,下去吧,下去享福呢,新房子给你们造好了,连水缸也挑满了水,大米饭尽吃。啊哈哈,放屁都不如!既然你们能把我们骗下去,我们就不能骗上来吗?你说要我们搬走,可以,你先还我这十年工夫,你还了我,我马上走!"

厂长叽咕了:"从来没有见过这样不讲理的人。"

赵巧英又尖声说:"谁不讲理?是你们不讲理啊,当初我们在城里过得蛮好,硬动员要把我们赶下去,白吃了十年苦,现在活着回来了,还不让我们住,你这种做厂长的,怎么还有面孔来教训我们?"

厂长哭笑不得:"当初我又不是厂长,那一年我还没有到轧钢厂呢,怪我呀?"

"不是张三就是李四,一路货,根本不把我们下放户的死活放在心上……"

厂长原本是来批评他们的,结果反而吃了一顿辣乎酱,灰溜溜地走开了。厂里人都讲,这帮户头,乡下兜了一圈回来,扪得不得了,惹不得的,快点弄个房子送走吧。

实际上,赵巧英虽然嘴凶,可占住厂里的仓库、办公室心里也不是滋味,她动员了另外几户下放户居然拖儿带女,扶老携幼坐到厂长家门口,向他要饭吃,要房住。你要是同他们讲道理,讲不出三句话,就要赖皮,不是破口大骂,就是大哭大闹,厂长家里被下放户搅得鸡犬不宁。

厂长心里火天火地，面对像癞皮狗一样缠住他的下放户，真想也破口大骂，可是每次话到嘴边，却骂不出来。他看着这些失去人的尊严，甚至失去人格的人，心中不由泛起一股苦涩的滋味，他相信，如果不是生活所迫，谁也不愿意丢掉自己的尊严和人格，他又何尝不想帮助下放户解决问题呢。

可是，叫他一下子从哪里变出九套房子来噢。厂长焦头烂额，跑到上山下乡办公室去叫苦，推门一看，才晓得苦的不是他一个，凡有下放户的单位，现在无一幸免遇到难题了。

下放户是横竖横的坯子，看看盯住厂长没有用，索性跑到市政府去胡搅蛮缠。

市政府也伤透了脑筋，三番五次开会，专门研究对策，结果还是背上了不关心下放户的名声。

由于不断从其他省市传来可怕的消息，××市下放户的棚户区失火，死伤多少人，中央通报；××市下放户的棚户区被大水冲垮，死伤多少人，中央通报。市里也不敢贸然行动，再搭建棚户区。但是总不能眼看着上万户人家几万人无家可归。市领导最后决定，造几片新区，建造砖瓦结构的简易住房，以解燃眉之急。

速度是惊人的，仅几个月的时间，在苏州各处，就出现了七个新区，建起了近千幢平房。

下放户笑了，笑得多么辛酸啊。

七十年代的最后一个除夕。评弹老艺人俞柏兴终于拿到了住房证。迫不及待要马上去看房子，说要是赶得上，当天就搬，进新房过年。

俞师母听了喜讯，病也轻了，说，是啊是啊，今年总算开开心心过个年了……

俞柏兴一家从乡下上来,借住在亲戚的墙门间。这墙门间原先是不住人的,作为一个过道,各家堆堆杂物。俞柏兴上来后,没地方住,亲戚见他们可怜,动员几家邻居,把墙门间空出来,后面用芦苇挡一挡,俞柏兴一家三口就住在里面。

俞柏兴紧紧捏着住房证和钥匙,同儿子搀扶着正患重病的俞师母,三人一起来到采莲浜。

采莲浜已是今非昔比了,远远望去,一片红,红砖红瓦,好像把半边天也映红了。

俞进很激动,他记得小时候到采莲浜来野白相,捉蟋蟀,挖蚯蚓,采莲浜是一片荒凉,毫无声息,偶尔有一只老鸦飞过,叫几声,悲哀凄厉。那辰光,大人都不许小人到采莲浜去,说那地方是乱葬坟,不清爽的。

他们终于走近了那一大片红色住宅区,找到了十八幢,找到了属于自己的那一套。

可是,站在门口,三个人全都呆住了。

房门是劣质木条钉起来的,有寸把宽的缝。墙是空心的,屋顶盖一层芦苇,一层油毛毡,再压几块红瓦,房子又矮又小,总共一间十几个平方,一隔为二,里间是卧室,外间是烧饭吃饭的,隔开处也不装门,就是一套住房。尤其是地上,泥地原封不动,高低不平,野草有半人高,甚至还有几堆大便,大概是给造房子的工人当了粪缸。站在门口,一股恶臭扑鼻而来。俞柏兴不由一阵头晕,差一点摔倒。

俞师母气得直抖,退了出来,结结巴巴地说:"这、这,怎么住人噢……"

俞进也绝对想不到新居会是这种样子,这样的房子,和苏北乡下的小茅屋又有什么区别呢。

"他妈的!"小伙子受不了了,"把我们不当人,我找他们去,叫他们来看看,这地方,猪狗都不愿意住的……"

俞柏兴缓过一口气,连连说:"这是什么世道噢,我是作了什么孽噢……"

这辰光,来看房子的人家多起来,看到这样的情形,大家都忍不住了,一时间,采莲浜的骂声不绝于耳。

安排在俞柏兴紧邻的老薛一家,也站在门口发愣,小女儿薛玲呜呜地哭起来。

赵巧英狠狠地吐了几口唾沫,破口大骂。

老薛觉得老婆骂得太难听了,劝了一句:"好了,骂人又有什么用噢!"

赵巧英回身指住男人的鼻尖:"全怪你这头猪猡,一点花头也没有,派这种房子给你,你就认啦?跟了你,霉头触够了。我问你,你打算怎么办?"

老薛说:"我也不晓得怎么办,我看也只好住进去了,弄弄清爽吧,不住怎么办?"

"呸!这种地方怎么好住人,你个瘟生,这里我是不住的。去,去寻他们评评理!"

旁边马上有人问:"是呀,是要去评理,可是寻啥人有用呢?"

赵巧英眼睛一翻:"当然寻自己单位头头啦,盯别人有屁用。"

"对,去叫他们来看看!"大家同仇敌忾的样子。

"哎呀,不来事了,今朝年三十了,哪里还有人上班噢。"

赵巧英说:"管他上班不上班,到屋里去拖出来,霉头大家触触,他不让我们过日脚,我们就不让他过年,到他屋里去吃年夜饭,那帮户头,不能同他们客气的……"

俞柏兴受了启发,对儿子说:"走,我们去找王局长。"

三个人换了两次公共汽车,从城西赶到城东文化局局长家,已经将近中午。

王局长老婆开门一看是俞柏兴,不由皱皱眉头,把人挡在门外,说:"老王不在家。"

俞柏兴连忙问:"到哪里去了?"

王夫人没有好气地说:"今天还能到哪里去,今天大年夜,总不见得还要上班吧,忙了一年,连这最后一天也不让他歇呀,人呀,也太狠毒了……"

俞柏兴被说得面孔发白:"这、这,他……我……"

"他去办年货了,今朝年三十,天皇老子也管不了的,屋里到现在过年物事一点也没有准备呢……"

俞进冷笑一声:"是呀,你们急的是年货没有办齐,我们急的是年三十到哪里去过夜,你们屋里暖烘烘,你不看看,两个老人,快要冻僵了……"

王夫人也有点动心了,但她晓得这些下放户是没有弄头的,只好铁着心肠说:"这又不能怪我们的,当初啥人叫你们下放的,你们去寻啥人解决呀……"

俞进一听更加气愤,刚才在采莲浜听赵巧英讲话时,还觉得赵巧英有点强横,现在想来,赵巧英的话一点不错,是不能同他们客气,他心一横,往门口挤过去,以强蛮的口气对王夫人说:"今朝我们不走了,赖在你门上了,今朝大年夜,共产党的年夜饭大家吃吃……"

王夫人手足无措，连连说："怎么这样赖皮呢，怎么这样赖皮呢……"

俞柏兴也觉得儿子太过分，拉住他说："算了，算了。"

俞进眼睛一瞪："怎么算了，算了怎么办？"

俞柏兴长叹一声，搀住老太婆，说："还是回墙门间再住几日吧，让人家过了年再说吧，不要去搅得人家过年不安逸了……"

俞进还想说什么，俞柏兴对他摇摇头，他也失去了信心，他心里也明白，在这里等到天黑也无济于事。

三个人冒着寒风又转回来。

可是，这里的墙门间也容不下他们了。他们的东西，已经不由分说，被装上两辆黄鱼车，静静地停在大门口。

见他们回来，那位亲戚连忙过来说："啊，恭喜恭喜，分到新房子了，听说你们要搬过去过年，我去借了两辆黄鱼车，先帮你们搬起来了，这墙门间，大家也等不及了……"

再看墙门间，各家已经占据了一方天地，有的安置了烧饭家什，有的堆了杂物。

他们被扫地出门了。

俞进说："不管怎么样，搬我们的东西，总要先同我们讲一下吧，怎么可以这样自说自话呢……"

天井里的邻居中有人笑着说："哎哟，你们那些破烂，送人恐怕也送不掉呢，还怕丢失了什么呀？再说你们住这墙门间，又无门无窗，人家要是想偷，还不早偷走了。真是，几件破烂还当宝贝呢……"

亲戚也叹口气说："唉，不瞒你们说，这墙门间不是我们家的，本来是公用的，当时我和各家商量了，让你们临时搭一张铺的，哪知你们一住几个月,不走,邻居都和我讨气,原本我们相邻关系好煞的,现在为了你们,唉……不说了,不说了,反正也过去了,总算盼到房子了……"

俞柏兴有口难言:"可是,可是,那房子,那房子……"

俞进咽不了居人屋檐下的这口气,对父母说:"走走走,睡大马路去!"

俞师母跟着奔波了一上午,又受了寒气,咳嗽得厉害,站也站不住了。

俞柏兴仰望苍天,他实在不明白,自己一世人生清清白白,为什么老来要受这样的惩罚?

在苏州乡下一个叫甪直的小镇上,沿街临河有一座小茶馆。茶馆的老板是个寡妇,大家叫她俞阿娘。俞阿娘的丈夫早就过世了,留下一个儿子,小名阿兴。俞先生从前是在镇上一家当铺做伙计的,家底很穷,归天以后,什么值钱的也没有留给孤儿寡母。俞阿娘两手空空,从娘家借了些钱,开办了一家小茶馆,收些微薄小利,以维持母子的生活。

从前苏州四郊的水乡小镇,陆路交通不大方便的,进进出出,都是摇一只小船,甪直镇上水网密布,三竖四横六条支流交叉地流过小镇,由于河多水多桥多,甪直镇的街道、民居都别具风味。街道狭窄而进深,街上古建筑很多,绝大部分居民都是面街沿河,开出前门是街巷,开出后门是河湾。在每一家石驳岸边,都有带缆石孔,缆船很方便。带缆石有的雕成龙首,有的雕成鱼形,有花草、如意等,各姿各势。

俞阿娘的茶馆,由于经营有方,生意慢慢兴隆起来。她就扩大了一点范围,设了楼座,请人写了几首诗词挂在墙上,倒也不失一些风雅。俞阿娘还请了两个帮手,不光烧水卖茶,又增加了点心和熟菜的买卖。后来,在俞阿娘茶馆的后门口河埠上,经常停着一只小船,有时运些做点心的原料,有时是专门开到城里或外埠去接一两位说书先生到茶馆来开场子。

茶肆酒寮开设书场,在苏州是很普遍的。

从前苏州人听书,大概算是最主要的娱乐活动了,说书的场所,自有各种各样的去处。比如,某家有喜庆之事,则延聘艺人来家堂唱,或一些官僚绅士家门有长堂唱,每到约定时间,风雨无阻。各埠下来的说书艺人,也有选一庙宇隙场露天卖艺的,但是最多的还是在茶馆站台说唱。书场范围之大小,坐地之美恶,代价统归一律,而说书先生的水平,却要配合于书场情况。那辰光,苏州城内外各街巷茶室很多,故书场也很普遍。

苏州城里的风气,自然也影响到四处乡间小镇,在甪直这样一个小镇上,设在茶馆里的书场不下十来家,有的是长期的,有的是临时的。

俞阿娘的茶馆因为有了点名气,每天宾客盈门,书场倒是不常开,但几时开场,必定请比较高档的说书先生。所以只要俞阿娘的书场一开,听客必济济一堂,稍次一点的先生还不敢登台呢。

到俞阿娘的茶馆听书,收费不高,连茶账每客只需付出三十元,比之苏州城里要少收约二十元。况且,俞阿娘的茶清香异常,茶具也很讲究,正所谓"茶社最清幽,阳羡时壶烹绿雪"。

俞阿娘开书场,无非生意经上的一套,一来可以多挣几个钱,二来也好笼络笼络听客,但有一层效应却是她没有料到的,儿子阿兴从懂事起,就经常泡在书场里,说说唱唱竟然成了他的启蒙老师,儿子的许多知识都是从说书先生的噱头中得来的。

阿兴到了七八岁,就盯牢阿娘要学说书,街坊邻舍都劝阿娘不要让小人去学这一行,阿娘的几个老相好也认为说说唱唱没有出息,倘是阿娘经济上搭不够,他们可以资助阿兴正正经经读点书。因为那辰光说书人虽然蛮受欢迎,但地位很低,据说有一个时期,官府明文规定,由"甲头"管束评弹艺人。甲头就是乞丐头,把评弹艺人当作一般的叫花子小看了。后来一些有名气的评弹艺人联络一起,向官府申述理由,要求脱离"甲头"的管束。由于评弹深受群众欢迎,所以,艺人们的申述也赢得较广的社会同情,官府就发了一个批文,说,虽非正业,接近衣冠,不应由甲头管理。但最终由于掌权的官吏在中间敲诈未成,又将批文改为"虽近衣冠,终非正业",仍然把说书看成是不正当的行业。

阿娘于是立出家规,不许阿兴再进书场,要他潜心读书。

可是已经迟了,阿兴的小心眼钻了牛角尖,一日到夜嘴巴里念念有词,什么钱笃抬酒水糊涂赖婚,什么朱买臣马前泼水,什么唐伯虎三笑点秋香,从头到尾脱脱熟,到十来岁,小阿兴已经能像模像样地往台上一坐,拿一把弦子,自弹自唱自说了。俞阿娘也不再管他,有辰光别家书场碰着尴尬事体,还来请阿兴去撑场,台面撑得还不错呢,人小,架子倒不嫩,老腔老调的,很是入味。

后来,俞阿娘索性让阿兴正式拜了一个师傅,此人姓周,是苏州城里一位大名鼎鼎的说书先生。他开场,非到城里几家大书场不唱,比如观前的吴苑深处、临顿路的金谷等,均是可坐三百人以上的大书场,别的先生说唱收入和场主分成一般总是对半分,他却非四六不唱。

先生本是苏州人,偏偏有了相好,在甪直,所以常来甪直,那天俞阿娘领了阿兴去拜师，先生只叫阿兴唱一段开篇，就答应收为徒弟。

十五岁，阿兴满师，取大号俞柏兴。从此，离开故乡甪直，离开母亲，只身外出去闯天下了。

因为年纪尚小，开码头说唱经常吃亏，书说得再好，俞柏兴也从未拿到这对半分的报酬，总归是四六分，有辰光只有三七分。不景气的辰光，连车旅费也不贴，自己开一次码头反倒要倒贴几钱。

有一年年底会书时，周先生上台说书，被人家在下面喊了一声"倒面汤"，中途下台，从此到处吃不开了。那辰光的评弹会书是十分紧张的，说书人在台上如果说错或唱错一句，或者噱头不足，下面听众就喊一声"倒面汤"，表面上是喊跑堂的倒洗脸水，实际上就是轰说书人下台的意思，啥人被喊了"倒面汤"，以后就不要想再吃这碗饭水了。所以，有不少水平不高的说书艺人，逢到年底会书，总是胆战心惊，甚至卑躬屈膝请大家"譬如买只乌龟放放生"，不过周先生的情况又有所不同，他是因为得罪了富豪人家，而被轰下来的。

俞柏兴开始几年还靠了一点周先生的牌头，及至周先生自己也立不牢脚了，更顾不上俞柏兴，俞柏兴只有经常到上海去开码头。

上海人门槛精，书场老板看见来了小苏州，活吃吃，俞柏兴一无靠山，二无势力，人生地不熟，只好受人家盘剥，有辰光一回书说下来，五筋扛六筋，所得收入只买了三盒自来火，碰到地痞流氓敲诈勒索，那更是死蟹一只，任他们敲竹杠。

到解放那一年，俞柏兴已经三十出头，但因经济困窘等原因，尚未婚娶。

解放后,俞柏兴和苏州大部分说书艺人都参加了评弹协会。开始几年,评弹协会组织实验团,到处去演出,所到之处,受到的欢迎和尊重,使俞柏兴十分感动,他被人老师长老师短地叫得心里暖洋洋,热乎乎。想想从前在上海滩被人看不起,叫作苏州说嘴小瘪三,真是万分感慨,深深体会到共产党对艺人的重视和关心。

说俞柏兴感激共产党,倒是一点不假,他老婆也是共产党帮他找的。那时他已年近不惑,由组织上介绍,认识了苏昆剧团的演员蒋丽贞。蒋丽贞比他小十岁,也是学艺出身,两个人都蛮看得中,很快就组织了一个小家庭,第二年就有了儿子俞进。俞柏兴夫妇正当壮年,在各自剧团里都是骨干,工资长得很快,家庭生活幸福美满。俞柏兴真是连做梦也要讲一讲共产党的好处。

哪里想到,就在俞柏兴做五十大寿的那一年,一切都颠倒了。俞柏兴被突如其来的变化弄得魂飞魄散。

以后几年,老艺人们碰在一起,总是唉声叹气,也有目光远大的,总是说:快了快了,一切总归还是要再颠倒过来的。

俞柏兴和蒋丽贞都相信这句话,他们盼着等着,却觉得身体越来越差,好像快要支持不下去了。

采莲浜的第一缕青烟缓缓地升起来了。

此时已是除夕下晚,苏州城里家家户户都在准备吃年夜饭了。

当俞柏兴一家走投无路,第二次来到采莲浜新居时,全家人又一次惊呆了。

文化局王局长带着几个人在他们的新居里收拾打扫,泥地上的草被除掉,地也整平了,正在铺砖头,四面灰墙已用石灰水刷了一遍,亮堂多了。王局长正在生煤炉。

王局长见到俞柏兴,连忙过来招呼:"俞老师,俞师母。"

俞柏兴愣了一会儿,说了半句:"王局长,这……这……你……"突然泣不成声。

王局长又说:"房子是很差,不过是临时过渡的,一两年……"

俞柏兴连连点头,一腔怨恨立时化成感激之情。

王局长让俞柏兴老夫妻俩坐下,告诉他俩还有几个人帮他们去推黄鱼车了。

正说着,那几个人已经把俞柏兴家两黄鱼车的东西拖来了,其中一个从车上搬下来一只很大的竹篮子,拎了过来,说:"局长,你关照的,买得到的全买了。"

俞柏兴一看,篮子里装的是鱼肉蛋菜和各种点心。王局长代他们办了年货。

俞柏兴老泪纵横,拉住王局长的手:"这……这……你们回去过年吧。"

有个小青年同老艺人寻开心:"俞老师,你小气得来,我们帮你做了大半天,倒是赶我们走啦,我们想赖在你这里吃年夜饭呢,老早就听说俞师母会烧菜呢……"

大家都笑了,俞柏兴也很想同大家开开心,来一段噱头,可是偏偏笑不出来,什么噱头也摆不出来,只是说:"谢谢,谢谢,谢谢……"

紧隔壁的老薛家也正收拾房子,听见这边的笑声,都跑过来看。

赵巧英眼红地说:"哟,你们手脚真快,煤炉已经生起来了,等一等让我来接一只熟煤球啊,哎,你们这一大筐煤球,哪里来的,我跑了几爿煤球店,断命,全关上门了……"

俞柏兴指指王局长:"是他们送来的。"

"哟,你们人手多,好办事体,他们全是你的亲戚啊,你的亲戚真好,我们家那个阿叔啊,哼哼……"赵巧英白了男人一眼。

里里外外收拾好了,王局长他们就告辞了。

俞柏兴这才告诉赵巧英:"他,是我们的局长啊!"

赵巧英"哇"地叫了一声:"局长,局长比厂长官大吧,你们局长真好,我们厂长呢,人影子也不见……"

俞柏兴看看四周,问赵巧英:"看上去,我们两家是最早搬来的!"

赵巧英说:"那也不见得,我看见那边一家,也有人了……"

赵巧英话音未落,从那边门里跑出来一个小姑娘,十来岁模样,远远地站在那边,很机灵很警觉地朝他们看。

赵巧英的小女儿薛玲看见有小朋友,高兴地朝她招招手,叫她过来。

小姑娘慢慢地走过来,一只手很自然地捏住衣袋。

"你叫什么名字?"

薛玲问她。

"梨娟。"

"你们姓李?"赵巧英也插了上来,互相之间对新邻居都很感兴趣。

梨娟翻翻眼睛说:"我们不姓李,我们姓沈。"一口标标准准的苏北话。

"你几岁?"

"九岁。"梨娟挺挺胸脯。

赵巧英看看她:"你叫沈梨娟,九岁,人倒长得蛮长大的,我们家玲玲十二了，比你也高不了多少嘛。哎，你妈妈呢？"

梨娟满不在乎地说："我没得妈妈的，我妈妈人家都叫她张寡妇，她在乡下，和秋桂子那个狗东西去睡觉了，不和我爸爸……"

"啊哈哈哈……"赵巧英高声笑起来，"你这个小人，你这个小丫头，笑煞人了，怎么这样讲话，你娘叫张寡妇？啊哈哈哈……"

其他人却笑不出来。

俞柏兴摇摇头，叹着气说："唉，这小人，唉，小姑娘，你是在乡下生的吧？唉唉，下放下放，真是的……"

梨娟笑着唱起了苏北顺口溜："下放户，下放户，一块破布补夹裤，左补右补露屁股……"

一段粗俗低级的顺口溜，竟说得大家心里很难受。

赵巧英也笑不出来了，恨恨地说："下放，欺侮人呀！我们家老薛，好人兮兮的，真是马善被人骑，人善被人欺，半世人生算得规规矩矩了，一点错误也没有犯过，要叫他下放，总归会寻着借口的，讲他参加武斗的……"

其实参加武斗倒是真的，老薛平时虽然蛮忠厚，但发起憨劲来却是不得了的。那一年他的一个顶要好的师弟被对立的一派捉去活活打死了，老薛得讯，当天就参加了钢铁战斗队，还当了个小头头。赵巧英那时年纪轻，怕他出事，挡住男人，不许他去，老薛眼睛一瞪，把女人推了一个跟头，就住到厂里了。后来武斗升级，动了真刀真枪，有不少人吓退了，老薛却十分勇敢，总归冲在顶前面，被称作薛大刀。有一阵，对立派的人一听说"薛大刀"带了人来，常常望风而逃。

到了动员职工下放的辰光，厂里就拿出这一条，说老薛是犯了严重错误的，不能再留在厂里，要去接受贫下中农的再教育。

老薛不服,说下放归下放,不是赖在厂里不肯走,但闲话要讲讲清楚,当时武斗,全是为保卫毛主席而打的。

人家说,你拎拎清,你的那一派是反动派,现在已经定性了,是反对毛主席的,正因为我们厂里了解你的为人,也不来追究你了,算你是警惕性不高,受了蒙蔽,站错了队,搞错了路线,让你下放,已经是宽待你了。

老薛无话可说。

到了苏北农村不多久,果真有消息传来,他们这一派有不少人被逮捕了,不要说什么大小头目,就是一般的人,不斗得灵魂出窍,也是不会放过的,有几个还被枪毙了。

赵巧英拍着胸脯庆幸,还是下放的好,苦虽苦,穷虽穷,脑袋瓜子保住了。

老薛却仍然犟头犟脑,队里开会,叫知青和下放户去接受贫下中农再教育,老薛总归要辩一句:我是工人阶级,我们家的祖辈三代都是工人,是老大哥,不必要接受阿二头的再教育。

乡下人听听倒也不错,想想又想不通,前世后世不得明白,为什么要叫工人来接受他们的再教育,只是觉得滑稽。

赵巧英晓得讲到武斗会戳男人的心境,也就识相地闭了嘴。

梨娟突然又嬉皮笑脸地对薛玲说:"哎,你们家房间里有没有门?"

薛玲摇摇头。

梨娟笑得更加邪气,正想说什么,看见奶奶从屋里出来,她连忙止住了笑。

沈菱妹走过来,拉住梨娟没头没脑地问:"你有没有拿?"

梨娟挣脱开,后退一步,心虚地捂住口袋:"什么?拿什么?"

沈菱妹也不多说,又拉过梨娟,往口袋里一搜,果真有一张五块的钞票,老太太看见大家都盯住她们,就对孙女儿说:"放在我这里好,你小人,放在身上不好的,你要买什么,你讲好了。"

梨娟眼巴巴地盯着那张票子,说:"哼,你说得好听,我要买什么,你不肯的,你自己要吃香烟的……"

沈菱妹不再同孙女啰唆,转身很热络地对大家说:"从今起,全是隔壁相邻啦……"

大家点头,互相询问,互相介绍起来。

沈菱妹看看俞柏兴,突然笑起来:"哎哟,你是俞先生吧?说书的俞先生嘛。"

俞柏兴不认得沈菱妹,想来从前肯定是自己的听众,不由高兴起来,连连点头。

沈菱妹说:"从前我顶欢喜听你的书,你还记得,有一次在阊门马路福安茶馆,大概有四十年了,你那辰光年纪好轻呢,台上一立,风流小生兮兮。你说一段《义妖传》,说到许仙再遇白素贞,讲了一副对联,笔法淋漓苍古,接下来问听客,这副对子落款图书是啥人:俞柏兴。俞柏兴啥人,甪直乡下一小民自幼习得说书腔,现在苏州坐书场。这只噱头引得满堂彩,我一世人生也不会忘记的,你还记得吧?"

俞柏兴实在是不记得了,他吃了几十年说书饭,放的噱头不知有多少,怎么可能全记得呢,不过他还是点点头。

"唉,我那辰光实在欢喜听书的,可惜没有钞票,一个月也只能听次把……"沈菱妹感慨地说。

俞柏兴客气一句:"你府上……"

沈菱妹笑笑:"我那辰光是在阊门仓桥浜做事体的。"

俞柏兴"啊"下一声,和俞师母交换一个眼色。从前虽说说书艺人和戏子地位比较低下,甚至要受叫花头子管束,但他们自己还是比较清高的,在他们眼中,做婊子是最最下作、最最龌龊的行当,看见婊子,总要远离三分,好像怕染脏了自己。

现在这个老太太竟然大言不惭地称自己是在仓桥浜做事体的,好像一点也无所谓,虽然解放三十年了,俞老先生和俞师母还是有点接受不了。

沈菱妹晓得他们的心思,这许多年来,她碰见得多了。她之所以无所谓地讲出自己过去的行当,倒不是对自己做过婊子这一事实引为自豪,她是先把话讲在前面,省得别人再去猜疑。

阊门仓桥浜的行当,老苏州们心里是有数的,但像赵巧英这样年纪的人,恐怕就不一定清楚了,所以,她插上来问:"什么,阊门仓桥浜做啥的?"

沈菱妹说:"你年纪还轻呢,你不晓得的。"

赵巧英年纪确实不大,刚刚过四十岁,不过到苏北乡下待了十年,弄得人不像人,鬼不像鬼,连自己年纪也忘记了,难得照照镜子,镜子里一张面孔又黄又瘦,老颜煞了,突然听沈菱妹讲她年纪还轻,赵巧英心里不由触动了一下。

梨娟贼皮赖脸地对赵巧英说:"阊门仓桥浜,我晓得的,她是婊子。"

赵巧英大吃一惊,脱口骂道:"你个小死人,你这张嘴,你敢骂你家好婆……"

大家也都摇头说这个小姑娘不像腔,一张小嘴巴太龌龊了。

沈菱妹苦笑了:"人家总归要怪大人没有教管,这个小姑娘,学坏样一学就会,你们那里,下放的地方,风气怎么样?我们那里……唉唉,小人看样学样呀……"

赵巧英像是遇到了知音,拍着手说:"哎呀,一点不错,乡下全这种样子,混乱得不得了,下作得不得了,我们家琴琴……呜呜呜呜……"一边讲一边哭了起来。

薛家的两个女儿年纪相差十岁,大女儿薛琴跟着父母下乡那年已经十五岁了。十五岁的姑娘,在城里人眼中还是个小人,可是到了乡下,大家把她当大姑娘看了,乡下小伙子屁股后面盯急急,薛家门上天天有人来,热闹煞了。

十五岁的姑娘,说她懂,好像又不懂,说她不懂,好像又蛮懂了。小伙子们这样川流不息,她也晓得是来看她的,心里自然开心,慢慢地,听他们讲下流的笑话,开下流的玩笑,也不难为情了。再过一阵,骨头轻了,自己也夹在里面嘻嘻哈哈,动手动脚。

老薛和赵巧英还没有清醒过来,重视起来,薛琴就出事了,十六岁就怀孕了。

祸是一个叫坤宝子的小伙子闯的,赵巧英气得差一点昏倒,坚持要去告坤宝子强奸。那一段时间,正好全国都在抓干部侮辱女知青的问题,要是告上了,坤宝子说不定要吃大苦头呢。老薛劝赵巧英,明明是薛琴和坤宝子两相情愿的事,要怪只能怪自家女儿不争气,怎么能去告人家呢。

一边赵巧英咽不下这口气,另一边坤宝子家里也很硬,放出风来,说孩子是谁的,还保不准呢,坤宝子只是拣了人家吃剩的。据说是坤宝子娘追问出来的,坤宝子第一次和薛琴睡,也没见红。

这一下,不光把赵巧英气疯了,把老薛也惹火了,跑公社跑县城,一级级上告。

坤宝子家自恃有靠山,县衙门里有个亲戚,态度横得厉害。

老薛又往地区跑,终于撞到了清官,地委书记听了老薛控诉,看着老薛那双长满老茧的手,心里震动了,发怒了,一个电话挂给县委书记,县委书记当即找来坤宝子家的那个亲戚,指出问题的严重性,要他赶快做一做工作。

坤宝子家的亲戚连夜赶下来,透了风声,坤宝子家人这才慌了手脚,连忙上门赔礼,并且说,只要薛家愿意,他们讨薛琴做媳妇。

老薛和赵巧英别无他法,只有同意。

于是,薛琴十七岁就嫁出去了。当然,那时还都在一个村上,天天能见面。

下放户上调的消息一传来,薛琴正在坐月子,她已经生了三个小孩,因为都是女的,坤宝子家逼着她继续生,第四个又是女儿,坐月子也看不到婆家的好脸色。听说父母妹妹都要回苏州,自己却因为结了婚不能回去,要一个人留在乡下,薛琴悲喜交加,在月子里大病一场,病好以后,她想和坤宝子离婚,可谈何容易,坤宝子一家对她说,除非你死,不然决不让你回苏州。

薛琴死了心。

赵巧英却放不下心,把薛琴一个人扔在火坑里,她这后半辈子,过得再好也快活不起来的。

"好了好了,回去了,好坏弄得吃吃吧,也算是年夜饭……"沈菱妹说着,拉过梨娟回去了。

另两家也各自进屋去烧煮了。

中国人对阴历年是十分重视的,苏州的风俗习惯更是如此。

抢先搬进采莲浜新居的这几户人家,这时候虽然没有什么过年的心思,但也还在按照那一套风俗行事。

天黑之前,沈菱妹在自家大门上,贴出一副对联:

世间滋味尝遍　无过下放苦
天下奇观看尽　但求明日好

俞柏兴出来倒水,看见隔壁门上红彤彤的,走近一看,连连说:"写得好,写得好。"

见沈菱妹和沈忠明开门出来,俞柏兴连忙问:"你们这副春联,哪里买的?"

沈忠明告诉他,是下午在一个地摊上买的,因为店家都关门了,正好见到有人设摊卖对联,也不算贵,就要了一副。

俞柏兴又连连说好,字好,内容也好。

沈忠明突然想起来:"噢,对了,那个人也是下放户,他自己说的。"

俞柏兴点点头:"想想是的,没有自己的感受,恐怕写不出来呢!"

俞柏兴回到自己屋里,把春联的内容告诉了母子俩,说到"但求明日好"不由叹了口气。老先生盼了十年回苏州,结果盼到这样一间如此蹩脚的住房,不由心灰意懒。

俞师母明白他的心思,劝道:"王局长不是说了吗,过渡的,顶多一两年,说不定开年过年就搬走了呢……"

俞柏兴说:"是啊是啊,一两年。"

嘴上这么说,可心里却都在想,谁知道呢,谁能保证呢。

第 4 章

年头上,街上的店家第一天开门,采莲浜新居的人家,就急急忙忙上街去抢购各种生活用品。

当下放户终于拿到了回城的通行证,拿到了重新做一个城里人的许可证时,他们的心情之迫切、行动之仓促,是可想而知的。他们迫不及待地往城里拥,甚至没有考虑前途和后路,为了行动便利,他们把许多日常用物都扔在乡下,送给乡下人了。

是的,等待他们的是一个崭新的天地,他们相信,只要有了城市户口这张王牌,什么都可以创造,什么都会从无到有的。

然而他们却没有想到,上万家的下放户一起回到一个不大的城市,会给这个城市一些商品的日常供应带来麻烦。

早在年前,一些杂货店的煤炉、水缸、饭锅、提桶,甚至连火钳、碗筷都一抢而空。

年前没有买到的,一过年,自然要来抢购了,这些东西,都是日常生活的必需品呀。

年初四一大早,采莲浜二区十八幢的老薛就去借来一辆手推车,约了俞柏兴父子和沈忠明上街,赵巧英不放心男人买东西,也一起跟了去。

杂货店磨到上午九点半还没有开门做生意,门前已等了不少人,那些上街游玩的人,还以为要抢购什么处理品呢,有的居然也挤在里面等了起来。

老薛他们几个人正在闲聊,沈忠明突然发现卖春联的那个人也在等开门。

"就是那个人,卖春联的。"沈忠明对俞柏兴说。

俞柏兴蛮有兴趣地看着这个人,戴一副度数很大的近视眼镜,穿一件中式的灰布罩衫,看不出实际年龄,样子有点像老法里的账房先生。

"这位老兄,"俞柏兴拍拍他的肩胛,"听说你自己写春联卖的,还有没有了,我也想买一副……"

这边赵巧英听见说买春联,也凑过来:"哎,我也要买,咦,你?啊哈哈,陆家里的儿子嘛,陆顺元嘛,啊哈哈,哎哟哟,好几年不曾见面了,你怎么弄得这副腔调,老颜得来,我记得你是和我同年的,还比我小三个月,对不对,你看看,老老头了嘛……"赵巧英一眼看出别人老了,也不想想自己什么样的形象。

陆顺元只是"嘿嘿"地朝赵巧英笑。

陆顺元父子原是赵巧英娘家的邻居,赵巧英出嫁前,一直同陆家里住一个门堂,称得上是十分熟悉了。

陆顺元的父亲陆煦亭,据说是明朝辰光某某状元的后代。陆家屋里倒确实有点书香门第的样子,爷儿俩像一个模子里脱出来的,一样的货色,书卷气十足,在平民百姓眼里,只觉得这家人家酸气,缩笃气。

其实陆家到陆煦亭辰光,已经败落,老屋里稍许硬扎一点的家当全卖掉了，但不过饿死的骆驼比马大，同平头百姓比起来，还是十分阔气、十分派头的，光光一进三楼三底两隔厢的房子，就足够别人眼红的了。

　　陆煦亭小时候，屋里大体上还撑得住，按照老规矩，供他读书识字。陆煦亭读书倒是十分用心的，对其他营生一概不通，及至家业中落，父亲离世，屋里老娘妻子要他供养，收一点点房租地租已抵挡不了家用，才不得已去谋了一份做账房的职业，但喜欢读书的脾气终是改不脱，几次被人家开销出去。寻了几个铜钿，不是买米打油，总是先淘旧书店，弄回来一堆一堆的线装书，堆在屋角里上灰发霉。这种臭脾气，最后把女人也气跑了。陆顺元才三岁，就没有娘了。陆煦亭老娘死后，家中更是无人照料。陆煦亭倒也不觉得有什么不便，只要饿不死冻不死，他总是蛮活得落，隔几日去弄点旧书回来，自己也不一定来得及看，但弄回来总是开心的。所以，陆顺元从小受了父亲这样的影响，活脱脱培养了又一个陆煦亭。

　　解放以后，陆煦亭先是在一所小学里做总务，后来人家嫌他拎不清，嫌他头脑太旧，不要他了，陆煦亭经人介绍到一家合作社性质的刻字社做事体，总算立住了脚。陆顺元从小因为身体不好，老头子不让他去上学，总在屋里自己教，到十三四岁，早已经满腹经纶，水平大大超过当时的高中生。

　　陆顺元眼看着父亲一天老似一天，还在刻字社做事，而且刻字社里也有风声，说陆煦亭手脚不灵了，说不定哪一日就要退出来了，自己年纪轻轻倒缩在屋里吃现成的，就提出来要去寻工作。陆煦亭却不主张儿子出去做事，商量下来，陆家父子自己挂出招牌，帮人家抄抄写写，刻刻图章，代写信件，多少有点进账。加上收点房租，爷儿俩日脚虽不富裕，倒也过得蛮乐和，大部分空闲辰光，爷儿俩面对面读书,读得摇头晃脑,一日三顿,泡饭咸菜,也可以对付,被头两三年也不洗一次,屋里蜘蛛网结到面孔上也不会去收拾,霉气腾到外面,隔壁人家吃不消,实在看不过去,几个女人来帮他们清扫一次,一边弄一边骂。陆家父子还自得其乐,自顾自看书呢。

到了大热天,陆煦亭在屋里边蹲不住了,出来乘风凉,大家就围着他寻开心。陆煦亭乘机吹一吹自己的状元祖宗,偏偏有个小青年蛮懂历史,特地去翻了书,却发现明朝辰光,苏州没有姓陆的状元,拿这句话去问陆煦亭,大家笑陆煦亭吹牛。

一晃陆顺元二十出头了,陆煦亭开始上心思了,读书归读书,女人还是要讨的,不讨女人,哪里来小人,没有自己的骨肉,陆家岂不要断后绝种了吗?老头子晓得不能再缩在屋里不同外面接触了。他托了几个人,帮儿子介绍对象。可惜,陆家父子的臭名气太响,啥人家的姑娘肯嫁这种缩笃人,做这种人家的媳妇,不气煞也要闷煞的。

陆顺元自己倒不急,还劝老头子,老头子火了,说:不孝有三,无后为大,你懂不懂?

陆顺元夸海口:三十岁之前必定完成婚娶大事。

陆顺元二十九岁那一年,"文化大革命"开始了。

赵巧英向大家介绍陆顺元:"这是我娘家的隔壁邻居,他家老头子,说是什么状元人家的后代呢……哎,陆顺元,你后来到啥地方去了,怎么碰不着你们呀?"

陆顺元说:"下放的,到苏北乡下去了。"

赵巧英一拍巴掌:"哎呀,你们也下去了,同我们一样的命,苏北乡下,嘿嘿,真巧了。哎,你家老头子呢?"

陆顺元低下了头,肩胛也软塌塌的,低声说:"死、死在乡下了。"

赵巧英"哎呀"一声,眼圈红了,过了一歇才说:"唉唉,陆老伯的为人,好煞的,我记得我小辰光……"

老薛拉拉赵巧英,示意她不要讲了,陆顺元面孔发青发灰,非常难看,赵巧英才改了口:"好了,好了,现在总算出头了,回来了。哎,陆顺元,你房子解决了吧?哎,对了,你们家是有私房的,退还了吧?"

陆顺元摇摇头:"难了,难了。"

"那你住啥地方?"

"租人家一间先住一住。"

赵巧英瞪大眼睛,对旁边的人讲:"你们听听,你们听听,天底下哪有这种道理,自己有房子住不着,去租别人的房子住。陆顺元,你好人兮兮,太软了,被人家欺侮的。你男人家硬气点嘛,去讨还你们家的房子!"

陆顺元还是摇头:"去讨过了,讨不回,住满人家了,不肯搬出来。不过总算还好,现在也分了房子给我了……"

"什么地方?"

"采莲浜。"

"啊哈哈,采莲浜,几区几幢?"

陆顺元从口袋里摸出一张纸条,看看,说:"二区十八幢六号。"

"啊哈哈!"赵巧英叫起来,"十八幢,我们又做邻居了,巧煞了!巧煞了!"

赵巧英正在叫嚷,店门开了,大家顾不上再听她的,一拥而进,在店堂里搜索了一遍,却大失所望,年前,卖光了的煤炉、水缸之类,还没有进货呢。

有几个性子急躁的和营业员吵了起来。

大部分人泄气地退了出来。

老薛推起板车,一群人垂头丧气地往回走。

陆顺元被赵巧英拉着去看新房子,一路上赵巧英问个没完,末了发了一通感慨:"唉,你们这爷儿俩,从前在城里就不会做人家,到了乡下,怎么过日脚的噢……"

陆顺元深深地叹了口气,但又怎么能叹出十年来积压的苦楚呢。

大家沉默了一会儿,赵巧英突然又想到了一个重大问题:"哎,陆顺元,你家小呢?你讨了女人没有哇,有小人了吧?"

陆顺元难为情地笑笑。

"哎呀,陆顺元,快四十岁出头了,你还是独个头过呀?哎呀呀,也难怪,总不见得去讨个乡下女人呀。好,这桩事体,你放心,包在老阿姐我身上……"

陆顺元连忙摇头:"不,不要,不要……"

"什么不要?"赵巧英以老阿姐的口气教训他,"我从前听老人讲,不孝有三,无后为大,你懂不懂?照算你满肚皮老古董,应该懂嘛……"

陆顺元当然懂,何止晓得不孝有三,无后为大,老父亲临终前,咽不落一口气,也就是为这桩事体,一口气上不上,下不下,绷了三日三夜,陆顺元看得难过煞了,却不明白老人的心思,后来还是乡下的一位老太太提醒了他。陆顺元说了一声:"爸爸,你放心去吧,我的亲事已经定了。"

老人落下了一口气,但还是不闭眼。

那位乡下老太太说:"他要你说出人来。"

陆顺元为难了,人是有一个,在他心里,但他晓得那必定是不得成功的,说了,不是欺骗老人吗。

就在这辰光,他心里的那个人突然出现了,她挤了进来,蹲在老人耳边,说:"我,金小英。"

老人听了这个名字,果真闭上了眼睛。

陆顺元顿时泪如泉涌,旁边的人也泣不成声。

当陆顺元回头再找金小英时,人已经走了,陆顺元只觉得心中一片凄凉。

采莲浜从前是个什么样的地方,金媛媛心里是很清爽的。

有一年,金媛媛和几个有铜钿人家的太太小姐,到采莲浜去看枪毙人。那个枪毙鬼才二十来岁,风流英俊,居然胆大包天,白相了司令官的姨太太,自然死罪难逃。看上去他倒是死而无憾,还对看闹猛的人笑着喊"再会"呢。

金媛媛轧在前八尺,枪毙鬼走过她身边,还对她甩了一个媚眼,金媛媛吓得瑟瑟发抖。等到枪声一响,金媛媛朝那边一看,不由尖叫起来,不少女人也妈呀妈呀地叫,枪毙鬼满脸血污,人还没有咽气,在地上扭来扭去。执刑的人不晓得是心慌,还是眼力不准,应该打中头盖骨上的,却一枪打在面孔上。

看闹猛的人都哄起来,执刑的人慌慌张张又补了一枪,这一枪总算打了个脑袋开花,枪毙鬼又扭了一歇,四肢一挺,不动了。

金媛媛和另外几位太太小姐魂灵早已出窍,没有看见枪毙人,心里总归不安逸,好像漏脱一场好戏,千方百计要来看一看,等到亲眼看见了,懊悔真是来不及了。由于轧闹猛的多,通道狭窄,进采莲浜容易,出去难,太太小姐们又轧不过别人,一直等到天快要黄昏了,还没有轧出采莲浜,躲在野坟堆里的小赤佬还恶作剧,装神弄鬼地吓人,金媛媛回到屋里生了一场毛病,自此不敢再提采莲浜了。

金媛媛和她的女儿金小英也没有逃脱下放的命运。不过她是个活络人,在苏北乡下过了五年,实在熬不下去,一个人先倒流回苏州了。回了苏州,既无户口,又无落脚之处,下乡辰光,她把两间私房卖了,现在钞票用得精光,人却没有地方住了。金媛媛一把眼泪一把鼻涕哭到原来的居委会诉苦。

居委会拿她没办法。金媛媛从前是资本家的小老婆,虽然男人死得早,她却享了几十年的福,公私合营以前,一直是收男人的工厂利润的。后来公私合营了,就靠男人留给她的家私房产过日脚。从前没有参加过工作,所以,她有什么困难,没有单位帮她解决,自然要寻居委会。可是,居委会说:"你从前是归我们居委会的,现在你的房子卖给别人了,你已经不住在我们这条街上了,怎么还要我们负责呢?"

金媛媛说:"你们还好意思开口问我呢,我还没有问你们呢,当初逼我下乡的就是你们居委会,是你们拆光了我的一家人,害得我无处安身,我要同你们算一算这笔账呢……"

居委会说:"下放也不是我们想出来的,是毛主席号召的,下放是光荣事体,你不要瞎讲啊……"

金媛媛"哼哼"几声:"毛主席号召的,不错,你们全是积极分子,你们最听毛主席话,你们怎么不下放?"

居委会同她没有理讲,但居委会也没有能力解决她的住房和就业问题。金媛媛每天日里到热闹场所去摆一个香烟摊,夜里就到居委会来,睡在居委会的办公室里。

后来居委会被她盯得烦透了,几个主任四处出动,帮她联系,总算寻着一家人家,有一小间空房,房租不贵,只收三块。

金媛媛看了房子,还十分不满,嫌小,又朝西,到大热天,日脚不好过。但想想一时也别无他法,就先住了下来。

这一住就是五年,房租从三块加到六块。到后来,房东人家小人大了,要派用场了,几次要收回房子,金媛媛只有老老面皮,赖住不走。

到女儿金小英上调回来,金媛媛和房东已经吵过好几次,闹翻了。

金小英下放前是在商业上工作的,酱油店的营业员。商业系统当然不止她一家下放户。下放户上来之后,系统里统一安排,全部放在全市七个下放户新区里。

金小英因为回城比较迟,所以反而少吃了不少苦头,一上来就领到了住房证,高高兴兴奔回来告诉姆妈。

分了新房子,金媛媛也喜出望外,可是后来一听说是分在采莲浜,不由气从中来。

"采莲浜,采莲浜我是不去的,那地方,怎么可以住人,那种地方是不可以造房子的,采莲浜,我是不去的……"

金小英劝姆妈:"分到房子已经不容易了,你不去,怎么办?"

金媛媛手指戳着女儿的脑门儿:"你懂个屁,你晓得采莲浜叫啥,叫勾魂浜呀,从前是杀头枪毙的地方,哎哟哟,全是乱葬坟呀,那种地方叫我们去住,真是天晓得呀……"

"单位里讲的,这是临时性的,顶多一两年……"金小英说。

金媛媛翻翻白眼:"现在啥人相信啥人,现在外面人讲的话,全不能信的,走,我同你去寻你们头儿,换一个区,总可以吧,全市有七个区,为啥偏叫我们住采莲浜,欺负我们妇道人家啊?"

金小英要面子,不肯去,金媛媛就一个人去了,结果却萎瘪瘪地回转来,人家说要换地方没有,不要采莲浜的房子,可以退出来,有的人想要还要不到呢。

金媛媛对女儿说:"要去你去,你到采莲浜去住吧,我不去,我在这里住住蛮乐惠蛮惬意的……"

金小英忍不住驳了她一句:"还蛮乐惠蛮惬意呢,人家手指头要戳穿你的脊梁骨了……"

"让人家去戳好了,我只要自己惬意……"

"你惬意,人家可难过了,人家小人大了,要分房间睡了,你赖在这里总不是长远之计,也要为别人想想……"

金媛媛挖苦女儿:"你倒是专门为别人想想的,结果有啥好处,这爿世界,我告诉你,还是多为自己想想,你晓得那个周军为啥甩掉你,就是因为你对陆家里老死人讲了那句话,传到周家耳朵里,当你同陆顺元那只猪猡有啥名堂呢。好,回头你了,现在人家周军呢,做主任医生了。你要为别人,别人呢,哼哼……"

其实,金小英和周军不成功的主要原因还是在金小英这边。当初因为金家和陆顺元他们下放在一个大队,下放户之间来往多,轧熟了。别人觉得陆顺元酸,金小英倒不嫌他什么,可是金媛媛以为女儿要同陆顺元结婚了,坚决反对。她晓得陆煦亭这家人家这世里难有出头之日了,把女儿放到这种人家去,女儿得不到什么好处,她做丈母娘的也没有便宜好揩。

金媛媛在金小英面前大吵大闹,弄得金小英烦透了,金小英是个要面子的人,怕烦,何况她对陆顺元也不至于爱得要死要活,只不过想到自己年纪差不多了,陆顺元总算也有点知识,懂点道理,总比乡下人好。为了求得安宁,只有让步。金媛媛还不放心,又跑到陆家门上,把陆煦亭父子臭骂了一顿。

　　陆煦亭是蛮欢喜金小英的,被金媛媛这么一闹,以为事体黄六了,伤心得大病一场。

　　金媛媛吵散了女儿和陆顺元的事体,心中蛮快活,可是一过几年,还不见女儿谈男朋友,倒有点急了,连忙托人介绍,条件之一是乡下人不要。

　　周军是邻队的一个赤脚医生,是一九六六年前医大毕业的,弄到农村来,算是加强农村医疗力量的。

　　和周军认识,金小英已经三十岁了,不晓得什么名堂,和周军总谈不出兴趣来。周军觉得金小英脾气古怪,捉摸不透,后来以陆顺元的事体为借口,结束了本来就没有什么关系的关系。

　　金媛媛虽然对采莲浜十分忌恨,但最终还是跟了女儿住进了采莲浜。

　　一进采莲浜,就碰到一件令她不快活的事体,她们居然又和陆顺元做了邻居。

　　"丧门星。"金媛媛叽叽咕咕对女儿敲警钟,"你不要去理睬陆家那个赤佬,看见就惹气,你看看那副吞头势,像五六十岁的人了!"

　　金小英也有好几年不见陆顺元了,这次一见,吓了一跳,想不到陆顺元老得这么快。见了陆顺元,金小英一点热情也没有,三十五岁的老姑娘,脾气是有点古怪了。

金媛媛却是把希望寄托在女儿身上,她自己没有工作,单位靠不住,什么好事总归轮不到她的,她只有跟住女儿,指望女儿嫁个好人家,攀根高枝,把她带出采莲浜,所以,对女儿的婚事,她是要加倍关注和操心的。

采莲浜新区的用水,可算是个大难题了,几十户人家共用一个水龙头,每天早上,排水的时候都会发生争执。这一天,轮到金媛媛霸在那里洗衣服,赵巧英熬不牢说:"喂,自觉点,抓紧点了,让拎水的先拎嘛。"

金媛媛横了她一眼:"轮到我,就归我用,你管什么闲事?"

"我们都要去上班的,来不及了,你先让一让,你反正又不上班,等一歇再来用嘛……"

金媛媛立起来,也不顾手上湿淋淋的,两手一叉腰:"哟,上班,上班有什么了不起?你有本事去住好地方呀,怎么也和我们这种不上班的人一样住采莲浜,躺在死人坟堆上?"

这边正在斗嘴,紧靠着水龙头的那一家有人跳出来:"你们轻一点好不好,大清早,吵什么魂,我们屋里三班倒的,早上正好困,你们这样闹,叫我们怎么困,日日这样子,日脚真不得过,再这样烦,水龙头拆掉算了,大家恶死做,大家用不成……"

赵巧英看看手表,时间来不及了,也顾不上再讲什么,只好拎了两只空水桶又回来。

金媛媛仍旧霸住水龙头,排队提水的队伍中又有人开口了,金媛媛正想回嘴,回头一看,说话的人面熟得很,呆喜了一歇,对方却先叫起来:"哎呀,你是金家阿姐呀!"

金媛媛也认出来了,她是毕艳梅,是金小英的亲生娘。

毕艳梅从前是越剧演员，十八岁就挂了头牌小生，屁股头后总是跟了一群崇拜者，越剧迷。金媛媛也是其中之一。那辰光，金媛媛有钞票，只要毕艳梅上台，她是每场必到，日脚长了，台上台下熟悉起来，金媛媛还和毕艳梅结拜了小姐妹。毕艳梅三十岁辰光，出了事体，未婚先孕，养了一个女儿，因为要开码头演出，没有办法带小人，金媛媛又正巧不会生养，身边无子女，所以就把女儿过继给了金媛媛。讲定永远不戳穿西洋镜，不让女儿晓得。这样，毕艳梅要看女儿反而便当，只当是金媛媛的小姐妹，上门白相，就可以见女儿了，反正毕艳梅的心思也不在小人身上，她是那种拿得起、甩得开的女人，唱戏，白相，混男人，出风头，讲排场，有没有小人，无关紧要。

"文化大革命"一开始，毕艳梅触霉头了，面孔涂得墨黑，在街上游斗。金媛媛看见了，吓得拉着女儿就逃，一直到斗人的风头过了，才敢到剧团去打听一次，人家说，那只破鞋吃官司了，你寻她做啥。从此，金媛媛再也不敢去打听毕艳梅的下落。

想不到多少年之后，居然在采莲浜碰头了，这爿世界真是狭窄的。

"毕先生，"金媛媛还是照老规矩称呼毕艳梅，"这几年你到啥地方去了，我寻得你好苦啊！"

"我呀，不要提了，苦头吃足噢……"毕艳梅先谈苦头吃足，开出口来，却颜色腔调不变，仍然是一口沙糯糯的浙江方言，"我们到苏北去了，苏北乡下，哎哟哟，那种地方噢……我们剧团里，百分之九十五的牛鬼蛇神，全下去了，指导员也下放了，只剩三个小人。学员，还有一个顾新梅，她男人不在苏州，在上海，她一个人不肯到乡下去，赖皮的，倒也给她赖下来了。我们胆子小，不敢违抗，全下去了……"

排队的人又一次抗议了,金媛媛退了出来:"好,好,让你们,让你们。"

毕艳梅娇声嗲气地抱怨:"叫我们住这种地方,真不像腔,我毕艳梅,从前在苏州城里,大名气没有,小名气总有一点,这样对待我,我真是想不落。"

金媛媛又问她:"你的先生呢,是刘晓彬刘先生吧,我记得……"

毕艳梅像小姑娘那样很难为情似的一笑:"不是他了,是王小飞。"

"咦,王小飞,我记得好像是王筱梅的先生嘛,那辰光我还看见他场场在戏馆子后门口接王筱梅的嘛……"金媛媛吃不透了。

毕艳梅"嘻嘻"一笑:"从前是王筱梅的男人,现在是我的男人……"

金媛媛"哦"一声,不再追问了,她虽然也是个厉害角色,但在男女这档事体上,却是不如毕艳梅老辣的。

两个人叙旧叙了个把钟头,毕艳梅才想起来问一问女儿。

金媛媛乘机拜托毕艳梅,要她帮小英留心,介绍男朋友。

毕艳梅嘴上答应,其实根本心不在焉,她连小英今年几岁也不记得了,要说轧男朋友,她自己还蛮感兴趣呢,五十五岁,老态已经难以掩盖,但涂脂抹粉,梳妆打扮比小姑娘还精心。

毕艳梅现在的丈夫王小飞比她小九岁,原先是毕艳梅一个师妹的男人,后来离了婚就和毕艳梅做了夫妻。和毕艳梅一样,王小飞在婚姻问题上也是很随便的,可以说是见好爱好,爱一段时间就不爱了,好像也很自然,据说是文艺剧团的职业病。王小飞和毕艳梅结婚,已是第三次组成家庭了。前两次的婚姻加起来没有超过四年,和毕艳梅一起已经过了十多年了,倒不是两个人相爱得持久,实在是形势环境所致。王小飞和毕艳梅新婚不久,社会就大动乱了,以后,挨批斗,写检查,一直到下放农村,根本没有心思谈情说爱,也没有工夫闹离婚,日脚就这么过了下来。

到了农村,开始很苦恼,过了不久也就习惯了,他们好在还带了点薪水下去的,所以至少不用在田里死做挣口粮。毕艳梅唱唱蹦蹦惯了,在乡下闷坏了,第三年就怂恿大队部组织一些小青年搞起了一个业余小剧团,异想天开地发起了什么苏北人唱越剧,把一帮苏北农民弄得滴溜转。王小飞也不甘落后,他比毕艳梅更机灵,虽是唱的越剧,但对苏北人喜欢听的淮剧也略知一二,便弄了几个脚本,另外拉起一个业余淮剧团,和一帮小姑娘嘻嘻哈哈,也搞得蛮热闹。乡下人看见这对夫妻这样搞,觉得很好笑。这对夫妻的关系的确很奇怪,双方都可以在外面寻欢作乐,回到家里还是夫妻,从来没有争风吃醋、寻死觅活的。

可是,毕艳梅越来越觉得老之将至,上调回城,见到了一些没有下乡的老熟人,毕艳梅不由大吃一惊,这农村十年,虽然下田做活的时间很少,但农村的风水和城里相比,毕竟不同,她发现自己变得又黑又粗糙,皮肤松弛,眼睑下垂,实在是一个又胖又丑的老太婆了。而王小飞却正当中年,一点不见老,仍是风流倜傥。毕艳梅不免心中有了些酸意。

重遇金媛媛,晓得了亲生女儿的下落,对毕艳梅来说,并无多大喜悦,只是出于道义,打算把金媛媛和金小英请到自己家中吃一顿饭。

王小飞听毕艳梅说要请客吃饭,以为又是请的哪个较为出众的男士,等客人进门一看,才发现猜错了。王小飞并不知晓毕艳梅和金媛媛是什么关系,也不想去弄清楚,他一眼看见金小英,就发现她和毕艳梅很像。但他却未往这里面想,只是觉得金小英虽然已不是青春少女,却显出一种成熟女人的特点,在她冷冰冰的外表之下,分明有着一种超脱静逸的美。他的情绪立时好起来,妙语连珠,谈笑风生,生动活泼,大献殷勤,几次逗得冷着脸的金小英忍俊不禁。

毕艳梅看在眼里,气在心里,却又是有苦说不出,只能拼命和小英谈话,岔开王小飞的进攻。

金媛媛似乎木然无知,一味和王小飞凑热闹。

突然,王小飞的儿子王念涨红着脸,对大家说:"好了,你们不要演戏了,我看够了!"

金家母女愕然,很是尴尬。

毕艳梅连忙打招呼:"小孩子,寻开心的。小念,你出去玩。"

但王小飞被儿子一喊,果然收敛了一些,后半顿饭,草草收场。金媛媛和金小英好像也感觉到了什么,都上了心思。

金媛媛和金小英回自己屋里去,走到家门口,王念突然从黑暗中跳了出来,对她们说:"你们以后少到我家来,我爸爸妈妈都不是好东西。"

金媛媛母女蛮有兴趣地看着这个十多岁的小男孩,金媛媛问他:"你是王筱梅的儿子吧?你蛮像你娘的。"

金小英也说:"你怎么可以说你爸爸妈妈呢?"

王念"哼哼"说:"不是我说坏,天生是他们不好。你们看好了,你们会看到的,他们是不可救药的。"

金小英看看这个尚未成年的小孩,听他说这些老成的话,觉得不可思议,她以为这个小孩在哪个方面有点不正常。

王念走后,金媛媛说:"滑稽,真是滑稽,毕艳梅这个人,唉唉,怎么说呢……"

金小英却不能忘记王小飞的一举一动,只怪这种富有魅力的男人,她遇见得太少了。

按苏州人的风俗,新年的规矩是很多的,其中有一个项目,年初一,全家要吃年糕团子,讨一家人高兴团圆之吉利。

董家这个年过得可真是四分五裂。董仁达和董健守住一堆乡下搬上来的旧用具,寄住在单位里,每天挨白眼,尝够了苦滋味。董克在乡下,虽然和妻子儿女在一起,但既牵挂母亲,又想到自己掉在乡下回不了苏州,心事重重,自然高兴不起来。女儿董琪大学毕业分回苏州,却无娘家可归,只好闪电般地结了婚,才有了住处。

李瑞萍住在精神病院,心里想着一家几口各居一方的情形,不由潸然泪下。

她在精神病院已经住了两个月,医生护士对她和对其他疯子是有所区别的,她没有受过电休克的治疗,也没有被绑过,只是每天服一定剂量的镇静药,大部分时间,她是在看疯子们表演各种节目中度过的。人就是这样,当她觉得自己已经走上了绝路,再无希望而言时,一看到那些疯子,她突然觉得自己还是有力量的。

新年里,医院伙食也改善了一点,这一天,她吃到了最喜欢吃的红烧带鱼,心情好起来,她和值班医生谈了一会儿,医生对她说,你可以出院了。李瑞萍十分感激那几块带鱼,她总觉得是带鱼给她带来了转机。

下午,丈夫和小儿子来看她,果真又带来了一个好消息,房子分到了。

李瑞萍连忙问:"房子怎么样?"

董仁达父子已经去看过房子,实在不怎么样,但为了安抚李瑞萍,董仁达说:"不错,不错,新建的住宅区……"

"在哪里?"

"采莲浜。"

李瑞萍狐疑地看看董仁达和董健:"采莲浜,是采莲浜?从前枪毙人的地方?那地方能造房子啊!"

董仁达说:"你不要老观念呀,现在建了住宅区,蛮像样的呢……"

董健对分到采莲浜那样的房子,一肚皮意见,这时实在忍不住,"哼"地冷笑一声。

李瑞萍明白儿子的心思,倒反过来劝他:"其实,房子好坏,地点怎样,关系不大的,关键是要自己会收作,你们不是见过苏州城里那种住老式房子的人家,外面看,像鸽子笼,里面弄得漂亮煞的,关键在于人嘛。再说,采莲浜出脚还算方便呢……"

"是啊,"董仁达接着说,"我和小健商量下来,想收作一下,马上就搬了,住在单位里,日脚实在……"

李瑞萍马上沉下脸来,以不容违抗的口气说:"不行,现在不能搬,等我出院再搬!"

董仁达朝董健甩个令子,董健只好作罢。

李瑞萍又强调了一遍:"听见了没有,等我出院再搬!"

董仁达忙不迭地点头。

董仁达和董健走了以后,李瑞萍就怎么也坐不住了,心里好像有什么东西在撞击着,要她行动起来,不让她在医院里继续待下去了。她急着想溜出去看看新房子,可是,精神病院的防范十分严格,很少有病人能够溜出门。可李瑞萍心想,疯子逃不出去,她也许能出去,她不是疯子。所以,乘中午病人家属探病,病房门不上锁的时候,李瑞萍拉开门就走了出去,护士居然没有发现。有几个疯子却叫喊起来:"逃走了,逃走了,三十八床逃走了!"

李瑞萍在楼梯上就被一个小护士拉住了,连推带搡弄回了病房。

这个小护士是新来的,对病人的情况还不了解,见李瑞萍居然敢逃走,差一点就会酿成事故,这天只有她一个人当班,心里害怕,唯恐管不住这群疯子,就干脆把李瑞萍绑在椅子上。

李瑞萍叫喊起来:"我不是疯子,我和他们不一样,你不能绑我!"

越是疯子,就越说自己不疯,就像越是醉鬼越说自己不醉一样,小护士是坚信这一条的。她先是不理睬,后来就烦了,说:"你再叫,我要上电了。"

李瑞萍不再做声了。

疯子们在一边看着她,开心地笑,有的还来抓她的脚底心,李瑞萍真是欲哭无泪。

好容易等到医生上班了,才让护士把她放了,这时候,李瑞萍忍不住哭了起来。

医生说:"你好好的,谁让你到外面去呢,这不是自找苦吃吗,你是晓得这里的规矩的。"

李瑞萍说:"家里人来说的,分新房子了,医生你想想,这么多年了,总算回来了,总算有了自己的家,我是心里急呀,我想去看看。"

医生是了解李瑞萍的,知道她这个病和心绪的好坏大有关系,现在既然已经分到了房子,病情也好转了,不如让她早一点出去。

几个医生找主任大夫汇报了一下,主任大夫来给李瑞萍检查后,最后同意了。

那个小护士因为错绑了李瑞萍,心里是有点内疚的,听说李瑞萍可以出院,就主动帮她打电话通知家属。

一切是那么顺利,李瑞萍的心几乎要融化了。等董仁达赶到医院接她时,她忍不住笑了。

董仁达看见李瑞萍笑,他也想笑,可是笑不起来,却想哭。李瑞萍哭了,她想,多么不容易啊。

办出院手续之前,主任大夫特意又来关照,说经过医院两个月的观察、治疗,他们认为李瑞萍虽然有短暂的错乱、失控症状,但总的看来,精神还没有到崩溃的程度。大夫反复强调,李瑞萍没有什么大不了的病,只是有一些忧郁,还是属于更年期综合征的反应,千万不能自以为患了精神病。

李瑞萍受到治疗和鼓励,果然鼓起了信心,出院后,似乎什么病痛也没有了,精神抖擞地张罗搬家。

正月十五这一天,董家搬进了采莲浜。至此,采莲浜二区十八幢房子全部住满了。

由于他们是这一幢最后一个搬进来的,先住进新区的人家都来帮忙,热情地问长问短。

李瑞萍更以为自己坚持出院后再搬家的主张是对的,如果先搬来,邻居见不到主妇必定追根寻底。她怎么能把精神病的名义带到新邻居里来呢。过去的噩梦已经结束,新开始的一切都应该是美好的。

然而,生活却永远是一个未知数。

第 5 章

接连大概有两三年,城西离采莲浜稍近的一所中学和两所小学,十分混乱。采莲浜下放村近千户下放户的子女就读成了一个大问题,似乎只有到这时,大家才发现,住宅区不可能是一孤立的地方,没有成龙配套的设施,即使解决了住房困难,也只能算解决了日常生活中的一半难题。当然,采莲浜的住户,除了子女上学,还有其他许多不便,由于商业网点迟迟建不起来,各种服务性措施跟不上,他们购买日用品,买煤球,剃个头,洗个澡,都要花上半天时间,但这些都还能克服,唯独子女不能正常上学的事,他们无法接受,那几年,家长们的用心也很明朗,自己被耽搁了十多年,不能再误了下一代。附近的几所小学,每一个教室学生人数几乎都超过了六十人,下放户的子女被塞进每个教室,但却不能从根本上解决问题。也不能说市政府、市教育局没有想办法,可由于经费困难,一时不可能在采莲浜附近新建中小学,更何况大家都知道采莲浜是一个临时过渡住宅区,今后还不知什么样子呢,再没有远见的人也不会去那地方新建中小学或是其他什么稍大一点的建筑。

有关部门发动附近的中小学和下放户互助,由几所中小学挤出所有可能腾得出的房间,开辟教室,课桌椅由下放户子女自带,这样倒也解决了不少矛盾。可是更大的问题又出现了,师资力量不够。本来中小学教师就奇缺,现在又添了几个教室,早已经焦头烂额的老师们,哪还有精力、时间、情绪来教管这批操一口苏北话、个个野蛮无比的下放户的子女噢。

于是只有再发动下放户自助。下放户中有许多原来是城市居民,没有工作的,乡下上来后要找工作,一时也比较困难,有些有文化的就请他们出来代课,发代课工资,确是一个两全齐美的好办法。

李瑞萍是很乐意去做代课教师的,她当初考入女子师范,就是想毕业后当教师,可后来没有当成,几十年以后,却如愿以偿,根据她的水平,本可以安排进中学代课的,可董仁达认为中学课程紧张,学生也难弄,怕李瑞萍用脑过度,于身体不利,劝她到小学去。李瑞萍也考虑到这一点,总是十分小心的,于是就到城西小学去代二年级的语文课。

开始,李瑞萍教的那个班,全是下放户的子女,学生在乡下野惯了,上课根本没有心思听讲,成绩自然比其他班差远了。

家长们提意见,说这样下去,孩子成不了才,希望能把下放户的子女插进其他班级。学校本是不愿意的,但教育局却赞同,也不知是什么原因。那一阵,听说有些城市的下放户闹事很厉害呢。

这样一来,李瑞萍也轻松了不少,野孩子凑在一起收拾不了,把他们拆开了,人少了,也就掀不起什么大浪来。

可是过不了多久,这种平静的气氛又给破坏了。下放户的小孩,孤零零地插到各个班级里,由于语言、习惯、水平等各方面的原因,成了城里学生的围攻对象,很快被取了各种绰号,什么"江北猪猡"啦,什么"野蛮人"啦,当然,在苏北农村混出来的小孩,可不是好欺负的,开口骂人,粗俗得连老师听了都瞠目结舌,打起架来,城里学生更不是他们的对手。这些孩子,大都留过级,比一般同学身材高大,于是,一边凭着人多势众,加上老师的偏袒,另一边依靠自己的力量,双方势均力敌。但也有一些下放户的孩子,怕被人嘲笑,怕同学欺侮,就经常赖学,越是赖学,老师越是批评,同学更看不起,自己也无读书的心思了。所以,下放户子女中,留级、流生现象很严重。

李瑞萍班上的学生沈梨娟,已经十一岁了,还在上三年级,看上去比同班同学成熟多了,可功课却一塌糊涂,眼看着又要到期末大考,决定升留级的时候,她还是那样漫不经心的,没有一堂课能安安静静地听上一刻钟。

李瑞萍和其他任课老师找沈梨娟谈话不止一两次,小丫头总是嬉皮笑脸地说:"我读不进呀,我笨煞坏呀。"

可看她的样子,又实在不是个笨煞坏的样子,一对眼睛要多灵气有多灵气,小脑筋要多活络有多活络,鉴貌辨色的功夫不比大人推板,老师们背地里都说,这个小姑娘早熟,语气中透露出担心和某种预感。

李瑞萍本来对沈梨娟也没有什么特殊的看法,因为是邻居,总想关照得更好一点,所以,找她谈话的次数就比别的学生多,结果反弄得梨娟反感了。有一次她对李瑞萍说:"你怎么老是吃住我,我和你又不是前世的冤家,我晓得你看不起我,我是下放户的小孩,可你自己也是下放户嘛……"

李瑞萍耐心地劝她:"不是我看不起你,我是希望你争口气,为你自己,为你奶奶和你爸爸,也为下放户争口气。"

梨娟说:"我争什么气,争了气又有什么用,反正总归是下放户,总归被人家看不起了,不要以为我看不出来,老师都看不起我们的。我告诉你,要不是为了我爸爸,我才不高兴来读什么断命书呢!"

李瑞萍也不好再讲什么了,不过,大考结束,各种分数出来后,李瑞萍松了一口气。沈梨娟这一次总算勉强通过考试,升了一级,大考过后,有几个同学找到李瑞萍,告发沈梨娟考试作弊。

李瑞萍只好又把梨娟喊来,才问了一句,梨娟满不在乎地说:"这有什么大不了的呀,我是偷看了,还写在手心里呢,铅笔盒子里也写的,你要是算我零分,我再读三年级好了,我反正不搭界嘛……"

李瑞萍实在拿这个学生没有办法,再让她留一级,也实在太不像腔了,这么大的女小人,还让她坐在低年级教室里,老师面孔上不光彩呀。李瑞萍帮梨娟瞒了这件事,让她升了一级,心中却一直很不安。

梨娟从四年级开始,不再和班上的女同学对立了,出乎老师意料,她和班上的不少女生打得火热,一有空就凑在一起叽叽咕咕,又说又笑,老师一走近,却又不说话了,显得神神秘秘的,引起了李瑞萍的怀疑。终于有一次被她听到了她们的谈话,李瑞萍吓了一大跳,差一点叫起来。

梨娟绘声绘色地给女同学讲男人和女人睡觉是怎么一回事,有几个高年级的女生也在听,还不时插嘴问。李瑞萍快步走过去,不可遏制地动了肝火,一把捏住梨娟的胳膊,大喝一声:"沈梨娟,你在说什么?"

梨娟知道自己说的话被老师听见了,并不难为情,也不害怕,扮了个鬼脸,夸张地叫起来:"哎哟喂,老师你捏断我的骨头了,哎哟喂,痛煞我了,老师你打人啊!"

李瑞萍见女学生们都盯住她,只好放了手,恨恨地推了梨娟一把:"你这个小姑娘,真真儿不要脸,说这种丑事!"

梨娟厚颜无耻,一副流氓腔,笑着说:"老师哎,什么丑事呀,男人和女人睡觉的事吗,可是我奶奶说,男人和女人睡觉不是什么丑事,男人不和女人睡觉,女人就生不出小人,我们所有的人,都是男人和女人睡觉睡出来的呀,老师你说不对吗?你们家的董健哥哥,不是你和你们家董伯伯睡……"

"住嘴!"李瑞萍气得直抖,恨不得扑上去打这小贱货的嘴巴,撕烂她的嘴。

女生们都哈哈大笑,她们并不惧怕李瑞萍,对当代课老师的下放户,她们都不怎么尊重,小小年纪,就很势利。李瑞萍狠狠瞪了她们一下,说:"好,你们几个,我都记得,找你们家长去!"

李瑞萍找的第一家,当然就是隔壁的沈家。

梨娟见李瑞萍进门,晓得来告状了,拔腿往外溜,被沈忠明一把抓住。小姑娘也很奇怪,天不怕地不怕,唯独见了父亲有点吃软,其实沈忠明这个人是再老实再忠厚不过了。

李瑞萍教了梨娟两年书,其间梨娟闯过不少祸,犯过许多错误,李瑞萍都没有找上门来,这一次实在忍无可忍。她也晓得,不借助家长的力量,这个小孩很危险了,所以,明明晓得说出来,梨娟少不了吃一顿生活,她还是原原本本地告诉了沈忠明。

沈忠明果真气得脸通红,顺手抄起一根洗衣棒槌过去要打女儿,梨娟尖声喊叫"救命",就往好婆身后躲,沈菱妹果真出来帮孙女儿的腔了。

"李老师,你说梨娟讲下流故事,其实嘛,男人女人的事,怎么就叫下流呢,哪家的夫妻不睡一床呢。"

李瑞萍对老太太会说出这种话来,简直不可思议,难怪梨娟小小年纪就养成了不正经的习气,这样的家教,能教出什么好小人来噢。

沈菱妹晓得李瑞萍的心思,又说:"李老师,你也是下放的,那边苏北乡下,你也是见过的,大人什么话不当小人的面讲,你又不能堵住她的耳朵,叫她变成聋子瞎子呀,她从小习惯了,听惯了……"

"现在就要叫她改过来!"沈忠明生气地说,"才这一点点年纪,就成这种样子,以后长大了,还能有什么好事!"

沈菱妹却不以为然:"哎哟,什么好不好呀,小人长大了做啥,随便她嘛,你强求是求不出来的。再说,这个小人投胎投到我们沈家,也是她前世里没有修好,今世里没福,你想想,从小没有娘,跟了我们吃苦,她还没有埋怨你呢,你倒要敲她,你下得落手?"

沈忠明长叹一声。

沈菱妹又说:"往后去的日脚还不晓得怎样呢,你想想,你总归还是要讨女人的,弄到后来,还是小姑娘吃苦,哪里有晚娘会真心欢喜小人噢……"

沈忠明低垂了头,一言不发。

李瑞萍坐不下去了,告辞出来,临走时,沈菱妹对她说:"李老师,我看见你们家老董和董健的衣裳都要补一补了,你忙,拿过来,我来帮你弄,我反正没有事体……"

李瑞萍嘴上答应,心里却在想,这户人家上梁不正下梁歪,不正气,回去要关照屋里人,少同他们来往。

房间没有门,可是件要命的事。

五十五,下山虎。老薛还没有满五十岁呢。

虽然新房子质量很差,但日脚总算是安定下来了,夫妻生活也要正常化了。

有好几天,十三岁的女儿每天早上倒了马桶回来,就盯着父母看,她像要看穿点什么名堂。赵巧英被看得心里发慌,再也不敢把那套套扔在马桶里了。

这样一来,早上的难关倒是过了,可是女儿的眼睛里却成天存着疑问。

终于有一天,他们发现女儿在偷看他们。

赵巧英又羞又气又伤心,哭了起来。老薛也像犯了罪似的低着头,不敢看女儿的眼睛。

一连好几天,他们没有敢再来。女儿好像变了一个人,和他们对立着,时时刻刻警觉地看着他们。

这天夜里,女儿睡着了,已经发出了轻微的鼾声,老薛实在憋不住了,要往老婆身上爬,赵巧英给了他一个冷背脊。

老薛急了,说:"总不能一直这样下去呀,总还是要……"

"你轻点。"赵巧英说,"当心,女儿……"

老薛很是气恼:"你怎么搞的,你还是不是我的老婆啊,是老婆就应该给我……"

"呸!我是你的老婆,也是玲玲的妈!"

"你为了女儿不要男人啊?女儿已经睡了,你听……"

"说不定是假睡呢,不能,决不能,老大已经走了那条路,老二要管教好她了……"

老薛泄了气,好几天没有理睬老婆。

赵巧英也憋了一肚皮的气,一大早,看见隔壁的小丫头梨娟又来寻薛玲,两个小姑娘鬼鬼祟祟。赵巧英一见梨娟,就有一种说不出的不舒服,女儿薛玲居然和她轧得这么热络,同自己父母反倒生疏了,还有一种对立情绪,她总怀疑是梨娟那小妖精在背后戳壁脚。薛玲一直是个蛮胆小蛮乖的小人,现在居然夜里不困,偷看父母做那事体,肯定是梨娟这个小骚货教唆的。赵巧英越想越气,不由开口骂起人来。

"梨娟,你个小妖精,你到我屋里来做啥?"

梨娟笑笑:"我和你们薛玲到学堂呀。"

赵巧英横了她一眼:"我们薛玲用不着你和,你先去吧,你们又不是一个班级的,我们薛玲今年要考初中了,你呢,还早呢,人倒又长又大,才读几年级,你自己想想,难为情噢,还不好好去读书,一日到夜野在外面。好了好了,薛玲还没有吃粥呢,你先去吧……"

梨娟不走,说:"薛玲叫我来和她的,又不是我要来和她的。"

"学堂又不远,薛玲又不是不认识,从今起,不要你和了。"赵巧英拉开玲玲,赶梨娟出去。

"咦,"薛玲开口了,"你做啥姆妈,我们小人的事体,要你管什么闲事呀,你现在越来越烦了,我看见你就戳气。"

梨娟得意地笑起来,赵巧英拉住她,说:"走,寻你们家大人去!"

梨娟被赵巧英拉着,来到自己屋里,沈忠明已经上班去了。沈菱妹一看,连忙说:"赵阿姨,有事体好讲嘛,不要动手动脚的,你是大人,她是小人……"

赵巧英放了手,说:"我这个大人是不如她这个小人呢,沈好婆啊,你们家这个小姑娘再不管教,不得了了,要成人精了,现在天天盯牢我们家薛玲,要带坏薛玲了……"

沈菱妹笑起来:"啊哈哈,赵阿姨,你怎么这样讲话呢,到底啥人带坏啥人噢,你们家玲玲比我们梨娟大两岁呢,要讲学坏,总归小的学大的嘛……"

赵巧英一时语塞。

梨娟又开心地笑了,一边笑一边对好婆说:"赵阿姨怪我怪得没道理的,他们家薛玲倒马桶辰光看见马桶里的套子,不懂,来问我,我告诉了她,她懂了,夜里就在看她爷娘困觉,赵阿姨就来怪我,嘻嘻嘻嘻……"

沈菱妹也跟孙女儿一起笑,对赵巧英说:"赵阿姨啊,这种夫妻之间的事体,怎么可以让小人看呢,小人看了,好奇,自然要动歪脑筋啦,你们做大人的,要小心一点。唉唉,也难怪,断命房间没有门,真要命,这种房子,唉唉,没有话讲了……"

赵巧英气得说不出话来,反身回去,前脚进屋,后脚梨娟又跟来了,和了薛玲一起到学堂,一路勾肩搭背。

赵巧英整整一天没有动其他脑筋,一直在想,怎么让女儿摆脱梨娟。

老薛下班回来,赵巧英就盯住他不放,叫他想办法。

老薛的火还没有消,挖苦她说:"孟母三迁,你大概不晓得吧。孟子的娘,为了让儿子有个好的学习环境,不跟人学坏,搬了几次家呢。你要不要搬啦,可惜呀,你想搬也没有福气呢,住到采莲浜这种地方,还指望小人怎么样有出息呀?"

赵巧英想想自己真是苦透了,男人这样强横,小女儿不争气,大女儿又落在乡下,自己一世人生还有什么盼头,伤心至极,号啕大哭。

门开着,隔壁邻居听见这样大的哭声,以为出了什么事体,都跑过来看。老薛是顶要面子的人,横劝竖劝劝不住女人的眼泪,急了说:"玲玲的事体,有办法的。"

赵巧英一听,果真不哭了,眼泪还停在面颊上,问:"什么办法?"

老薛其实也没有想出什么办法来,见女人追问,急中生智:"转学,玲玲马上要考中学了,想办法考一所寄宿学堂,哪怕是农村乡镇上的学堂,让她住出去,清清爽爽读几年中学。"

赵巧英破涕为笑,眼泪却还在扑簌扑簌地滚下来。

采莲浜的小人,要考上收寄宿生的重点中学,谈何容易,从薛玲的功课看,希望极其渺茫。况且,薛玲十四岁小学毕业,已经比一般同学大了一两岁,这又是个劣势,老薛和赵巧英商量下来,觉得还不如把她送到哪个小镇上去念中学。

在考中学前的一个月内,赵巧英和老薛几乎跑断了腿,费了无数口舌,送了几份人情,终于把薛玲弄进了一所农村中学。

暑假过后,赵巧英给女儿准备好了行李铺盖,送她去农村寄宿读书,薛玲虽然十分不情愿,但看到爸爸妈妈为这事花了那么多精力,为了送礼,连家里唯一的一只半导体也卖了,小姑娘也开始懂事了。没有说什么,乖乖地由爸爸妈妈护送着,踏上了开往农村小镇的公共汽车。

薛玲这一走,离开了父母,离开了梨娟,离开了采莲浜,虽是暂时的,却很可能对她今后的生活道路起一个决定性的作用。

薛玲的离开,使采莲浜的许多人受到启发。可是,要离开采莲浜，并不是很容易的，各种各样的绳索把更多的人紧紧地牵绊在采莲浜，他们是注定要和采莲浜共同生存下去了的。

眼睛一眨，董健在装裱社已经做了几年了，从一个对裱画艺术一窍不通、书画知识也几乎等于零的小青年，成为一个老师傅了。

装裱画社是一个合作社性质的小集体单位，当初没有人愿意进去，董健因为等工作等得实在不耐烦了，才勉强进了装裱画社。这几年裱画的生意比以前兴隆多了，经济收入也提高了许多。但是，由于装裱画社的这种合作社性质，集体福利一类的事无人关心，社里的方针是多劳多得，赚光分光，所以，要指望这样的单位为职工造房子分房子，是不可能的。何况装裱画社里老师傅主要是一些老头子，都是从前有一点家底的，懂一点书画的，这种人家，大多数有私房，现在都退还了，不愁住了，所以也不大会去考虑别人的住房。

董健进装裱画社不久，就发现自己投错了门，他想要退出这个倒霉的单位，另寻门路是十分困难的，只有这么一天一天地混下去，混了一段时间，董健对裱画这个工作倒慢慢地喜欢起来了。

苏州的装裱艺术，是相当有名气的，由于装裱书画，都着重于装背，所以古时候裱画又称为裱背。装裱是书画必要的装帧，不仅对书画保存有很大作用，而且这本身也是一种艺术，可以对书画起映衬辅佐作用，故人又称之为装潢。明清时期，是苏裱鼎盛时期，那时候，苏州装裱作坊很多，裱工人才济济，装裱艺术相当高超，在全国首屈一指。当时各地的书画家与收藏家都把名贵书画专程送到苏州来装裱。许多著作中都有记录，称"装潢能事，普天之下，独逊吴中"，"吴装最善，他处无及"，"今吴中张玉瑞之治破纸本，沈迎义之治破绢，实超前绝后之技，为名装之功臣"等，大大提高了苏州装裱艺术的名望。苏州装裱也确实深孚众望,自明清数百年以来,承先启后,以自己选料精良、配色文雅、装制熨贴、整旧得法、形式多样、裱工精妙等特色,形成独特的风格,自成一家,为世人所称道。苏裱于明清两朝始终名冠天下。

现在苏州城里的装裱社反倒不如从前多了。从前的装裱铺如"古香室""鸣琴室""保古山房"到处都有,现在除了几家大一点的书画店捎带搞一些装裱,专业性的装裱社很少,装裱技术也不如从前,装裱业存在着青黄不接、后继无人的危机。比如由宋代宣和年间名画家朱莆、朱左仁父子与裱工一起研究发明的古绢古纸冲洗补气的各种技法,人称为"宣和装"的一套装裱艺术,现在就濒于失传,很少有人还能仿制出那种格式了。当然话说回来,毕竟时代不同了嘛,从前苏裱选料是相当精细严格的,明清时苏州正是丝织业中心,由于天时地利,丝绸品种中的绫、罗、绸、纱、锦等三十多种中,许多都被用来装裱书画。而现在,装裱社的选料范围很小,好一点的丝绸织品都出口,卖给外国人赚外汇去了,轮不到装裱工挑挑拣拣。

历代苏州有许多装裱能手,不仅能保护书画,使之增加美观,而且能使破损的书画起死回生,即使支离破碎,经过精心装裱,也可天衣无缝,竟成完璧,所以那时候的装裱工人又被称为"书画郎中"。

近几年,装裱社也常有人手持破损惨重的名画名字前来求助,可惜大都失望而去,有经验的装裱工,大都年老眼花,体力不支,接受不了。而年纪轻的,无经验无技术,不敢接受。有一次,有个中年人拿了一幅被撕成几片的名画《柳下眠琴》苦苦哀求,说家里老头子躺在床上等断气。原来,为了争夺这张家传的名画,兄弟姐妹大打出手，结果撕坏了画，把老头子气倒在床上，眼看着就要一命呜呼了，老头子无论如何要亲眼看一看修复了的画，才肯闭眼。装裱社里一帮工匠虽然都很同情那老头子，却无一人肯收，那中年人突然下跪，磕头，弄得大家没有办法，最后还是董健收了下来，心中却没有把握，在几个老师傅的精心指点下，好歹拼弄成了原样，但破损痕迹却是掩盖不了，董健尽最大力量也只能如此将就了。

那中年人来取了修复的画去，第二天，又来到装裱社报讯，说老头子见了修复裱好的画，果真安心去了，对董健感恩不尽。说得社里几个老工匠哼哼冷笑，说那老头子一定是临死前眼睛瞎了，这种装补，要是在从前，是要被敲掉饭碗的。

董健在老工匠的指教下，长进倒是很快，通过裱画，同时也长了不少知识，工作算是比较有出息的。可是在其他方面，可就不尽如人意了，尤其是找女朋友，谈恋爱，总是一而再再而三地受挫，单位的同事和一些熟人也为他介绍过几个，可人家一听家住采莲浜，二话不说就"拜拜"了。

哥哥董克回来过几次，告诉董健，春英子早已经结了婚，有了小孩，男人是部队里的，提了干，现在春英子经常去探亲，看上去很不错，董健心里总算落下了一块石头，却又有一种失落的苦恼。

大概是老天开了眼，总算让董健遇上了一位知音。

姑娘是为父亲来裱画的，那几幅画，并不很名贵，但保存得极好。姑娘看到董健年纪轻轻就干这一行，觉得很新鲜，两个人就攀谈起来，很是投机。

以后，姑娘的几幅画裱好了，她还是经常寻个借口来见董健，或是向他请教个什么小问题，或是告诉他哪里又开了一家装裱社。单位里的人说，董健啊，这一次不要让她再滑过去啊，这一个真不推板呢。董健当然心有所动,但一想到前几次的失恋,心里不由冰冷,热不起来。

后来,拣了一个适当的时机,也是他们第一次出去约会的辰光,他索性把话讲在前面,告诉她自己是住在采莲浜的。

姑娘莫名其妙地看看他,说:"咦,你住在采莲浜,为啥现在要讲家庭住址呢,我又不是来调查户口的,嘻嘻……"

董健说:"你大概还不了解采莲浜,你去看看就晓得了,采莲浜的房子,像猪窝,像……反正,你会失望的。"

"我用不着去看房子,我看中的是你这个人。"姑娘大大方方地说,"我又不同房子轧朋友,我是同你轧朋友……"

董健感动了,一把抓住姑娘的手,姑娘也动情了,两人紧紧拥抱在一起,贪婪地吮吸着爱情的甘露。董健只觉得浑身发热发烫,有一股热流在体内奔涌,他要发泄,他要痛痛快快地发泄。

一个三十岁的男人,在饱尝了失恋的苦果之后,终于找到了真正的爱情,他怎能不激动不忘情呢。

姑娘被他强有力的手捏痛了,但没有叫喊,她理解他,她喜欢的也正是这种粗犷的又很温柔的爱。

当董健从迷幻中清醒过来,不由又想起采莲浜的住房,他恨自己不争气,却又控制不住地要往实际问题上考虑。

他又一次提起了采莲浜。

姑娘嗔怪地捂住他的嘴:"你这个人,怎么搞的,老是讲房子、房子,我要和你结婚,又不是和房子结婚!"

董健紧紧地搂住姑娘,嘴上还在说:"可是,结婚就要住房子呀。"

姑娘笑起来,手指戳戳他的额头:"你呀,难怪我听人家说,采莲浜的下放户都是寿头,你也是寿头!"

董健也笑起来,心中却不适意。

两个人的感情日益浓厚,但董健总是觉得什么地方埋着一颗定时炸弹,随时会爆炸的。经常在两人拥抱接吻最热烈的时候,他心中会猛地一刺,凉了下来,然后又提到房子,弄得姑娘几次不客气地说他小市民兮兮的,不像个男子汉,心胸太狭窄。

董健却坚持要她先到他家去一次,姑娘终于答应了。

姑娘上门那一天,李瑞萍一大早就起来收拾房间,整整一上午,心神不宁,下午两点,门外自行车铃一响,姑娘准时到了。

房间比外边的路低一层,进门时姑娘就踩了一个空,差点闪了腰。这套住房是一大间一隔为二,里间李瑞萍夫妇住,外间董健搭个铺,连吃带烧全挤在一起。

姑娘从外面阳光下突然进屋,眼睛一下子适应不了,待她的眼睛适应了屋里的黑暗后,她的心灵却适应不了了,外面没有坐的地方,她被邀到里屋,里屋更加黑暗,地上潮湿,皮鞋踩在地上,发出叽咕叽咕的声音。她胆战心惊地在一张黑咕隆咚的方凳上坐下,不到一分钟,腿上已被蚊子狠狠地咬了几口,姑娘开始冒汗了,前前后后不到十分钟,她坐不住了。

董健送她出来,姑娘只说了半句话:"想不到,采莲浜是这种样子……"然后还相当有风度地向董健道了再会。

董健当然明白,这是永远地再会了。

董健回到屋里,李瑞萍急吼吼地上前问:"怎么样,她说什么?"

董健一脚踢开挡在腿边的凳子:"哼,怎么样,你指望怎么样?"

李瑞萍说:"你告诉她,我和你爸爸把里间让出来。"

董健冷笑了几声:"采莲浜是猪窝狗窝,不要说你把里间让出来,你们都住出去,人家也不会来的。"

"那、那怎么办?"李瑞萍急得面孔通红,结结巴巴地问:"这个、这个,就、就完结了?"

"完结不完结问你呀,你们下放,你们弄这样的房子住,儿子活该做和尚!"董健憋在心里的气,也只有朝母亲发,"世界上也有你们这样做父母的,对儿子一点不负责!"

李瑞萍心如刀绞,董健三十而立,要卖相有卖相,要气质有气质,水平也不差,就因为这该死的采莲浜,该死的下放,弄得连个对象也谈不上。把董克扔在乡下,她也于心不安。这一阵董克经常来信,说打听到有了新的政策规定,结过婚的也可以上调,要父母帮他出力,他要回来。李瑞萍何尝不想把大儿子弄回来,可现在这点住房,一个小儿子就对付不了了,大儿子回来,老婆孩子能不跟上来吗,那就是一大串,往哪里去挤去住噢。她只有狠狠心,既不去打听政策,也不给董克回信。前几日董克又来信把母亲指责了一通,责问她怎么忍心把他扔在乡下不闻不问,说她简直不像做母亲的,连亲生儿子都不要了。

李瑞萍的丈夫又是个糊涂窝囊人,你再急,他还是安安逸逸地过他的日子,上班、下班、吃饭、睡觉,帮不了李瑞萍一点忙。李瑞萍满腹心思,不知对谁去倾诉,她实在不明白,人生为什么这么痛苦,她不由又想起关在精神病医院里的那些傻笑不停的疯子,他们也许倒是幸福的呢。

李瑞萍控制不住自己,"嘻嘻嘻"地笑了起来。

这时候,董健正在街上漫无目的地晃荡,在一家小酒馆门口站住了,朝里一看,发现爸爸也在里面,一瓶二两半的粮食白酒,一碟花生米。董健走了进去,坐在父亲对面,父子俩默默无声地对饮起来。

越剧团是一九七九年恢复的,一恢复就存在着一个大问题——超编。

老演员,像毕艳梅这样的曾下放过的,上来以后,一个也不肯退下,新的戏校毕业出来的小演员一批一批地派进来,粥少僧多,团里弄得乱七八糟。有时候终于要排一出新戏了,为了争抢各个角色,常常闹得不可开交,老的有老的理由,再不上台,就没有上台的机会了,不能让艺术生涯就这么结束,不能让几十年练出来的表演技艺就这么埋没。小的也有小的理由,现在虽还年轻,但时间不等人,老是轮不上演,很快就过了黄金时代,本事也学不了,到时候剧团会青黄不接的。于是,一个角色安排三四个演员成了家常便饭,就这样吵吵闹闹拖了两三年,剧团再也支撑不下去,后来就解散了。毕艳梅在团里算是一只鼎,从功夫、演技到为人处世,都是第一块牌子,剧团解散,别人为饭碗发愁,她却不用担心,很快就把她安排进了戏校任教。

五十多岁的毕艳梅每天还是唱唱跳跳,和学生们在一起,好像自己也变年轻了。

可是对王小飞她却越来越不放心了,以前王小飞若是出去花个把女人,她才不在乎呢。可是当她看到王小飞居然用那种挑逗的眼光盯住她的亲生女儿金小英时,她实在看不下去了,天天向王小飞敲警钟。

王小飞却不在乎她的态度,我行我素,上下班经过金小英门口时,总要投过去一个充满情意的眼光。天气一热,家家出来乘凉,男男女女,个个短裤拉碴的,挤在一起,王小飞便发挥出演讲的天才,把听众逗得开怀大笑,慢慢地,居然也扫去了金小英面孔上的冷霜和心里的冰冻。

毕艳梅只有加快步伐,热心帮金小英物色对象,可是金小英却不感兴趣。毕艳梅提了好几个人,她连见见面也不愿意。

金媛媛并不晓得其中的原因,只是觉得女儿的脾气怪得令人讨厌,她很冒火,以为金小英还对陆顺元有感情,就指桑骂槐地说起闲话来。

毕艳梅从金媛媛的口气中,听出金小英同陆顺元还有这么一出戏,不由来了兴趣。

"金家阿姐,你说陆顺元啊,你不要小看他噢,听说他们家从前是有私房的,现在住房全在退赔了,你把眼光放远一点,陆顺元今后是有几日好日脚过的,你看他那样子,秃顶,额骨头高,耳朵坠子多么大,有后福的……"

金媛媛果真相信毕艳梅的话,连忙问:"你说私房退是真的?"

毕艳梅说:"当然,我认得几家人家,已退回房子了,到手了,一家门住进去,惬意呢。哎,你晓得陆家里老早有多少房间?我晓得,从前的人家,一般总归蛮宽畅的,起码一排三开间,那种开间,又大又高,一间可以隔作几间呢,你讲对不对?"

金媛媛叹了口气:"我从前也是住老房子的,光漆地板,长窗,楼上楼下。唉唉,也算是触霉头,公私合营辰光,算思想好的,送给国家楼上一大间,我想想自己带一个小人,住两间尽够了嘛……"

"后来这两间呢?"毕艳梅倒关心起金媛媛的房子来。

"唉,下放辰光,没有铜钿用,两间房子,三钱不值两钱卖脱了,现在想想,懊悔也来不及了。不过,我听陆顺元讲过,他们家三楼三底是'文化大革命'冲击的……"

"哎哟,'文化大革命'冲击的,是笃定要还的。"毕艳梅自己也兴奋起来,"你叫小英不要放弃噢,陆顺元虽说老颜,主要是屋里没有女人帮他弄吧,好好收作收作,打扮打扮,人品不是走不出去的,你讲呢?"

金媛媛动心了,第二日,从陆顺元嘴里探听出陆家老屋在什么地方,就偷偷摸摸去看房子了。

那一天井里的人家,看见金媛媛伸头探脑地进来,个个弹眼落睛,问她来做啥。

金媛媛莫名其妙地说:"看看,看看。"

"有啥好看的,几间破房子,地上潮,顶上漏,下面轧得兜不转身……"住户也是一肚皮意见。

金媛媛看看,一间小客堂,七八家人家合用,做灶屋,日脚实在是不宽舒,她说:"这房子,从前是不是陆家的?"

住户更加警惕:"是陆家里的,怎么样?听说陆顺元要来讨还房子,房管所来讲过了。讨还,我们最好快点搬呢,这种破房子,风一吹,骨头里会叫的,今朝不保明朝的,我们又不要赖在这里住,你拿新公房来调,今朝调,今朝就搬。"

金媛媛一包气,心想陆顺元有新公房,也不会再来讨还这几间旧房子了。她原是想来看看房子,杀杀瘾的,想不到看出一包气。

回去同毕艳梅一讲,毕艳梅一拍大腿:"哎呀你怎么拎不清,他们既然这样讲了,陆顺元的房子是肯定要退还了,百分之百的,你不要看现在轧得一塌糊涂,破破烂烂,一还到手,再收作一下,包你称心,又宽舒又清爽,比这断命的采莲浜,哼哼!"

金媛媛点点头:"对的,毕先生,你讲得有道理。"

奇怪得很,两个人谈论房子,很像不是陆家的房子,而是他们自己的房子。

毕艳梅和金媛媛的如意算盘却没有打成,金媛媛刚刚对金小英提了陆顺元的名字,金小英就冷冰冰地说:"陆顺元,算什么男人,我今世不嫁人也不会嫁给他的。"

"咦?"金媛媛急了,"你当初不是蛮欢喜他的吗?你还对他们家那个死老头子讲要做他们家的媳妇呢。"

金英子冷笑一声:"你还好意思提当初的事体啊,当初不就是你戳掉的吗,只怪你自己眼睛看在鼻尖上。当初你假使有点远见,让我和陆顺元结了婚,现在你就可以独吞陆家里三楼三底两隔厢了吧……"

金媛媛说:"我独吞?我这把年纪了,独吞了做啥,还不是为你,你这个小人真没有良心。我吃辛吃苦把你领大,早晓得你会这样无情无义,当初我也……"

金小英不晓得金媛媛想讲什么,不睬她。

金媛媛重新换了口气,又说:"小英,你再想想,做娘的不会坏你的,陆顺元……"

金小英不屑地看了母亲一眼:"你不要想拿我去换陆家里的房子!"

金媛媛还想说什么,金小英听见外面乘风凉的人中有了王小飞那好听的男中音,精神一振,不再同母亲啰唆,提了张小竹凳就出去了。

采莲浜的住宅,一幢一幢隔得很近,当中只有一条狭窄的通道,所以要乘凉,大家都到北边一条路上,略微宽敞一点。蚊子跟人走,一条路上,天一黑,到处听见噼噼啪啪的拍打声和"断命蚊子""断命房子"的诅咒声。

王小飞看见金小英出来,很自然地挪动了一下坐凳,金小英也就很自然地在他身边坐了下来。

这辰光谈话的中心正是赵巧英和陆顺元之间。赵巧英要帮陆顺元介绍对象,陆顺元却死不开口。

赵巧英说:"你个祖宗哎,你开口呢,你到底想不想谈?"

陆顺元"嘿嘿"地笑笑,不回答。

"你想打光棍啊,一辈子不结婚啊,我看你也混不下去了,屋里再没有个女人操持,你这间屋里要生蛆了。你看看,龌里龌龊,真是三分像人,七分像鬼了,人家愿意跟你过,也是你的福气,你不要摆架子了,啊?"

陆顺元终于说:"我其实不是摆架子,我这种样子,房子又蹩脚,啥人家女人肯跟我呀,我不相信,你不要骗我。"

大家笑起来。

赵巧英说:"我没有骗你,不过我告诉你,你也不要想吃天鹅肉了,我帮你介绍的这一个,一只脚有点坏的……"

"啊哈,跷脚?"旁边的人大笑起来。

赵巧英板了面孔说:"稍微有一点看得出,人家上班做生活照做,能干煞,你陆顺元只有寻这种女人才能服侍好你……"

陆顺元倒有点当真了:"你说的全是真的?她叫啥名字?她为啥肯跟我过,她贪图我啥呢?"

赵巧英说:"贪图啥呀,贪图可以做一家人家呀……"

陆顺元沉默了,做一家人家,说到他心里去了,自从父亲过世,他一个人好多年做不起人家来,日脚混得一日不如一日了。

王小飞趁个空当笑着插嘴说:"赵阿姨,你真是个热心人,这桩事体成功了,十八只蹄膀朝南坐,笃定泰山的。"

紧跟出来,坐在王小飞另一边的毕艳梅白了男人一眼,阴阳怪气地对赵巧英说:"赵阿姨哎,你心肠是蛮好的,可是有点拎不清,你不晓得人家陆顺元早有心上人了,你还在瞎缠三官经,介绍什么跷脚女人呢……"

不等赵巧英反问,金媛媛也插上来说:"就是嘛,你做媒人不管我们什么事体,不过你也不能拆台脚呀,你不晓得陆顺元和我们家金小英在乡下就轧朋友了……"

金媛媛真是一语惊人,四周乘风凉的人个个竖起了耳朵,听这个特大新闻。陆顺元面孔涨得血红,低了头不敢看金小英。

金小英飞快地瞥了王小飞一眼,然后恨恨地盯住母亲,面孔煞白,咬着嘴唇。

毕艳梅意味深长地看看王小飞,说:"唉,有的人就是拎不清,还要自作多情呢……"

赵巧英以为毕艳梅在讥笑她,她也不买账,说:"哎哟,陆顺元,你好福气噢,几个女人抢你呢。可惜,怎么不见人家上你家的门,帮你收作收作猪窝房间呀?"

陆顺元被弄得晕头转向,不知所措。

赵巧英又对金小英说:"小英啊,真看你不出啊,平常日脚你不声不响,这样的事体瞒隔壁邻居啊!"

金小英这辰光已经恢复了常态,平静地对赵巧英说:"赵阿姨,我同陆顺元绝对没有什么名堂,主要是我姆妈听说陆家里要退还私房了,心里痒了……"

金媛媛叫了起来:"你个死囡,你个贱货,你瞎说,你瞎说!"

金小英仍旧平平静静："啥人瞎说,大家心里有数,赵阿姨,你帮陆顺元介绍对象,你快点介绍吧。"

赵巧英来了兴趣,回头问陆顺元："哎,陆顺元,你家私房真的要退还了?"

陆顺元点点头,哭丧着面孔说："人家说了,房子是可以退的,但不过要我自己去讨,去催那几家房客搬场,我自己有啥办法去叫他们搬场噢,我去一趟,他们就要把我活吃了,要问我讨新公房,我哪里来噢……"

大家同他寻开心："陆顺元啊,你要寻个凶一点强横一点的女人,帮你去讨,稳的。"

突然,一阵警车的呼叫由远而近,直奔采莲浜而来。每年入夏之前,公安机关总要来一次扫垃圾,采莲浜总归是重点,每次必扫。

警车没有在十八幢门前停留,直奔里面去了。

这边乘风凉的人,议论纷纷,不晓得这一次又轮到啥人。

过了不多一歇,捉了人出来,大家紧张地看,是三区的两个小青年,惯偷;还有一个是老混子,六七十岁的人了,不安逸,赌吃扒拿,五毒俱全,捉进去几次了,不过总关不长,老头子属于那种大罪不犯小罪不断的赖皮户头,这一次听说贩香烟,屋里做了香烟贩子的老窝,不是小来来,都是几千几万的大进大出,自然又要搭起来收几日骨头了。

警车开走以后,这边乘风凉的谈话马上转移了中心。

"现在做个香烟贩子,比做个小工人活络多了,听说一日赚三五块是稳的,弄得好,一日进账十七八块,不稀奇的……"

"眼热归眼热,你又不敢做,现在查得蛮紧的,你有这点胆量,弄不好铁饭碗被敲掉,真是偷鸡不着蚀把米……"

"这个铁饭碗,也没有什么稀奇,可是人家不舍得放,中国人真是奇怪,也是天生的贱骨头……"

大家议论了一阵,一直没有开口的沈菱妹老太太说:"日脚越来越难过了,开销越来越大了,看起来我这把老骨头也要动一动了,也去弄两包香烟来凑凑数了……"

梨娟顶起劲:"奶奶奶奶,你快点去弄,我来帮你摆香烟摊,我会喊的,哎——当月前门要哦,哎——"

小姑娘真是天生的坯子,一喊口,就很入调,好像已经做了几年生意的老鬼。

其实,乘风凉这辰光的人当中,恐怕不止一两个人在动脑筋要弄几个活络铜钿派派用场呢。

第 6 章

用半头白发换来一张城市户口,其中辛酸,董克算是尝够了。当他最后卖了老婆陪嫁的一段呢料子,买了一张回苏州的车票,不由流下了两行眼泪。

粉宝搂住两个孩子,哭得两眼红肿,一副生离死别的样子。

董克暗暗发誓,不管阻力多大,不把粉宝和孩子弄回苏州,誓不为人。

然而,事情只能一步一步地来,办好一个人的事,已经伤透了元气,不喘一口气,不行了。

董克的归来,使董家已经开始激化的矛盾,更加激化。外间六七平方米的地方已经搭了一张铺,再加上董克的床,就没有地方吃饭、烧饭了。

父子、母子、兄弟间的感情变得十分脆弱,稍不小心,就会引起一场舌战。

董克脾气躁,因为父母没有为他回苏州出大力耿耿于怀,原想发誓不回董家的,但实在没有去处,只好挤回来。最后的结果是父子三人住里间,母亲一人睡外间。

李瑞萍的身体越来越差，情绪很不稳定，连小学代课的工作都支撑不了了，只好退下来，在家休养。可是，这种环境，和九流三教的人相处，家庭关系又是这样的紧张，她怎么能安心休养。两个儿子却都不理解她，看她既没有什么病痛，胃口也还可以，以为她在家里无聊了，作骨头，对她说话都没有好声好气。

没有人能体谅她的苦衷，越发使她觉得人世间的可怕，她对别人，甚至对家人的情，也越来越淡了。董克回来后，没有工作，就去领了一个执照，借了一点钱，买了一台缝制机，在闹市区摆了一个修鞋摊。连他自己也没有想到，钉钉皮鞋，修修拉链，收入倒还不错。董克很快就还清了借债，又积蓄了一些钱，他就开始为粉宝的户口跑了。

可是李瑞萍却竭力反对，每次提到粉宝，母子之间总有一场不愉快。

这一天，董克从外面回来，告诉家里人，粉宝的事有希望了。

李瑞萍竟然啐了他一口："亏你说得出，你要把他们弄回来，住哪儿去，住大马路去，我这个家容不下他们了。不是我绝情，你们都有眼睛，看看，怎么再住人，让你住了，已经是不错了……"

董仁达父子三个虽然平时也有矛盾，但听说粉宝有希望上来，总还是高兴的，听李瑞萍说这种话，都很生气，说她太不讲道理，也没有人情味。

李瑞萍冷笑说："人情味，谁给过我人情味，这个家我做主，不许她进来，你就是把她弄上来，我也不许她来住！"

董克跳起来，指着母亲说："你、你看看自己，还像不像做母亲的？"

李瑞萍对儿子也是一句不饶："你们像不像做儿子的？你们

工作不理想,找不到对象,住不成好房子,都怨我,心里骂我这个老东西害苦了你们。现在倒好,就这间破房子,也要来抢了,是不是要把我赶出去?啊,你说呀,你们这些畜生!"

李瑞萍口吐白沫,嘴唇发干,神情激动,还是董仁达先发现情况不妙,连忙暗示儿子不要再吵了,让李瑞萍服了两片镇静剂。李瑞萍又胡乱地骂了一刻钟,药性到了,才慢慢地停了下来。

董克又急又气,双手抱住脑袋,哀叹不息。

董健从前也是很急躁的,但天长日久的磨炼,倒把他磨出了一种耐性,他闷闷地说:"只有一个办法,在外面再搭一间,才可以解决住的问题……"

董克抬起头,盯住兄弟看:"你说再搭一间?能允许吗?"

董健慢悠悠地说:"不允许?谁不允许,叫谁来住住这地方。"

"那、那就造一间。"董克说,"钱,我来出,我已经积了一点,不知够不够。"

董健依旧不急不慌:"钱的事体好商量,我托人去弄一点材料,要弄,这个礼拜天就动手,地方狭窄,弄迟了,要给别人占去的……"

董仁达胆小,连连问:"这是违章建筑,不来事的,搭了也要叫拆的……"

"搭了再拆,没那么容易,你叫他来拆,叫他们试试……"董健平静的话语中夹着一种强暴的力量,使董仁达害怕。

建筑材料是星期天天亮之前悄悄地运来的,等邻居们早上开门出来,董家的建筑工程已经完成一半了,大家惊讶得说不出话来,过了好一阵,才有人说:"哎哟,倒看不出啊,董家里一家门蛮老实的,倒蛮会用心计啊……"

董家没有人理睬，自顾加快速度，有人连忙跑到居委会去报告，可是正好是礼拜天，又赶到居委会主任家，把主任拖了过来。

居委会主任过来就批评董家："你们怎么可以这样做，这是违章建筑，不能弄的，你们自己看看，你这样一搭，别人家还怎么走路啊？"

董克火冒冒地说："你说要顾别人，我们屋里啥人来顾？你来顾，你进来看看，我们怎么住的！"

居委会主任也是采莲浜的住户，对各家情况很熟悉，不看也晓得是什么样子，就说："唉，困难确实是有的，大家再坚持一下，再熬一熬，临时的，采莲浜是临时住宅嘛……"

"临时个屁！"围观的邻居中倒有人先不服气了，"当时我们不肯住进来，讲一两年，临时的，讲得好听，两年以后住新房子，自来水，抽水马桶，阳台，屁！几年了？五年了，还临时呢，你相信，我们是不相信了！"

董健说："就是呀，靠别人是靠不住的，现在外面的人，想自己的多，想别人的少，还是要靠自己。照我讲，大家去搭，看他们怎么办……"

不少人立即响应："对，对，大家搭，这种日脚往后怎么过噢，小人大起来，老的却又不死，只有自己解决自己了……"

居委会主任急了："哎，哎，你们不能瞎来，你们不能硬上，要吃批评的……"

"批评？哼哼，吃批评怕什么，吃枪子弹也不过那样一回事体，可日脚总归要过的……"董健说。

居委会主任面孔板了，说："你给我停下来，快点，不然我要去喊房管所的人来了，他们要来拆房子的……"

看看董家无动于衷,继续施工,老主任真的急了,怕担肩胛,连忙跑去喊了房管所的人来。

房管所的干部其实也无力阻止他们搭房,他进董家屋里看了看,出来呆呆地站了半天,最后只说了一句"按规定是不能造的",就走了。

董仁达父子出了一口气,心定了。

就在董家搭了违章建筑的几天之后,采莲浜几乎有一半以上的人家行动起来了,动作之迅速,场面之浩大,令人侧目。

采莲浜一下子乱了套,许多道路被堵塞了,下水道也堵了,太阳光也挡了,邻里矛盾也日益突出,房管所这才发现纰漏出大了。连忙向市城建局汇报。上下都认为事情很严重,那一段辰光,全市搭违章建筑的现象比比皆是,市里很重视,下决心狠狠地刹一刹这股置法而不顾的歪风。

房管所派人来强行拆除,首先被拆除的那户人家的主妇,一路哭声震天,喊到市政府大门口,自然被拦在大门外,于是就在市政府门前喊冤枉,招来一大群围观的人,就像看猢狲演戏一样热闹。正巧市长的车子开出来,车子立即被围住了,有同情心的人说:"你快拦呀,这是市长的车。"

那位主妇扑到车头上,眼泪鼻涕滴在锃亮的车皮上。

市长只好下车,问明了情况,皱着眉头对秘书说:"今天改变一下活动安排,不去纺织厂了,到采莲浜去看一看。"

秘书好像想说什么话,但市长手一挥,把那位还在哭闹着的妇女请上车,朝采莲浜开去。

市长到采莲浜视察的消息不胫而飞,一眨眼工夫,采莲浜的人都拥了过来,抢着叫市长到自己屋里去看一看。

市长挨家挨户地看了十几家，叹了口气说："不看也明白了，想不到采莲浜……"

秘书已经通知城建局和其他有关部门的领导赶来了，协商下来，决定先不拆那些违章建筑。采莲浜居民一阵欢呼。市长又让大家提一些具体的要求，讲出来一听，都是一些普通的日常生活必须解决的问题，可是在采莲浜却拖了几年也解决不了。

市长指指水龙头前的长队，问："你们看看，每天用水这样困难，拎一桶水要排半个多钟头，这个滋味可不好受，为什么不多接几个水龙头，难道这点经费也拿不出来？……"

立即有人说："不是我们不接，因为上面说过，采莲浜是临时住宅区，很快就要搬迁的，用不着花大本钱了……"

市长一时倒语塞了，这话也是有道理的。

采莲浜的居民叽叽喳喳地说："当初我们进来，都说只住一两年就搬迁，现在呢？已经近六年了，一点消息还没有呢，到底怎么回事体，这种房子怎么能长期住人噢……"

市长一边点头一边在想，下放户居住区的搬迁问题，是应该提到日程上来了，可是，全市有七个区，上万户，一下子怎么解决得了。

那天离开采莲浜的时候，他对大家说，隔天就开会研究搬迁的问题，政府也有困难，不可能几天内就解决，请大家再耐心等一等。

下放户可算得有耐心了，已经等了这么多年，现在有市长这句话，大家心定了，有了盼头，有了希望。

可是，这一盼谁知道又是多少年呢。

黄霉里没有发大水，到了八月里转黄霉，突然之间，水铺天盖地来了。

采莲浜的住宅,原是外高内低,下小雨,屋里也会进水,每家每户都备有舀水的用具。一旦发了大水,进得快,出得慢,屋里就要水汆了,要是在白天,还好一点,总可以想点办法对付。要是在半夜里,就逃不脱一场劫难了,常常夜半三更听见大哭小叫,马桶被冲翻了,一房间的屎尿,衣裤被汆飞了,光着屁股乱找,有的甚至连床也被汆起来了,睡到半夜,觉得背上潮潮的,睁眼一看,满屋三间的水,哪能不怨,哪能不恨啊。

吕芬是八月十二号嫁过来的,说是婚嫁,其实也没有什么婚嫁的喜庆气氛,一个半老头子,一个跷脚女人,牛牵马棚凑一家人家罢了。

两个人真是名副其实地做了一夜夫妻,第二日,八月十三号,大水来了。雨是在下午落下来的,陆顺元不在屋里,吕芬一个人在家从来没有遇到过这种可怕的事体,吓得一边哭,一边往外面搬物事,不晓得外面也是一片水的世界。等她拼死拼活地把唯一的一件陪嫁——一台缝纫机和几件新被头抢了出来,来不及喘气,再奔进去一看,陆顺元最最心爱的宝贝,十几只纸箱的线装书全部在水里了。

陆顺元在单位里上班,看见这场雨势头不小,心里一急,连假也没请,直奔回来。可惜,已经迟了,他扒开纸箱一看,书全部浸烂在水里,这些线装书年代已长,本来就经不起折腾,现在水一淹一泡,还能成样子吗。陆顺元二话不说,一屁股坐在半人深的水里,只露出一个头,大哭大叫起来。

吕芬不知怎么办才好,劝又不是,不劝又不是,正在发呆,陆顺元突然从水里蹿起来,指住她的鼻子骂:"你这个瘟女人,你不帮我抢书,你抢你的断命洋机啊,断命洋机有什么用场,我的书!我的书!"

吕芬本来见了这种阵势已经怨透了,结果还被陆顺元骂一通,忍不住"哇"的一声哭开了,一边哭一边往外跑,"这种断命人家,这种断命人家,我不住了,我不住了……"

陆顺元正在气头上,说:"你滚,滚得远点,你这种瘟女人,你赔我的书!"

吕芬跑到门外,被赶过来的赵巧英一把拉住:"吕芬,做啥?"

吕芬哭得更加响了,"赵家阿姐,你把我介绍给只猪猡,我不想过了,这只猪猡,不是人!"

赵巧英拉住吕芬,往屋里一看,陆顺元浑身从上到下湿透,活像只落汤鸡,头垂在胸前,看着几箱子烂书发呆。

赵巧英连忙说:"快点快点,把书搬到我屋里去,快点摊开来,晾晾干,还有救呢,哎呀,这点书是这个跷头的命根子呀……"

吕芬奇怪了,"你屋里没有进水?"

赵巧英苦笑,"怎么会不进水?你没有经验,大水一来,搬物事是没有用的,搬了这样乑那样,只有往外面舀水,里面先用烂泥砖头挡一挡,这一次你吃了亏,下一次就晓得了……"

"啊,还有下一次啊?"吕芬吓煞了。

"是呢,一年好几次呢,年年有的。"赵巧英安慰吕芬,"过惯了,也就好了。再说,市里不是讲想办法了嘛。"

几个人帮陆顺元把十几箱子书搬到赵巧英屋里,一本一本摊开来。陆顺元哆哆嗦嗦地说:"当心,轻点,轻点,当心……唉唉,完了完了,骨子都泡坏了,不成物事了……"

赵巧英白了他一眼:"你这个跷头,书要紧,还是家主婆要紧。"

陆顺元不假思索地说:"当然是书要紧啦!"

赵巧英和吕芬哭笑不得,只有摇头叹气。

陆顺元还在唠唠叨叨:"怎么办呢,怎么办呢,你看,这一箱,没有用了……"

老薛在一边提醒陆顺元:"老陆啊,你应该去打几只高脚书橱,别样物事不撑不要紧,既然这些书对你是性命攸关的,你快点去打几只书橱,脚打得高一点……"

陆顺元说:"我是想打的,可是打了书橱没有地方摆呀。"

赵巧英说:"咦,大家都搭了棚棚,你为啥不搭?当初叫你也跟着一起淘弄起来,你还不肯呢,你想想,你搭一间吃饭间,现在的吃饭间空出来,不就可以摆你的书橱了嘛。"

陆顺元一拍大腿:"哎呀,我怎么没有想到呢,对的,现在吃饭间空出来,我们住,打了书橱放在里间,保险一点……"

吕芬对赵巧英看看,赵巧英笑了起来。

陆顺元却没有心思和女人们啰唆,当书稍稍干了一点,他就急急忙忙拿了几本,跑到古旧书店,请老师傅们抢救去了。

古旧书店的刘允太先生,一世人生别无他求,唯有藏书之癖,也正是为了这个,老先生七十岁高龄还在古旧书店做事。老先生家里的藏书,极为丰富,虽然几经洗劫,损失了一些,仍有藏书两万余册。

从前苏州人对于藏书,可说是非他处可比的。连续几代,苏州人的藏书,在全国都是首屈一指的,不少人家藏有七八万十来万卷之多,当时人称"吴中旧家,每多经史子集四部书之储藏,虽寒俭之家,亦往往有数百册。至于富裕之家,更是连楹充栋,琳琅满目。

故大江以南,藏书之富,首推苏州……拥有数千百卷之图籍者,多不胜举,居民中藏有一二十箱线装书的,并不为奇"。所以,其时各处藏书楼也比比皆是。

当然,事到如今,可就大不一样了,几经冲击,到了七八十年代,那些较有价值的古籍书,或一些珍本,已寥寥无几了。

刘允太因此颇为自豪,他的家中,每年要买相当数量的樟脑,防藏书蛀虫。子女后辈如今也晓得老头子的藏书很值钱,但没有哪个敢动一动坏脑筋的。

陆顺元捧着几本被水浸泡过的线装书,找到刘允太求救。

老先生先是搭起架子,说自己不懂经,不管什么线装书的,可是等陆顺元打开布包一看,老先生眼睛发亮,精神来了,但随后却勃然大怒,把陆顺元臭骂一顿。

"你是什么东西,你把这书糟蹋了,你还不晓得吧,你糟蹋的是什么,你懂不懂?"

陆顺元当然也懂一些,尽管不如刘允太精通,但过去跟着父亲也学了一些。现在被臭骂一顿,自然不服气,说:"我自己的书,我怎么不懂?"

刘允太"哼哼"两声,"你自己的书,你也配收藏这样的本子……"他小心地接过那几本书,抚摸着,好像是他的东西,口中念念有词,"《阳山志》,明版,啧啧,《国策》,宋本,啧啧,这个,唉唉,啧啧……"

陆顺元见刘允太息了怒,才问道:"刘老先生,你看这书,浸成这种样子,怎么弄法?"

刘允太瞪了他一眼,不回答,却是继续抚摸这几本书,过了一阵,突然问道:"你是什么人,你叫什么?"

陆顺元连忙回答了,并提出了父亲的名字。

"陆煦亭。"老先生想了一想,"嗯,嗯,陆家里,记得了,记得了,民国三十一年,吴中文献展览会,陆煦亭也参加了,我想起来了,他还有一部孤本的'吴门补乘',现在还在不在?"

陆顺元摇摇头。

"啊!不在了,到哪里去了?肯定是让你们后代败掉了,是不是?唉唉,现在的不肖子孙啊……"

陆顺元想要辩白自己,老先生却不客气地又问:"你现在还有些什么书,还有多少,在哪里?"

陆顺元如实讲了,老先生二话不说,推了陆顺元一把,力气大得吓人,陆顺元被推得晃了晃。

"走,走,领我去,到你们那个什么采莲浜去,让我看一看。"

陆顺元不欢喜这个老头子,觉得他太强横,不讲理,他不肯领他去看藏书,立在那里不动身。老头子急了,又推他一把:"快点,快点,你走呀!"

陆顺元生性不好强,被老头子连推带拉弄了回来。

这边屋里地上还汪了不少水,吕芬正在扫水,刘允太性急,一步抢着跨进门去,正好吃了吕芬一扫帚。

刘允太被飞来的扫帚连带龌龊水扫了一身,吓了一大跳:"这、这是什么?"

吕芬气吼吼地说:"什么,水,发大水!"

刘允太也不同吕芬计较,只是盯住陆顺元:"书,书呢?"

吕芬眼睛对两个踱头白翻了一下,说:"书,还书呢,冲光了,物事全冲光了!"

刘允太拍着屁股直跳:"书也冲光了,哎呀呀,哎呀呀啊……"

陆顺元被老头子一时弄得昏了头,这才想起来书在赵巧英屋里,连忙领了刘允太跑到隔壁。

刘允太一见那么多的线装书,满屋三间地摊开着,又惊又喜又急,就像饿狼扑食一样扑了过去,一边翻一边咂嘴,再也不理睬陆顺元和老薛夫妇,弄得老薛夫妇懵里懵懂。在他们眼里,陆顺元算是个跛头了,想不到这个老头子比陆顺元还要憨,憨得莫名其妙。

刘允太一看就是半天,陆顺元在边上立得脚膀发酸,几次想打断他,他却不问不闻。终于,等他看得杀了瘾,回头对陆顺元说:"这样的珍宝,你不会保管的,你这样的房子,也保管不好的,你看看,生蛀虫了,不被水浸坏了也要被蛀坏的。这样,让我来保管吧,啊!"

他一边讲,一边自说自话地动手整理书籍,满面孔贪婪兴奋的神色。

陆顺元不客气地拦住刘允太:"咦,我的书,要你保管做啥,啥人同意让你保管啦?"

刘允太一呆,又蛮不讲理地把陆顺元推开:"你走开,这批书归我了,我来服侍它们,比放在你这里放心……"

陆顺元气煞了,对这个不讲道理的老头子实在没有别的办法,他只好大叫一声:"你做啥,要抢啊?你再这样,我去报告公安局啦!"

赵巧英看这对活宝出洋相,哈哈大笑,跑去把吕芬也喊过来,两个人一起笑。

老薛也觉得这个老头子太强横,上前帮陆顺元说话:"你这个老伯伯,书是陆家里的,你怎么可以硬抢呢?就算你想代他保管,也要经过他同意嘛,你说对不对?"

刘允太说:"这样的书,现在越来越少了,放在他这里,全要糟掉了,他又不会藏书……"

吕芬插上来说:"哟,什么破烂,抢来夺去,做啥,放在我屋里我还嫌它们碍手碍脚呢……"

刘允太的头直摇直晃:"不可以,不可以,你不要小看这点破书旧书,我告诉你,我屋里有上万册,比你们多几十倍呢,人家想向我买一套,四本头的,开价多少?开三千,我也不卖,开得再高,我也不卖的。这种书,全是无价之宝啊!"

吕芬和赵巧英对看了一眼,两个人突然紧张起来,吕芬戳戳陆顺元:"你还发什么痴,快点收作收作,搬回去呀,屋里弄清爽了,快点!"

陆顺元点点头。

赵巧英冷笑一声:"哎哟,吕芬,你急煞了,我们又不会来抢你的书,急什么呀,这种腔调……"

吕芬也有点难为情,但为了书,只好得罪点赵巧英了:"哎呀,我倒不是怕你们拿书,你看看,这个老头子,像强盗一样……"

旁边刘允太还在盯住陆顺元:"怎么样?还是交给我吧,你清点出来,登记下来,总共有多少,每一册都记下来,我保证不少你一张页子,放在你这里,我实在不放心啊……"

吕芬又瞪他一眼:"咦,你这个老头子,书是我们的,要你不放心做啥?"

"什么?书是你们的?这样的书,能说是属于某某人的吗?"刘允太摇头叹气,"妇人之见,妇人之见……"

陆顺元又是另外的想法,老先生越是说他保存不好,他越要争口气把书保藏好,结果刘允太失望而归,连个招呼也没有打。

过了几日,陆顺元正和吕芬商量打书橱的事体,突然门外有人喊"陆顺元",夫妻俩出来一看,一部小卡车停在门口,有七八个人正从卡车上卸下来几个书橱,刘允太神气活现地在指挥,陆顺元夫妇惊呆了。

原来,那天刘允太从采莲浜走后,没有回家,而是直接去了他的一个老朋友,现今的市政协常委,著名书画家、收藏家叶祖荫屋里,朝叶祖荫发了一通火。叶老也是个爱书如命的人,自然会重视这桩事体,两个人商量下来,觉得既然陆顺元不肯让别人代管,就应该为他创造一点条件。于是叶老到政协会上呼吁。市里也很重视,动员几个单位的力量,借了五个又大又高的书橱,送上门来,还由公家出材料出人力帮助陆顺元搭了一间房子。

隔一日,日报上登了这件事,引起更大的社会反响,不少人写信或者上门来,要为陆顺元提供方便。当大家了解到陆家原来的私房按政策应退还却还没有退还时,意见纷纷,反映到市里,市里责令有关部门,限期腾出陆家的私房,退还给陆顺元。

陆顺元真是做梦也没有想到,因祸得福,一场大水居然给他带来了这么大这么多的好事。

吕芬自然也是大喜过望,开心得梦头里也笑出来了。

吕芬是十分感激赵巧英的,是赵巧英给她介绍了陆顺元,才有这样的福气,她和陆顺元一道去谢赵巧英,赵巧英叹了口气说:"你们倒出头了,我们,唉,不晓得要到哪年哪月呢……"

陆顺元和吕芬都是软心肠的人,良心都不坏,想到自己将要苦出头,而采莲浜这么多人家,还要在这样的环境里住下去,发起大水来,还是大哭小叫,热天热煞、冷天冷煞的日脚还要过下去,他们心里的快乐,不由被这种烦恼冲淡了几分。

大约半年工夫,采莲浜几乎家家都有了违章建筑,却再也没有人来说是违章建筑了,违章成了正常的,是因为人们得不到正常的东西。

俞柏兴家里却迟迟不见动作。

俞家实在是缺乏人力、物力、财力。老夫妻拿一点退休工资,儿子寻的钱自己顾自己还不够,最近总算交了一个女朋友,是个干部子女,女方家中有房子的,将来总归是招女婿了,所以也不嫌弃俞进家庭的寒酸。

俞柏兴老夫妻俩就这么一个儿子,想到今后儿子要离开他们,到别人家去过日脚,老两口常常心酸落泪。但是为了儿子的前途,也只能这样了。

俞进是个极要面子的人,越是屋里穷,越要拿出点气派来,每次和女朋友出去,上馆子,吃西餐,都是他汇钞。轧了半年朋友,就买了十几件高档衣服送给女朋友,也不顾屋里老爷老娘日脚过得叮当响。

俞柏兴当初也很想到学校里代代课,可是人家关心他,说,俞老师,你歇歇吧,年纪大了,身体又不大好,就免操这份心吧,俞柏兴也晓得人家嫌他老了。

他感觉到自己确实老了,可是却还没有到享老福的时候,儿子俞进招工进了一家集体性质的小厂,要待遇没待遇,要福利没福利,一滴油也揩不到,回来就埋怨老头子,怪他缩在家里装死腔,要是老头子现在还在外面混,凭他那老艺人的名气,恐怕也不会让儿子混到这样的地步。在外面混混和缩在家里是不大一样的,这一点,俞柏兴何尝不明白。他每天两次跑文化局,要求工作,要求回评弹团重新上台,弄得评弹团的领导上门来求俞柏兴,说,俞先生,不是我们不要你,你晓得现在都开始讲改革了,我们评弹团也要改革,往后要承包,要自负盈亏,弄得不好,饭碗也要敲掉了,大家要组成小分队,到处开码头,你吃不消的。你在屋里享享清福有啥不好,你和俞师母都有退休工资,儿子又进了厂,经济上还可以嘛,要是真的有经济困难,你打报告来,我们给一点补助。

俞柏兴晓得在这种情形之下,再进评弹团,重操旧业,再吃说书饭是不大可能了。其实他心里也清爽,就算让他重新上台,他大概也说不动唱不动了,多讲几句话就要气喘的人,还能靠嘴巴吃饭吗?

他退了一步,又到文化局去求职,哪怕看看门、扫扫地、泡泡开水,他也情愿。

王局长理解俞柏兴的心情,答应帮他想想办法,可是这一来惹毛了原来的勤杂工,文化局的勤杂工原来只有一个编制,现在有两个人在做,已经超编一个,听说又有人要轧进来,急得发蹦了,两个人约好了,在半路上拦住俞柏兴,打躬作揖,求他看在他们屋里老的老、小的小可怜的分上,不要抢他们的饭碗头,留一口饭给他们吃吃。

俞柏兴哭笑不得,呜拉不出,老夫妻俩也只能暗暗伤神。

俞柏兴几次同儿子商量,别人家都搭了棚棚,小的几平方米,大的十几平方米,他们也应该搭一间,多少解决一点困难。

俞进总是反问:"怎么弄法,钞票呢,材料呢,啥人会弄?"

老人只好作罢,后来还是女朋友上门,看见左邻右舍全搭了,独独俞家不弄,很奇怪,问俞进为什么不搭。

俞进这才支支吾吾地说准备搭了。

虽说只是搭一间砖墙油毛毡顶的棚棚,没有个几百块钱倒还拿不下来呢。另外,原来的房子因为常年进水,潮湿,墙上地上都要修整一下了,建筑材料都在飞涨,儿子怪老人不肯拿出钞票来,老人却是实在拿不出来。

可是,过了几日,俞进突然用黄鱼车拖回来满满一车的材料,还跟了几个帮忙的小弟兄。

俞柏兴老夫妻开心煞了,好烟好茶招待,当日就动工了。

俞家和董家是紧邻贴隔壁,当初董家搭棚棚辰光,总算讲道理,主动给俞家留了一点地方的。可是,俞家却一直不动,那块空地慢慢地又让董家占了,堆放了不少屋里放不落、甩掉又不舍得的杂物。现在俞家要搭房间,董家自然要让出来,所以一开始,搬物事时,两家人肚皮里都有了气。董家指责俞家说动就动,事先不说一下,叫他们一下子怎么处理这么多的杂物。俞家则怪董家太贪太黑心,说他们恨不得侵入到俞家屋里去了,结果东西是搬开了,但一股火却压在肚里。

刚开始施工,矛盾就爆发了,俞进要把棚棚搭到董家门口,只留下半米的地方给董家人进门出门,而且,照这样造法,就把董家唯一出气透光的一扇小窗给堵住了。

董家自然不同意,吵了起来。

俞柏兴也觉得俞进的做法太过头了,刚要开口劝儿子,那些来帮工的小弟兄却说:"弄房子的事体,是寸土必争的,不可以让的……"

董克说:"那你们总要讲点道理呀,你们这样弄,我们怎么走路,怎么过日脚?随便做啥事体,总要讲点道理呀……"

"道理,啥道理？搭这种建筑,本身就是违反规定的,就是不讲道理的,有本事你去告呀,你们不是第一家搭起来的吗,要告先告你自己吧,要讲道理,先同自己讲讲吧……"俞进仗着一帮小弟兄人多势众,说话很是蛮横。

董克很恼火,但还是压住了,乡里乡亲的,平时矛盾已经不少了,烦煞了,现在不能再增加:"我们也不是不让你们搭,只是想大家再协商一下,你们再退一米……"

"再退一米,我们还有多少面积,你帮我算一算？说得出的,总共这一点点地方,再退一米,索性不要弄了……"

李瑞萍也不识相地轧了进来,自以为理由充足:"俞进啊,你也是个懂道理的小人,平常日脚大家轧得蛮和气,今朝这桩事体,你叫大家来评评理……"

请来施工的小弟兄不耐烦了,问俞进:"哎,还弄不弄,我们没有工夫听你们唱双簧啊,不弄我们走了,甩几副老 K 去……"

俞进也急了,回头说:"弄,就这么弄,不同他们啰唆!"

李瑞萍拦上前:"咦,不可以的,不商量好,你不能动工的……"

俞进把李瑞萍一推,李瑞萍倒在门框上,愣了愣,哭叫起来:"你这个强盗打人啊!"

俞进"哼"了一声说:"神经病,你还是到精神病院去住住吧,花痴,老太婆不要发花痴!"

"砰!"俞进话音未落,面孔上已经吃了董克一拳,痛得"哇哇"叫,一边扑向董克。

双方打了起来,董克董健寡不敌众,被打得鼻青脸肿。俞柏兴老夫妻俩吓得瑟瑟发抖。李瑞萍一边喊"救命啊,救命啊",一边到地段派出所去喊人。

派出所来了几个警察，不由分说，把所有动手的人都铐了起来，带走了。

俞、董两家两对老夫妻，对着那些残砖碎瓦断木头，欲哭无泪。

过了一歇，派出所又有人返了回来，了解事情经过，做了笔录，临走时说："唉，采莲浜这地方，事体最多，偷、打、赌、嫖，哪一样没有，真是个犯罪的老窝。"

李瑞萍追上去问："我们家董克被打伤了，你们捉他进去，要耽误看伤的，怎么办？"

警察白了她一眼："这个你放心，已经让他们先到医院去了。"

俞师母也跟过来问："那、那，我们俞进呢？"

"他呀，他拳头硬，臂膀粗，要叫他尝尝铁窗的滋味啦……"

俞师母心里一吓，又气又伤心，眼前一黑，差一点跌倒，还是那个警察搀住了她。

警察看看这个老人，无可奈何，说："唉，这种地方，好人也要带坏的，你们儿子请的那几个帮工，有一个是采莲浜一区的，惯偷，俞进跟他混，能有什么好事体混出来……"

警察走了以后，俞师母就觉得心里闷得发慌，俞柏兴连忙搀了她进去。

这一天夜里，异常闷热，鸡笼似的小房子，简直让人喘不过气来。到了后半夜，太阳的余热还没有消散，一点凉气也没有，俞柏兴不停地给老伴扇扇子，开始只听她说闷，后来只是哼哼，再后来连哼也不哼了。俞柏兴开了灯，凑过去一看，老伴眼睛闭紧，手脚冰凉，呼吸几乎感觉不到，俞柏兴一个跟头栽下床来，跑到外面去喊人。

邻居都热得睡不着,听俞柏兴一喊,全来了,拥过来看,七嘴八舌地出主意,有个懂一点的人上去搭搭俞师母的脉,摇了摇头说,没有了。其他人都认为先送医院再说,俞柏兴被这突如其来的事弄得昏了头,站在那里只是一眼不眨地盯住老伴看,还是隔壁董仁达推了他一把,说:"快,送医院!"

董仁达跑到附近在菜场做事的一户人家借来一辆黄鱼车,帮助俞柏兴把俞师母抬上车,一口气踏到医院。

医生尽了全力抢救,可是,看上去俞师母气数已尽,不会长了。

俞柏兴无法承受这样大的打击,加上天气奇热,也躺倒在医院里了。

董仁达急得直跺脚,关照其他跟来的人照顾一下老人,自己转身朝派出所奔去。

值班民警见董仁达半夜赶来讲述了俞家的情况,苦苦哀求让俞进出去看一看,照料一下,民警也感动了,几小时前,这两家还打得死去活来,现在这个人半夜三更却又来为打他儿子的人求情了,民警破例地自作主张,同意把俞进放出去。

拘留所里,俞进也热得难以入睡,被蚊子叮咬得心神不宁,已是懊悔莫及了,突然见门开了,民警让他出去,先是一愣,随即见到董仁达哭丧着脸对着自己,突然有一种不祥的预感。

俞进跟着董仁达直奔医院,俞师母一口气还没有咽下,但眼睛已看不见了,听见儿子的声音,总算面孔上有了一点表情,俞进把耳朵附在她嘴边,听她断断续续地说:"本来,我、以为、总要挨到、搬新、新房、子……"

下面再也听不清了,待俞进大声喊时,俞师母已经咽了最后一口气。

俞柏兴躺在旁边的一张长椅上,支撑着问:"你妈妈,说、说什么?"

俞进红着眼睛,不说话,心里的悲哀几乎要把他憋死了,他突然回头问医生:"她,是什么病?"

医生摇摇头:"她大概有好几种病,可哪一种也不至于严重到危及生命,主要是体质太差,天气又太热……"

"热!热!"俞进咬着牙,转身责怪父亲,"你为什么不让她睡在外面,这么热的天,闷在那种房间里,她是活活热死的……"

俞柏兴嚅动着嘴唇,声音低而嘶哑:"外面,外面蚊子太多,点十盘蚊香也赶不走……"

"嘻!"俞进一拳砸在墙上。

天亮以后,俞进的女朋友闻讯赶来,看见两个老人一个死在医院,一个病在医院,十分凄惨,她抹着眼泪对俞进说:"这几天热煞人,把你爸爸先接到我屋里住几天,等过了这一段时间再说。"

俞进大为感动,连忙去对父亲说了。

俞柏兴听了这话,朝未来的儿媳妇笑笑,却不愿意住到她家去。

"我不想离开采莲浜,丽贞死在采莲浜,她的灵魂不散的,我不走,丽贞说要看到搬新房子,我要陪着她……"

俞进怎么劝他也不听,老人有老人的犟脾气,小辈是无法理解的。

为俞师母办了后事,俞柏兴又在医院里住了几天。这些天,俞进一直没有回采莲浜,他可不像父亲那样,他对采莲浜可是恨到了骨子里,离开它,毫无依恋。可是俞柏兴出院时坚持要回采莲浜住,俞进只好用黄鱼车把老人送回来。

到了家门口,父子俩都很惊讶,那天搭了一半的棚棚已经完工了,而且是按照他们的设想,把董家的出路给堵得窄窄的,也不知道是那几个小弟兄帮的忙,还是别的谁干的。俞柏兴虽然感激,但随之悲从中来,说:"唉唉,迟了,迟了,丽贞已经走了,剩我一个孤老头,有什么意思噢……"

俞进心里也突然冒起一种孤独的感觉。

第 7 章

读完小学,梨娟已经十六岁了。

当然,说是读完,其实,根本就没有读完,她没有毕业,最后的三门考试,开了两门红灯,拿不到毕业证书,教导处商量了半天,觉得这样大的女孩,再让她留在小学里,对己对人对学校都没有好处,最后决定,既不发毕业证书,也不再留她了,让她开路,等于送走一个活宝。

梨娟自由了,再也用不着天天坐硬板凳、背课文了,她可以到处去闯、去玩,去做事体,去赚钱,买吃买穿。家里大人也晓得她实在读不进了,只好由她去,初中连想都不去想了。

沈忠明每天上班,工作很积极,一天倒有大半天在单位。沈菱妹老太太自从摆了香烟摊,也不像从前那样空闲了,至少每日要到马路上"站岗"。

家中无人,正中梨娟下怀,从学校回来,开始几天,她东闯西荡,跑遍了苏州城里的白相场所,把好婆给她的一点钱都花在咖啡馆里了,又去学会了跳舞,还轧了几个不三不四的朋友,成天吊儿郎当的,吃吃混混。

梨娟同她的朋友们不一样,那些人靠爹娘,有的是钞票花销,梨娟却没有进账,兜了一圈子回来,要帮奶奶管香烟摊。

沈菱妹是个很开通的人,一向主张小人自由,她对孙女儿说:"我的香烟摊不要你管,你假使愿意,你另外去摆一个摊,货我来帮你进,赚头你自己得。"

梨娟开心煞了,第二日就去选了一个地盘。

奶奶关照她,遇事要会用脑筋,什么样的人来,什么样的办法对付,教是教不会的,只有自己学。要梨娟先跟她几日,梨娟却性急煞了,等不及地想赚钞票,不肯跟她学,自己去闯天下了。

开始几日,生意做得倒不错,每日也有个三四块钱进账。可是过了不多几日,麻烦来了。先是地段上的狠客,地头蛇来寻世,敲竹杠,这种户头,自己不做事体,凭着身边有一帮打手,到处勒索在这一地段做小生意的人,吃现成货。凡是新开张的小店、新落脚的地摊,不进贡相当的好处是立不牢脚的。

梨娟第一天来设摊卖高价香烟,他们就晓得了,但是没有马上出动,让她尝几日甜头,才来寻她。

他们来到梨娟摊前,先是挑逗了一番。梨娟却不是那种面皮薄、难为情的姑娘,说出来的粗野下流的话,把这帮小流氓都吓了一跳,他们动手动脚梨娟也不怕,反而很得意,风骚地笑着,弄得几个小赤佬神魂颠倒,反而不好开口敲竹杠了。

梨娟事先已经在奶奶那里听说过这帮痞子,胸有成竹,反守为攻,"怎么样,你们想来占我的便宜揩我的油?"

为首的那个家伙,看出了梨娟的厉害,连忙换了花招,想把梨娟拉入他们一伙,说:"哪里,哪里,想同你交个朋友,你这么漂亮的小姑娘,我们贴铜钿也心甘情愿,怎么会来敲你的竹杠呀!"

梨娟顺水推舟："那好,你贴几个铜钿来吧,我等着用呢。"

小流氓嬉皮笑脸地捏捏梨娟的面孔："贴铜钿好说,可是也不能白贴啊,你说对不对？你有什么拿出来慰劳慰劳我们弟兄呀？"

一阵邪恶的大笑。

梨娟面不改色："好说好说,今朝夜里你们到我屋里来吧,采莲浜的,我屋里阿哥兄弟七八个,天天骨头发痒呢。"

小流氓一听采莲浜的,互相甩了个令子,自己寻了一个落场势,收场了。

梨娟哈哈大笑,冲着他们的背影大声说："有啥事体要我相帮的,尽管来寻我好了,我天天在这地方。"

一场难关闯过去了,当初连沈菱妹这样的老角色也让他们敲了一笔,梨娟却大胜一场。

第二次来寻麻烦的是街道市容管理组的,不允许在大街上摆摊设点,说是影响市容,影响市内交通。

梨娟看看来的是几个老头,无师自通,先落下一泡眼泪,编了一个悲惨的故事,讲屋里怎么苦怎么穷,日脚怎么难过,自己小小年纪,没有条件上学,只好来摆香烟摊,绘声绘色,讲得几个老人眼睛发酸,可怜兮兮,只好叫梨娟把摊点往边上挪一挪,就放过了她。

梨娟过了两关,却没有逃过第三次。工商管理局的人突然面孔冷板地立在她面前,人赃俱在,梨娟拿香烟贿赂,不通;拿笑面孔挑逗,不通;编故事相骗,不通。结果香烟充公,罚款一百块。

这一下可惨了,不仅几天来的赚头全部泡汤,还到奶奶那里借了一部分,才付清了罚款。

梨娟又气又恨,一心要报复工商局的那两个人。可是要报复别人一时也不是很容易的。梨娟还想继续摆摊,奶奶说："你熬几日吧,这一阵正在风头上,你到底还嫩呢,过了风头再说吧。"

梨娟又到社会上闯荡,身无分文,又抵挡不了物质的诱惑,就去轧了几个肯出钞票的男朋友。有一日,正在咖啡馆前胡闹,被沈忠明撞见,拖回去吃了一顿生活。

梨娟尖嘴利舌地挖苦爸爸:"你其实也用不着敲我,反而弄龌龊你的手。我不会吊死在你家里的,我不靠你吃,不靠你穿,让你筹了铜钿讨女人,你还不称心啊。我晓得你心里老早没有女儿了,那个骚货把你的魂勾走了……"

沈忠明气得说不出话来。是有那样一个女人,是老娘托人介绍的,说愿意跟他过,不嫌弃采莲浜,但要求买几样物事,三件黄货另外多少毛料毛毯,全是高档货。沈忠明正在省吃俭用积下来,被女儿一戳穿,良心上倒是有点过不去了。他对女儿说:"你要是好好地在屋里,不出去野混,你要吃要穿,我供你。"

梨娟却不领他的情:"我不要你供,你供一个女人还供不过来呢。再说,你要我一日到夜待在屋里,不要闷煞我吗?"

沈忠明拿她没有办法,他只要一上班,梨娟就溜出去混。

这一日,梨娟梳妆打扮了一番,刚要出门,听见有人在外面问:"沈忠明住这里吗?"

梨娟开门一看,差一点惊叫起来,是张寡妇,她的亲娘来了。

张寡妇一见梨娟,又惊又喜,她记忆中的梨娟,还是个小黄毛丫头,想不到出来了这么一个已经长大成熟了的漂亮姑娘,和她年纪轻时十分相像。张寡妇开心地叫了一声:"梨娟!"

梨娟也想喊她一声娘,可一张口,却喊出一个"张"字。

张寡妇一点也不气恼,哈哈大笑,梨娟也不好意思地笑了起来。

张寡妇问了一家子的情况,看看他们的住房环境,不住地摇头叹气,说:"哎哟,还不如我们苏北乡下呢。梨娟哎,我告诉你,我们现在有钞票了,秋桂子办了个家庭工厂,专门做服装的,赚了不少呢,新房子也造起来了,比你们这个房子,好得多呢,不再是你小辰光看见的那种茅草房了。那辰光真是苦,现在好了,比你们好噢……"

梨娟一眼不眨地盯住她看,张寡妇从口袋里摸出一沓钞票塞给梨娟:"喏,拿好,给你的,你奶奶和你爸爸,我另外还有。"

梨娟捏着那厚厚一沓十块头的钞票,心里怦怦跳,正在这辰光,奶奶回来了。梨娟连忙把钞票塞进口袋内,张寡妇朝她一笑,点点头。

张寡妇这趟来苏州,没有其他事体,只是想看看女儿,看看沈忠明。看到他们回城这么多年,日脚还过得这么差,张寡妇心里也不好过,硬留下一笔钞票,要给沈忠明讨女人用。

临走时,张寡妇想带梨娟到乡下去住几日,又不知梨娟肯不肯,憋了半天才开口,谁知梨娟在屋里正闷得没劲,听说到苏北乡下去,急不可待地要跟着张寡妇走。

沈忠明十分感激张寡妇,他也希望她把梨娟带到乡下去住一段,以免梨娟在屋里闯祸,出事体。他把梨娟的情况都对张寡妇讲了,要她尽可能多留梨娟住一阵。

梨娟跟张寡妇走后,沈忠明的一颗心也放了下来,以为可以轻松一段时间了,可是万万想不到,梨娟只去了十来天,就跑回来了。

沈忠明大失所望,问为什么,梨娟"哼哼"说:"乡下太没劲了,全是阿土,跳舞也不会,一日到夜做煞,洋机踏不停,烦煞人了,我是不高兴住在那里……"

沈忠明气酥,只好作罢。过了不多日,张寡妇就追来了,说梨娟拿了她五百块钱,她倒不是心疼这几个钱,主要是担心这个小姑娘学坏了,要沈忠明多多管教。

沈忠明责问梨娟有没有偷乡下的钱,梨娟指天发誓:"我没有偷,真的没有偷,不相信你搜,不相信你报公安局,叫他们来查,查出来我认偷。"

对这样的女儿,做父亲的还能说什么呢。

梨娟有了这几百块钱垫底,更加放肆,泡咖啡馆泡得腻了,就邀了一帮人回来闹,喝酒抽烟,一眨眼工夫全学会了,走起路来,一摇一摆,十足的流氓腔。

隔壁邻居见了,个个摇头,说,这个小姑娘,不像腔,真是学坏容易学好难。

沈忠明教管女儿无方,自己的事倒还算顺利,有了张寡妇给的那笔钱,加上自己的积蓄,他买全了那个女人所要的东西。终于,那个女人进门了。

女人一进门,就和梨娟严重对立。她不喜欢梨娟用那种鄙夷轻视的眼光看她,也不允许梨娟在家里这样无法无天,称王称霸,她要收服这个贱丫头。

当然,收服梨娟只是个开头,目的是要霸这个家。

她做的第一件事就是控制经济权,把沈忠明所有的收入一把抓,连老太太贩香烟的钱也想过问,可沈老太毕竟老鬼了,虽是自己促成儿子的这桩婚姻,但也晓得这个女人是个棘手户头,她还要积几个钱防防老呢,怎么肯吐出真情。

女人于是就逼迫沈忠明,一会儿要买这样,一会儿要添那样,要沈忠明去诈老太太的钱。沈忠明弄得几头不讨好,苦不堪言。

当初他并不很想娶女人,可是老娘说,没有女人的家,不能算一个完整的家,自己老了,说不定哪一天就走了,这个屋里没有一个操持的女人,是不来事的。千说万说,说动了沈忠明的心,所以,托人介绍,首先的条件就是能干。这个女人果真能干,还有花男人的本事。沈忠明明知她是个厉害的角色,到后来,也心甘情愿地受她摆布了。沈老太太看到这个能干媳妇居然能干到她头上来了,心里自然不舒服,但一想到她这样把家,以后也是为沈家好,才不同她计较,以和为贵。

女人控制不了老太太,梨娟却要好对付得多。她先探出梨娟那个小金库的秘密,然后以教育小孩为借口,征得沈忠明的同意,把梨娟的钱一把捏在手里。

梨娟发现自己的钱被拿走了,在屋里大叫大吵,女人却只作不知,不同她搭腔,沈忠明被闹得头痛脑涨,只好说:"你不要急,钱是我拿了,放在大人这里,你才十六七岁,拿那么多钱不好,你要用,跟我说,我会给你的。"

梨娟晓得是女人出的主意,对着父亲大骂:"你讨这种女人,你眼睛给她的×戳瞎了!"

沈忠明抽出皮带狠狠地抽了女儿一顿,女人也在一边拳打脚踢。

梨娟吃了这次亏,表面上好像平静了,也不在屋里闹,等到有一天女人一个人在屋里,她拿了一把大剪刀,对准女人身上戳过去,女人尖叫着躲开了,看见梨娟血红着眼睛,咬紧嘴唇,晓得事情不妙,有点怕了,连忙说:"有话好好说,有话好好说。"

梨娟双手握紧剪刀仍然对准女人,说:"和你没有什么好说的,你把钱还我。还有,上次一顿生活吃还,你也让我抽一顿,我们算两清,要不然,你吃剪刀,我吃花生米,大家不拆蚀!"

女人哆哆嗦嗦地把钞票拿出来交给梨娟,可是要让小丫头敲一顿,她倒咽不落这口气,犹豫不决。

梨娟看出她的心思,开始做交易:"不敲你也可以,但你得赔我一百块损失费、营养费!"

被爷娘打了,要讨损失费、营养费,真是从来没有听见过的,女人哭笑不得,她在社会上也混了几十年,这样赖皮的小姑娘没有见过。

梨娟见她不做声,以为她嫌开价太高,降低了一点:"八十。"

女人眼睛盯着那把大剪刀,她要是扑上去,是能够抢过来的,但是,这个小姑娘身上有一股杀气,这次刺不成,还有下次,总不能防她一世人生呀,只有先软下来再说了。

梨娟又降了一格:"六十,不能再低了,再低就红白相见吧!"

女人乖乖地拿出六十块钞票来。

梨娟拿了这六十块,马上去买了一件薄呢长袖连衣裙,当场就穿了回来。

沈忠明看了她一眼,她就说:"怎么,奇怪吧?这件连衫裙,告诉你,六十块。钞票吗,你去问她,是她给我的……"

沈忠明朝女人看看,女人气得只有干瞪眼睛。

梨娟穿上了这件连衣裙,愈发显出她的漂亮、成熟,这又一次提醒了沈忠明,女儿长大了,不再是个调皮野气的小姑娘了,而是一个成熟懂事的大姑娘了,不能再让她这么混下去了。

沈忠明到街道上去要求给梨娟安排工作,可是人家说:"你们梨娟小学都没有毕业,现在初中毕业生还来不及安排呢。而且许多单位都有规定,招工起码高中毕业,小学生不要。你想想,现在是啥时代了,八十年代了,小学生怎么来事噢……"

沈忠明苦恼地说:"唉,小人不肯读书,在乡下耽搁了,十六岁了,蛮长蛮大,你叫她再坐在小学的课堂里,也不像腔呀。你们随便怎样帮帮忙,我们下放耽搁了十年,现在小人无论如何要争争气了,不工作,小人一日到夜瞎混,不好的,你们做做好事,帮帮忙……"

街道里的人都晓得梨娟的情况,也蛮同情沈忠明,答应想想办法。

过了一个多月,果真来了招工通知,是街道编织厂的,女人家做了这种生活正合适,一家人开开心心,梨娟自己也蛮高兴,去上班了。

越剧团解散以后,戏校更加人满为患,粥少僧多,经济收入是可想而知的。人弄得越多,教学效果越差,所以,过一阵,上面就要来动员一次精减人员,可是来动员了几次,每次都声势浩大,好像下了大决心,非切出口子不可的。可是在编的人自然不会自动退出舞台,超编的人也赖着不动,还有不少外面人,要往里面轧,凭各种各样的关系照样能轧进来,结果是越减人越多。

毕艳梅永远是不安于现状的,她身上的细胞,总归比别人更活跃、更生动,在戏校的这种挤轧中,她是立得稳的,再挤轧也轧不到她。她凭自己的实力、本事、工作精神等为自己打下了地盘,所以,不管单位有怎样的风浪,她倒是可以稳坐钓鱼台的。

可是,偏偏可以稳坐钓鱼台的人又不愿意稳稳当当地坐下去。有几次从浙江、上海的一些县级单位来人聘请他们去任教,去做艺术指导,没有一个人愿挪动,只怕一动身,回来就再也没有位置了。

毕艳梅倒是动了心，几次想应聘，可是，一想到王小飞对金小英打的算盘，她又觉得自己不能走。只要她在这儿，就不能让他的主意得逞，她会想尽各种办法破坏他，叫他心中有数，口中却说不出来。王小飞和金小英接触也有好几年了，没有出事体，毕艳梅在里面起了大半作用，这是要用心计、要下功夫的。对一般的女人来讲，可能会不胜负担，可是毕艳梅却不觉得很吃力，她好像过惯了这种生活，在这种斗争中还有不少乐趣呢。

现在，她很想应聘到外面去干一番事业，她还想自己组建一个演出团，胃口大呢。但为了那种叫人恶心的事，她一次又一次留了下来。她在想，是不是干脆跟王小飞点明了金小英是她的亲生女儿，王小飞再风流，毕竟不是那种衣冠禽兽，可又不清爽金小英对王小飞迷得有多深，一旦听到这件事，女儿会怎样想呢？

毕艳梅又仔细地观察了这两个人，结果大喜过望，王小飞对金小英已经失去了兴趣，而金小英也未必有什么痛苦的样子显出来，她始终就是一块冰。

王小飞是个性急的人，他钓金小英这条鱼，用遍种种鱼饵，钓了好长时间，却不见鱼儿上钩，便失去了再等下去的耐心，干脆来了个直截了当的求爱。

王小飞刚开了个头，还没来得及表白心迹，金小英突然一笑，笑得王小飞莫名其妙。

"你，笑什么，你？"

金小英淡淡地说："我笑你这个人眼睛太没有用场了！……"

王小飞仍然不明白："怎么？"

"你难道看不出，我是毕艳梅的亲生女儿吗？"

王小飞这一惊非同小可，吓得退了一步。

金小英淡淡地笑着说:"你看不出我和她很像吗?"

王小飞这才回想起来,第一次见到金小英时,确实有这种感觉,后来却被情欲冲昏了头,真是瞎了眼睛。现在他看到金小英那样不动声色地笑,好像自己受了捉弄,受了欺骗,责问他:"你早就晓得这件事,你为什么还……"

"还什么?"金小英把他挡了回去,"对不起,我也不知道这件事是否确切,我也是猜测,从来没有人告诉过我。可是我发现她对我的关心,超出了邻居之间的分寸,有点过头了,又在你们家看到了她年轻时的照片,我就想到了。尤其是你对我产生了某种念头时,她的行为更是奇怪。你从前经常和女人来往,还领回来,她并不吃醋,可这一次却……为什么呢?我动脑筋想了一下,我喜欢有一点心计、有一点内涵的人,而不喜欢绣花枕头。"

金小英平平和和地说完,又淡淡地一笑。

王小飞像被打败的公鸡,低垂了头,他完全相信金小英说的是事实。以往他勾搭过的女人何止一两个,各种类型都有,哪个不是被他这样风度翩翩的花花公子迷得七荤八素的,这个金小英却使他大大地出了丑,他再也不敢去惹她了,离得远远的,偶尔见了,也很尴尬,倒是金小英还是大大方方的。

尽管毕艳梅观察到的只是表面现象,她也够放心的了。过了不久,就应聘到浙江一个县里去了。

只用了半年时间,她带的那批学生,就已经出山了。也许因为浙江是越剧之乡,好似人人与越剧有缘,十六七岁的小姑娘,灵气十足,悟性也很好,一学就会,一点就通,半年以后,正好浙江省有一个业余越剧演唱大奖赛,毕艳梅精心挑选了几个送去参赛,结果一、二、三等奖,这个县的学生均有获奖者,有两个被招收到省、市剧团去了,为这个山区大添光彩,县里奖给毕艳梅一千块钱,那几个得奖的学生家长也塞了好些红纸包。

第二批的学员更多了,可毕艳梅是个聪明人,见好就收,她晓得再干下去,不一定还能有这么好的成效,而且,即使有了成果,在一个地方钱挣多了,绝不是好事,她借口单位催她回去,告别出来了。

毕艳梅带着挣来的钱喜滋滋地回到屋里,屋里却天下大乱了。

儿子王念出走了,两个礼拜没有回来,王小飞已经报了案,因为无一点线索,公安局也无从查起,只有等待了。

儿子为什么出走,毕艳梅问王小飞,王小飞却支支吾吾讲不出来,引起了毕艳梅的怀疑,在她的再三追问下,王小飞哭丧着脸说:"可能、可能是他看见……"

"看见什么?"

王小飞说不出口。

毕艳梅却抓住他不放:"看见什么?"

王小飞被逼得没法,只好说:"他看见我从金、金小英屋里出来,就……"

"就怎么?"

"就骂了我,那天就没有回来。"

毕艳梅长叹一声:"你到底还是弄到手了,你这个——混账东西,你不知道,你做了什么荒唐的事,金小英,她,是我的亲生女儿啊!"

王小飞低声咕哝了一句:"我晓得的。"

毕艳梅跳了起来:"你晓得的?你怎么晓得的?你既然晓得了,为什么还——你真是个畜生!"

王小飞说:"我其实和她早不来往了,也不是不来往,以前从来没有过什么事,是她告诉我,她是你的亲生女儿的,我就不去惹她了,可那一天,是她主动……"

"呸!你放屁!我晓得金小英的,不是你去追她,她决不会的……"

王小飞赌咒发誓,那样子十分滑稽,平常日脚,夫妻之间讲到男男女女的事情,双方都以半真半假、嘻嘻哈哈的形式进行的,唯独这一次,双方都很顶真。

"那一天,下大雨,外面一个人也没有,我下班走过,她招招手,叫我过去,说她姆妈跑亲眷去了,夜里不回来,叫我夜里去,我以为她捉弄我,没有理睬她,可是她把我拉进屋,她姆妈是不在。夜里,夜里,我就去了,啥人想到儿子会盯我的梢……"

世界上没有不透风的墙,毕、金两家的丑事体,一传十,十传百,采莲浜全传遍了,大家顶感兴趣的不是毕艳梅夫妻的相骂,而是老姑娘金小英的一举一动,金小英进进出出,走到哪里,都有许多双眼睛在看她。金小英原以为自己能顶得住这种压力,但真的尝到了滋味,却有点抵挡不住了。不过她并不后悔那一天一时的冲动,也不能说那是一次冲动,实际上,她已经等了十多年,从情窦初开的少女期等起,已经等到四十岁了,她不觉得自己有什么不道德。如果毕艳梅和王小飞是一对恩爱夫妻,她也许不会做出这种事来,但那对夫妻本身名存实亡,无非一套假面具,维持一个名义上的家庭罢了。她虽然表面冷漠,但内心却和一般人一样渴求七情六欲。在苏北乡下,在采莲浜,大家聚在一起经常讲那些"动听"的故事,她心中怎么可能平静如水呢,她需要爱,如果得不到爱,她也需要男人。

于是,她果断地毫不犹豫地把王小飞叫到自己屋里。

王小飞不愧是个情场老手,使金小英第一次,可能也是一生中唯一的一次,尝到了做女人的甜蜜。但金小英总是不能满足,她似乎要把几十年积压的欲望一次还清,在销魂的时刻,她对王小飞说:"你跟她离了吧,我们一起过。"

王小飞搂住她,嘴贴嘴地说:"当然,当然,我们一起过。哦,亲爱的,我爱你,我爱死你了!"

金小英做事是很把细的,她干这件事,不会给任何人带来很大的打击,两个母亲知道,会生气,但也不至于出什么天大的纰漏,她的确是前前后后都想过了,但偏偏忘记了王念这个孩子。

一听说王念出走了,金小英立即明白,她是罪魁祸首。

王念后来还是被找回来了,一切又平静下去了。

金小英却再也没有平静的日脚过了,她怎么也忘不了那一个夜晚,与其现在每天给人指脊梁骨,还不如干脆去盯住王小飞,和他结婚。

她首先到法院去打听离婚的手续,法院说,在这一类案子中,如果确认夫妻双方没有感情,即便有一方坚持不离,法院也会考虑判离的,但最关键的一条是房子,要在双方可能分开来住的前提下,才能判离。

这关键的一条,倒使金小英伤了脑筋,倘是毕艳梅夫妻离婚,现在他家的住屋,肯定要归在毕艳梅名下,因为那是她的单位安排的,王小飞别无去处。如让他住到自己家来,母亲一定不会同意,又是一场热闹。金小英想先和王小飞商量一下,可是寻了几天也寻不到他。几天以后,她好容易在路口拦住了他,刚说了半句,王小飞突然笑了起来:"什么?我的宝贝,你叫我离婚,这怎么可能？"

金小英生气了："是你自己答应的！"

"什么时候？我什么时候答应的？"王小飞油头滑脑地对付金小英。

"你……"金小英当然记得他是什么时候答应她的，可她却说不出口，气白了脸，"你，是个骗子！"

王小飞又装出一副受了冤枉的委屈相："我，唉，我怎么说你也不会相信我的，我是真心爱你的，可是，我现在这个家庭，蛮好的，老婆儿子，你为什么要拆散我们呢？从前听人家说你为人蛮善良的，肯帮助别人的。你现在怎么忍心拆散一家人家呢？王念都出走了，要是真的离婚，还不晓得他会做出什么事情来呢。你行个好吧，不要拆散我们一家了……"

金小英想不到王小飞倒打一耙，一时竟说不出话来了。

王小飞却还在强调自己的理由："你也为我想想，我们住了这么多年破烂房子，现在她单位里听说马上要给她分新公房了，你总不忍心让我继续住这猪狗圈一样的房子吧。再说，你自己呢，早该找一个有房子的男人，搬出这鬼地方。我苦于不是个女的，我若是个女的，早就搬出去了，还在这地方，这倒霉的采莲浜打万年桩啊！"

金小英实在不敢相信王小飞说出这种话来，她还半信半疑地问："既然如此，你为什么要勾引我？"

王小飞双肩一耸："哎呀，话可要说清楚，是谁主动的？不过嘛，女人家面皮薄，我也不计较，就算是我主动的，我只是想和你交个朋友，看你都四十岁了，还不晓得男人是什么，教教你的嘛，你怎么可以当真呀……这种事情上你也要想开……"

金小英再也听不下去，反身就走，倒把王小飞晾在那里发了一阵呆。

金小英这一走，再也没有回来，她在自己单位的集体宿舍住下来，让人带信给金媛媛。

金媛媛和毕艳梅一路扭打、斗骂赶到金小英单位，求女儿住回采莲浜。

两三天不见，金小英竟然彻头彻尾地变了一个人。她去烫了一个最时兴的头，身上穿着价格昂贵的料子时装，平时各种委顿的神情一扫而光。

金媛媛和毕艳梅都惊讶地看着她。

金小英浅浅地一笑："看什么，这套服装吗，不该我穿吗？"

"不是不是，"金媛媛连忙说，"小英，你变了，好漂亮啊，好派头呢。"

毕艳梅在一边尴尬地笑。

金小英"哼"了一声。

"回去吧，小英，回家去住吧，住单位总归不如家里好……"金媛媛求她。

"回家？哪里有家？采莲浜，那个家，多么可爱的家……"金小英不断地冷笑，笑得两个母亲毛骨悚然。

金媛媛和毕艳梅终于没能劝回金小英，金小英再也不想回采莲浜了，这是无法挽回、无法勉强的。

吴中装裱社的老工匠一个一个地退了，像董健这样的年轻人就成了社里的骨干。

一日，他接待了一位老华侨。老华侨拿出一幅被撕成十多片的画来，向董健讲述了这幅画的经历。

这幅《秋江图》是他家的祖传。二十世纪四十年代初，战乱时期，他离开祖国，到美国去谋生，把这幅画交在妻子手里，叮嘱她无论如何要保住它。这是一幅明代陈淳的真迹。妻子果然没有辜负他的期望，一直到她去世，她又把画交在儿子手里，同样把丈夫的话给儿子讲了一遍。就在妻子死后第二年，这幅画就被抄走了。儿子奇怪红卫兵怎么晓得他家有这幅画，后来才知道是孙子去报的信。孙子那时太小，才十多岁，很革命。后来在退偿查抄财物时，儿子找到了一份清单，其他一些查抄的东西均有了下落，唯独这幅画，怎么也追不到。儿子说："我宁可用所有的东西换这幅画。"却是换不回来。说来也巧，有一个老工人搬家，清理旧杂物时，把家中旧纸废布全清除出来，放在一起，打算去卖旧货。家中小孩就在那堆杂货中翻找东西玩，结果翻出一幅画来，看看颜色灰淡，没有什么好玩，便撕了往旁边一扔。老工人的儿子，也就是当年的那批红卫兵中的一个，无意中看见了这幅被撕碎的画，吓了一大跳，为了这幅画，组织部门、公安局都上门找了他不晓得多少次了，可他想来想去，确实不记得这幅画的下落了。没想到这幅画藏在自己家中，又被撕碎了，也就不敢去报告了。家里人意见不一，老头子听说从前有人会把弄破的画补好，补得和原画一样，儿子便四处打听，果真有这样的装裱社，可一问，这样的情况，起码要出几百块的手工费，装裱社的人没有见到画，就不断地追问是不是陈淳的真迹，一个个显得十分严肃、紧张。于是，老工人一家决定，不再多惹事，把那撕碎了的画交上去算了。

最后，老华侨归国时，得到的是一幅破碎的真迹。经人指点，他来到吴中装裱社，恳求他们无论如何补好这幅画。

董健接了这幅画,花了几个月时间,终于使这幅画起死回生,几成完物。

老华侨非要到董健家里去表达谢意,董健一再推托也无济于事,说好下班时,他来找董健,要和他一起回去,认一认他的家,交个朋友。

一上午,董健一直在发愁,采莲浜那地方,真是塌招势。可是老华侨倔强得吓人,不领他去,要发火了。

董健正在动脑筋,突然看见门口有一个农村妇女,拉了一男一女两个小人,立在那里对他看,他一愣神,叫了起来:"阿嫂!"

粉宝带着小人上来了,是董克写信叫她来的,粉宝的户口,本来已经办得差不多了,可到了最后一关,上面突然来了通知,由于城市人口猛增,半家户,即夫妻双方,有一户在乡下的,暂时一律不动。董克为了粉宝的上调,真是耗尽了精力财力,现在一瓢冷水泼下来,从头凉到脚,一气之下,写了封信,叫粉宝几时几日带着小人上来,横竖横了。

粉宝带了小人下了汽车,却不见董克的人影,等了半天也等不到,粉宝拖儿带女,背着行李,找到采莲浜。

她怎么也没有想到,当她筋疲力尽敲开家门,李瑞萍一看她娘儿三个站在门口,突然笑了起来,一边笑,一边关上门,在屋里说:"再会,再会。"

粉宝又急又累,怎么敲门也敲不开,只好向隔壁邻居打听了董克和董健在什么地方工作,带着小人又寻出来。董克不在街头老地方修鞋,粉宝才找到董健这里。

董健见了这情形,一时也愣了,心里责怪母亲做事太绝情,又恨董克蛮不讲理。粉宝和小人不来,家中已无插针之地了,董克不经商量，就自说自话地把老婆孩子弄上来，往哪里去住呢。现在事情弄僵了，粉宝眼泪汪汪地站在他面前，两个小人也哀求般地盯着他。董健一边安慰粉宝，一边带着他们一起回采莲浜，一时居然把老华侨的事丢在脑后了。

董克正急得团团转，他接人去迟了，接岔了道，急匆匆赶回来，问母亲，母亲却不说话，还是隔壁邻居告诉他，粉宝带着小人敲不开门，又去找他了。董克正在和母亲吵架呢，一见董健领着粉宝和小人回来了，才松了口气。

李瑞萍见粉宝他们回来了，也不说话，就躲进里间屋去了。

粉宝一直都是个能够忍辱负重的女人，跟了董克，吃的苦也不少，却从未怨过，可这一次她千里迢迢带着孩子赶来却被婆婆拒之门外，忍不住哭了起来。两个孩子见母亲哭，又看到家里这种紧张的气氛，也吓哭了，一时间小屋里大哭小叫。

董克对着里屋又责怪母亲，李瑞萍却只是一言不发。

董健站在当中很尴尬，从情理上讲，应该偏向哥哥嫂嫂。可是除了情理，生活更需要实际的东西，没有地方住，不可能有正常的生活，从这一点上讲，母亲生气也不是没有一点道理。他见董克骂起母亲来，忍不住说：“你也不要怪妈了，她有什么办法，你自己想想，你把他们弄上来，日脚怎么过，总不能把屋里父母兄弟都赶出去吧。粉宝，你也不要哭了，你自己也看看，这家，这房子，家里人为什么不欢迎你来。这房子，本来分的三个人的名头，没有董克一份，他自己轧进来，又把你们从乡下弄回来，怎么办？谁又不想一家人团团圆圆一起过呢……"

董仁达下班回来，在家门口看见一位老人向他打听董健，董仁达连忙对屋里喊：“董健，有人找！"

董健出来一看，竟是那位老华侨，居然摸上门来了，他手足无措，让进也不好，不让进也不好。

老华侨生气地说："你这位小同志，说好等我的，怎么可以失信于人？"

董健红了脸说："哎呀，真是抱歉，刚才我嫂子从乡下来了……"他一时讲不好，只好简单地说，"我领她回家，把您给……"

这时候，老华侨听见屋里的吵闹声，连忙问："怎么，府上有事？"

这一问，董健倒不好再把他挡在门外了，让进门来，老华侨只觉得眼前漆黑，什么也看不清。过了半天，才慢慢适应了，看清了这一切，他吃惊得张着嘴收不拢了。

董健一一介绍了屋里人，粉宝眼泪还没干，站在那里愣愣地看着老华侨，老人说："唉唉，这位嫂、嫂子，怎么不坐呀。"话一出口，才发现屋子里几个人都站着，地方太小，人多，坐都没地方坐，他不由也站了起来。

董健连忙把他请进里屋，想不到里屋更是闷气昏暗，老华侨紧锁眉头，连连说："太意外了，太意外了，我回来一年多了，去的地方都是比较好的，想不到中国还有这样的住宅区，唉唉……"

董家没有一个人说话，心里都不是滋味。

老华侨又说："想不到，小同志，你生活的环境这么差，却学了那样难得的传世本领，可敬可佩，可敬可佩……"

董健说："住在我们采莲浜的人，都有一点本事的，只不过各人工作不同罢了……"

老华侨万分感叹地说："中华民族，唉，这个民族，怎么说呢，有时想想也真了不起,真像牛,吃的是草,挤的是奶……"

这天,老华侨留在董家吃了一顿夜饭,一直谈到很晚才走,临走时,他对董健说:"我有一点钱,回去后就汇来,我原想捐给你们装裱社,我很喜欢你们的工作,也非常敬佩我们国家的这门艺术,希望她能发扬光大,日益兴旺,这点钱,给你们社里添一点基本建设。可现在我改变主意了,装裱技艺再高超要有人来继承,人是第一位的,所以,这笔钱不多,人民币两万,还是交给你吧,也许可以造几间房子,解决一下你们家的困难……"

董健看着老华侨,他心里抖得厉害。

"好了,我走了,我过些日子还会回来的,我希望那时能在新居里见到你。"

董健送老人走出采莲浜,上了出租车,返回来,发现全家没有一个人动弹过,一个个都像木头柱子一样。

"还是照他原来的意思,捐给你们社里吧。"总算有人先开口了,是董仁达,他小心翼翼地看看大家。

董健也想要把钱交给社里,现在社里的条件、设备是很差。但是单位的情况他很清楚,由于单位的性质,多年来,养成了大家脱底棺材的习惯,这两万块钱投进去,恐怕不会用来添置什么设备,说不定大家分了算数,他不能把这笔钞票拿到单位去。当然,更不可能自己拿来造房子。最后,在全家的关注下,他故作轻松地说:"啥人晓得他会不会汇来呢,要是真汇来了,放着以后再说。"

一张还没有到手,即使到了手也不可能由董家动用的支票,却无形中缓和了董家的紧张气氛。李瑞萍也不再坚持要粉宝回乡下去,当夜,里屋让了出来,给董克夫妻带儿子女儿住,外间老夫妻挤一挤,董健只有到烧饭间里睡了。

董健哀叹一声:"这一下,我找老婆可更没有希望了。"

粉宝虽然住了下来,可是,既无户口,更无工作,和李瑞萍两个成天守在家里,难免讨气。粉宝总是一忍再忍,一让再让,被李瑞萍烦急了,才回一两句嘴。

其实,李瑞萍的啰唆已经养成了习惯,也是一种病态,有人无人她都会嘀咕个不停,没有人去理睬她,也不会怎么样。可一旦有人接一下嘴,她便会大发特发,吵得不可开交。粉宝初来,不晓得她的这个脾气,被常常弄得手足无措,进门没几天,人瘦了,脸也黄了,只有夜里向董克哭诉。可董克心情也烦躁,反过来又骂她多事,粉宝前思后想,这样过下去,太苦了,不如一个人拖两个小人回乡下过。

粉宝拿定主意要走,董克却死活不让,说已经上来了,死也死在城里。

粉宝痛哭不已,说:"你是城里人,你死在城里,有道理的。可我是乡下人,你饶了我吧,让我回乡下去,去死在乡下吧。"

董克打了她一个耳光。

粉宝一边哭,一边继续说:"让我走吧,小人在这里也过不好的,我带他们去,你另外娶吧,我同意离婚。"

董克又打了她一个耳光。

随后,夫妻儿女四个人又抱头大哭一场。这一家,三天两头这么闹,实在叫人烦心,隔壁邻居也看不过去,说这样下去总不是办法,总得有人想办法住出去,这样挤在一起,日脚是不好过的。

有一天,董克夫妻正在吵闹,李瑞萍突然口吐白沫,倒在地上,对过去扶她的董仁达说:"我、我又要发了,我控制不住,你送我去精神病医院吧!"

董仁达不明白:"你不是蛮好的吗,不是蛮清醒吗,怎么去住那地方呢,你不怕人家笑话你?"

"笑话!这样的家庭,还没有被人笑话够啊!你送不送我去?"李瑞萍盯住丈夫,神色很不正常。

董仁达哭丧着面孔,说:"你,到医院去,医院也看得出来的,不会收你住院的。"

"所以要你陪我去,你告诉医生,我在屋里发神经病,砸东西,喏……"她抓起一只热水瓶,真真往地上一砸,"砰"热水瓶爆开了,碎片崩了她一身,她也不顾,又去抓玻璃杯,砸了几个杯子,董仁达慌了手脚,连连说:"送,送,送你去,别砸了,砸了还是自己的钱买。"

李瑞萍"嘿嘿"一笑:"你心疼了,你心疼的是东西不是人!"

就这样,董仁达送李瑞萍去精神病院,按李瑞萍的吩咐,讲述了她在屋里的"表现",医生翻了翻李瑞萍的病历,接收了她。

李瑞萍终于如愿以偿,住进了精神病院,每天和疯子在一起,她反倒心情愉快,轻松了,一点也不烦恼,也不像在家时一刻不停地要讲话,那些叨叨不停的疯子们的演讲,把她吸引了,她听她们讲述各自的痛苦,为她们难受,完全忘记了自己是谁。

病房里很明亮,房子宽敞,空气流通好,床单也很干净,一切都那么合她的心意。为了在这里待下去,她隔几天就要表演一次,但又不能过头,过了头是要吃大苦头的,比如电休克之类,她只要达到目的,最多被捆绑一个钟头,每天发来的药,她大都不吃,只留一两片维生素和安定之类的服下去。

过了不久,医生护士就发觉到李瑞萍的秘密,一个进院不久的小护士对她说:"你倒像杜丘。"

另一个也凑趣说:"你是不是家里住不下,住到这里来?"

李瑞萍一听这话，愣了一会儿，号啕大哭起来。

在精神病院，哭自然是精神病人的临床表现之一。

疯子们聚在门口看她哭，争先恐后地向护士们报告说："三十八床又在发痴了。"

第 8 章

那艘夜班轮船的汽笛声响起来了,呜——呜呜——声音悠扬而凄婉,俞柏兴只觉得心中空落落的,十分难受。

老伴去世后,家里就剩他和儿子两个人。儿子每天上班,他一个人守在家里,孤独,寂寞,只有听到儿子下班回来时的脚步声,他心里才有了一种踏实感,一种安慰。老人就是这样一天一天地过着,他唯一盼望的,就是儿子成家立业,离开这个穷困破陋的采莲浜,过上幸福的生活。

现在儿子结婚了,去新婚旅行,把他扔下了,这是很自然的,他想得通,他应该快活。

可是,这一夜,老人久久不能入睡,儿子走了,旅行回来,也不会再和他住在一起了,新房在老丈人家,是新公房,和采莲浜是不能比的,这不正是他所希望的,一直在等待的吗?可是,真的到了这一天,他却又忍受不了孤独。

第二天的夜里,他还是难以入睡,直到后半夜,才迷迷糊糊地睡了。天刚亮,他突然感觉有人进了屋,抬头一看,竟然是儿子,他以为在做梦,连忙又躺了一下,闭上眼睛。

儿子却走过来,说:"爸爸,你醒了?"

俞柏兴惊愕万分:"你,你怎么?"

俞进面孔沉下来:"我坐夜班轮船回来的,刚到。"

俞柏兴不晓得发生了什么事,紧张得讲话都不连贯了:"你、你,为什么,怎、怎么回事,不是昨天才……刘倩呢,她人呢,啊?"

俞进冷淡地说:"她还在杭州。"

俞柏兴气煞了,指着儿子说:"你、你不像腔,你把她一个人甩在杭州?你怎么做得出来?"

俞进哑口无言。

两人在杭州吵了一架,事情其实很小很小。到了杭州,原定是住在刘倩亲戚家里的,信也早发去了。可一下轮船,俞进突然不肯去住亲戚家,要自己去开旅馆住,刘倩发急了,说亲戚家要等的,晓得他们住了旅馆,要生气的。再说,现在开旅馆很贵,为什么要花这笔不值得花的钱呢?

俞进反问她,什么叫值得,什么叫不值得?结婚,新婚旅行,一世人生一次,花一点钱又怎么样?不要因为采莲浜的穷酸,就把他俞进看得不值三分钱。

刘倩却仍坚持要住亲戚家,俞进一气,说,要住你一个人去住。

刘倩一赌气,真的走了。

刘倩一向性情温和,这也许是她有生以来赌的最大的一次气,新婚旅行,本应该是甜甜蜜蜜、快快活活的,可俞进出尔反尔,蛮不讲理,她伤心极了,才一个人走了。当然,她以为俞进会去追她的。

可是俞进是个犟头,见刘倩一个人走了,他愣了一会儿,反身回到轮船码头,买了当夜回苏州的船票,把刘倩一个人扔在杭州了。

俞柏兴听了儿子的讲述,气得直抖,说:"你、你要气死我了,我好容易盼到你办了婚事,有了个像模像样的家,你却要作摒她,刘倩没有什么地方对不起你呀,她能看中你,是我们家的幸运,你怎么……"

俞进愈发生气:"就是你这种没有骨气的思想,弄得我在别人面前抬不起头来。我告诉你,我是男人,我不能那样吃软!"

俞柏兴站不动了,一屁股坐下来:"骨气,唉唉,谁不想做个有骨气的人,我从前也是有骨气的,可是……"

"可是什么,人穷一点,环境差一点,就得比人矮三分?我要叫她刘倩看看清爽,我俞进不吃她那一套,不靠她的施舍、恩赐过日脚!"

"你打算怎么办?"俞柏兴不能再和儿子无谓地争辩下去,丈人家要是晓得了这桩事,还不知会怎样呢。当务之急,要去找刘倩,可儿子看上去一时三刻是不会回心转意的。

"什么怎么办?"俞进心里其实也有点后悔了,但嘴上还很硬,"怎么办,我过我的,蛮惬意,蛮好嘛。"

"那只有我去寻刘倩了,她住在杭州哪个地方?"俞柏兴发急了,"你不去我去,我去求她。"

"你……"俞进也不晓得怎么办好了。

"你不想一想,你能和刘倩结婚,多大的额骨头噢。你看看自己,要一样没一样,房子是这样蹩脚,家庭又没有背景,自己的工作单位不硬,还有什么硬得起来的噢。你看看,人家隔壁董健,和你年纪差不多,走出去也比你像样子,如今在装裱社蛮有出息的,可是,寻了几个女朋友,一个也不成,他屋里大人气煞急煞了,你不要身在福中不知福啊!"

俞进还犟着头:"你不要急,她自己会上门来的,你等着看好了。"

爷儿俩正在讨气,有人来敲门,俞柏兴开门一看,是街道里的干部老王。

老王对俞柏兴说:"俞先生,你身体还可以吧,能不能跟我到街道去一趟,有点事情要向你了解一下……"

俞柏兴连忙问:"啥事体?"

老王说:"先走吧,先走吧,再说,再说……"正在讲,才看见屋里还有一个人,是俞进。老王眼睛眯起来,"咦,是俞进吗,你不是去杭州了吗,他们到你丈人屋里去问的……"

"他们是啥人?"俞进好像有一种什么预感。

老王自知说漏了嘴,连忙岔开去:"怎么,去一天就回来了?"

俞柏兴说:"有点要紧事体,赶回来的。"

老王误会了,警惕地朝这父子看看。

俞柏兴说:"老王,你说到街道去有事体,我跟你去吧,是不是要我相帮抄抄弄弄?"

老王看看俞进,说:"既然俞进回来了,就让他去吧。"

俞进好像不想去,说:"我还有事体呢,我没有空。"

俞柏兴这辰光也感觉到气氛不对,紧张起来,问老王:"到底啥事体?你讲呀!"

老王只好如实说:"我也不清爽出了啥事体,公安分局有几个人等在那里,吩咐我来叫你的,说是要寻俞进。所以我看见俞进在屋里,就叫他去,你年纪大了,奔来奔去不好。"

俞柏兴一听公安局,两条脚都发软了,再联想儿子突然从杭州回来,误以为儿子把刘倩怎么样了,心里一急,一口气上不来,闷了过去。

公安局的两个警察在街道等了半天，不见老王回来，性急了，走过来一看，几个人正七手八脚地侍弄俞柏兴。

过了一会儿，俞柏兴缓过一口气来，看看两个警察，问："俞进，俞、进，做了什么？"

警察没有回答他，只对俞进说："你跟我们走一趟，没有什么大事体，了解一点情况。"

俞进这才想到安慰一下父亲："爸爸，你放心，不是刘倩的事体，我向你保证！"

俞柏兴稍微松了一口气。

等警察带走了俞进，老王才悄悄地告诉俞柏兴，是了解采莲浜一个盗窃集团的情况的。问他俞进是不是有什么不干不净不明不白的东西拿回屋里来过。

俞柏兴连连摇头，心里却又宽舒了一点。

挨到下晚，街道派出所有人来通知俞柏兴，俞进被逮捕了，罪名是参与盗窃集团活动，叫家属送一床被褥和几件换洗衣服去。

俞柏兴晃了几晃，一头栽在地上，来人倒慌了手脚，把他扶起来，说："你身体不好，我去通知他爱人。对了，他的户口已经迁走了吧，由他丈人家出面吧。"

俞柏兴挣扎着拉住来人的手："不，不，不，求求你，不要告诉他丈人屋里，我去，我送去。"

当晚，俞柏兴由邻居董仁达和老薛陪送着到了拘留所，也许因为案情不重，或者是拘留第一天，被允许见了面。见了儿子，俞柏兴泪如雨下，一句话也说不出来。

老董和老薛也在一边暗暗伤神。

俞进情绪很恶劣，和所有吃官司被拘留的人一样，开始的几个小时、几天,总是肝火旺盛的,慢慢地都会冷静下来。

俞进不耐烦地责怪父亲:"你来做什么?送死啊,我还不死呢!"

俞柏兴根本顾不及俞进的态度了,紧张地问:"你,到底犯了什么事?"

"偷!"俞进恶狠狠地说。

"偷了什么?你说呀,你什么时候偷东西了,你偷了什么呀?"俞柏兴恨不得跪下来求儿子说一声"我没有犯法",可是儿子确实是犯了法。

俞进一股气突然瘪了下去:"屋里搭灶屋间的材料,哪里来的,天上又掉不下来,自然只有去偷啦。阿三他们出的主意,叫了一帮人帮我去偷的。阿三他们有一个集团,现在破了,全捉起来了,这帮小子没有花头的,吃不起盘问,一样一样全交代出来,把我也咬出来了。"

"哎呀!你、你,怎么可以去偷呢,棚棚不搭就不搭,怎么可以为了搭灶间去偷材料呀,你……"

俞进尖吼吼地说:"别人全搭了,为啥我不能搭,你去打听打听,采莲浜搭违章建筑的,到底有几家人家的建筑材料是自己买的,还不都是捞来偷来的,我被咬出来,算我触霉头。"

"你、你这样讲,不对的,人家要偷让他们偷,你怎么可以学坏样呀。唉唉,想不到我俞柏兴一世人生清清白白,养了儿子去做小偷。"

"你算了吧,你清清白白,不做亏心事,得到什么好结果呀,屁!住在采莲浜,你还讲究你的清白呢……"

爷儿俩的声音大了,被值班警察制止住了,很严厉地叫俞柏兴走。俞柏兴眼泪汪汪地求儿子:"事体已经到这一步了,你是犯了错,不要再犟了,就认吧,幸好没有犯大法。"

"我不懊悔的,那种地方,本来是不可以住人的,弄点材料搭了棚棚,错不到哪里去!"

"哎呀,我的小祖宗哎,你不要再犟了,我求你了……"

俞进还在发愁。其实俞柏兴用不着担心的,进了公安机关的人,很少有几个会犟到底的。

值班警察又来催俞柏兴走,俞柏兴这辰光才想起另一桩大事体:"刘倩,刘倩回来了怎么办?"

"她会寻上门来的,你告诉她好了,她要离就离,我不会拖她的!"

俞柏兴晓得儿子破罐子破摔,横竖横了,只有一心祈求媳妇贤惠,在这关键时刻帮他一把,可心里又觉得这是不可能的。俞进没有出事前,两个人就吵翻了,现在俞进关进去了,还指望人家怎么样噢。

果然,第二天一大早刘倩寻来了,看来她也是坐夜班轮船回苏州的。她急急冲冲地进了门,不见俞进,连忙问俞柏兴:"他人呢,到啥地方去了,他怎么这样的、脾气?"

俞柏兴看着刘倩又急又伤心的样子,实在不想把真情告诉她。

刘倩发现老人神态不对,眼皮肿得吓人,好像一夜没睡好,又问:"你是不是生病了……要不要紧?俞进人呢,他没有回来?你还不晓得我们吵架相骂的事体?"

俞柏兴叹了口气说:"我晓得了,是他不像腔,你……"

"那他人呢,他不想见我了?"

俞柏兴晓得这桩事瞒得过今天瞒不过明天,犹豫了半天,终于说了实话。

刘倩开始不相信,可看到老人悲痛的样子,她明白这是真的了,一下子泄了气,坐下来,头埋在手心里,好像再也抬不起来了。

俞柏兴不敢说一句,只有等待。

不晓得过了多少辰光,刘倩才清醒过来,重重地"嗐"了一声,就走出去了。

俞进正撞在严打的风头上,被判了三年徒刑,为首的阿三判了二十五年。

宣判的那天,通知家属出庭,俞柏兴昏昏沉沉,不知是怎么被邻居送来的,可是令他吃惊,也使他感受到一丝安慰的是,刘倩也来了。

宣判以后,犯人就被送往西山劳改农场,临走时,刘倩和俞进讲了许久,俞柏兴远远地看着,觉得儿子那一脸的颓丧神态中慢慢地透进了一点转机,老人心里清楚,是刘倩起的作用,他恨不得给这个好儿媳妇磕三个响头。

果然,儿子走了以后,刘倩就过来挽住他,说:"爸,我已经同他商量过了,这两年,你就住到我们屋里去吧,也好有个照应,免得他在里面不安心。"

一听这话,俞柏兴知道刘倩是愿意等俞进的,他紧紧地拉住她的手,好像怕她跑了,却又不晓得该怎么谢她。可是,要他住到亲家屋里去,又是在儿子吃官司的情况之下,他是绝对不可能去的,他这张老面孔实在无颜见亲家公亲家母。

刘倩拗不过老人,只好退了一步,送老人回采莲浜去住。她也曾想做一点牺牲,自己搬来陪老人住,可一看采莲浜那样的住宅、那样的环境,她的勇气就没有了,她能做到的,只能是经常来探望老人,给他送些吃的,帮他洗洗涮涮,收拾收拾而已。

然而,就这样,俞柏兴老人已经感激不尽了。

过了些辰光,刘倩专门陪老人到西山去过一趟,去探望服刑中的儿子。俞进很不高兴,脾气很大,反复无常,一会儿埋怨刘倩,不应该来看他,更不应该把老人带来;一会儿又怪家里人不要他了,不来看他,也不送东西来,别的犯人家里经常有吃的送来。

刘倩却很体谅他的心情,体贴地说:"我们晓得你苦,再咬咬牙熬一熬吧,总共才三年呀,快了。"

想不到俞进却翻脸大骂:"你说得轻巧,你来试一试,总共三年,你试两天,哼,你们在外面倒过得自由自在……"要不是管教人员制止了他,他还不知要说些什么呢。俞柏兴离开农场时,心中好像有了一种不祥的感觉,儿子变得这样,不能不令他担心。看看刘倩,一脸的委屈和无可奈何之情。

这以后,老人突然忙了起来,文化局根据上面的精神,为了抢救文化遗产,要把从前的一些评弹老艺人演唱过的节目搜集起来,他们找到俞柏兴,请他出来,帮助做这一工作。

俞柏兴从乡下回来以后,一直要求让他继续工作一段时间,却一直未能如愿,现在文化局交给他这样一个任务,他很是感激,投入了全部精力,刘倩有一阵没来看他,他也没有在意。

有一天,他从文化局出来,在一座电影院门口,一个熟悉的身影在眼前一晃,是刘倩,他想上前招呼,可再仔细一看,刘倩正挽住一个男人的手臂,往电影院里去。

俞柏兴呆住了,两条腿怎么也搬不动,站在那里喘了半天。

过了几天,一个星期日,刘倩又来看他,仍然和以前一样,一点看不出什么变化,帮他拆洗被子,整理房间,还帮他烧了一顿丰盛的中饭。俞柏兴几次想开口问问,总是欲言又止,他希望是自己看花了眼,认错了人。

儿子的来信中,总是提到刘倩待他不错,经常给他寄东西,写信鼓励他增强信心。儿子说,如果没有刘倩对他的忠诚和帮助,他肯定早已经垮了。

俞柏兴再也不怀疑刘倩会有什么节外生枝的事体了,他喜欢这个媳妇,信任她,也尊重她。

俞柏兴为了表达自己的一点心意,托人买了一些布料,亲自给刘倩送去。

他爬上四楼,刚要按刘家的门铃,突然听到屋里"咣当"一声,好像打碎了什么玻璃制品。他一吓,缩回了按门铃的手。屋里有个女人尖声骂人,他听出来好像是亲家母的声音。

"你这个贱货,这种男人,还要他干什么,早离早好……"

俞柏兴心一抖,立即猜到是在骂刘倩。

果真刘倩开了腔:"俞进确实不是好东西,可我不能落井下石呀,他现在唯一的希望就是我不和他离婚。还有,他父亲,老人可怜兮兮的,我做不出来……"

"你死心塌地地跟那个坏种,贪图什么呀?"这是刘倩的父亲。

俞柏兴心里怦怦跳,偷听人家说话,是不道德的,可他又不能走开,他要听下去,听个结果。

刘倩叹着气说:"我也不贪图什么,他也没有什么值得我贪的,要什么没什么,要人品没人品,要骨气没骨气,要才能没才能,要钱财要地位一样没有,唉……"

俞柏兴差一点瘫倒了,可刘倩的话并没有说错。

"那你,还不快跟他断了,还让他缠住你做什么?"

"我……做人不能没有良心,要对得起他……"刘倩声音里有了哭腔,"我这时候怎么能去跟他说,说……"

"良心,哼哼,"这是一个比较陌生的年轻女人,听口气像是刘倩的姐姐,"你也不要自欺欺人了,你要真有良心,你跟那个姓张的英语老师,是怎么回事?我看见你们可不是一次两次了,你是不是想赖呢?"

俞柏兴只觉得心里好像吃了一闷棍,喘不过气来。

"我不想赖,我是和他好,我承认的,他对我好,关心我……"刘倩理直气壮地说。

"所以嘛,你就不要说什么良心不良心了,你要是真的对俞进忠诚,怎么又冒出来一个张老师呢,哼哼。"刘倩的姐姐咄咄逼人。

刘倩沉默了一会儿。

俞柏兴心跳得快要控制不住了,楼上有两个人下来,经过四楼,狐疑地看着他,要不是看他有一把年纪了,老态龙钟的,说不定要去报案呢。俞柏兴觉得自己再也站不下去了,偏偏这时又听刘倩说:"我和小张好,他又不会晓得,不晓得就是不存在,我没有对不起他,我还照样给他送监饭……"

刘倩的父亲更加生气:"你这样做是不对的,你干脆和他离了,找姓张的,你这样做是欺骗……"

刘倩不服:"我这种欺骗是善良的……"

"算了!"刘倩的母亲不耐烦地说,"大家不要再嚼舌头,你不好意思开口,我来,我先去找他父亲,相信他也是个通情达理的人……"一边说一边有脚步声向门口过来。

俞柏兴心慌意乱,连忙转身下楼,结果腿一软,滚了下去,就在滚下去的那一瞬间,他还在想,儿子回来了怎么办噢。

两万块钱的一张汇款很快就邮来了,全家人谁都想着这张汇票,可谁都不敢动它,甚至没有人提到它。

在董健心里,这两万块钱基本上有了它的归宿,只是时机尚未成熟,他还不能太性急。

董健因为学了一套过硬的装裱技术,在书画界有些老人常提到他,认为装裱工人不是一般的工匠,也应该算作艺术家,于是在一次市文联美协的改选中,为了选一些年纪轻的理事,有人提名董健。可董健还不是美协会员,按规定,他没有发表过美术作品,是没有资格加入美协的。可是他却抢救、修补、点化了许多名画,这一功绩不亚于在省市某些刊物发表几幅美术作品。美协的一些老人这一次居然大大地解放了思想,把董健吸收进美协,又选为这一届的美协理事。

这一届的美协理事会想干出一点名堂来,考虑了要搞几次活动,就把董健拉进来一起参加活动。因为董健年轻力壮,又是新入会,不那么老爷腔,好指派。

董健哭笑不得,糊里糊涂地入了会,糊里糊涂地当了理事,和那些老先生们老画家们一起开会,糊里糊涂也能混过去。反正美协是既不发工资,又不发奖金的群众团体,和文联的其他几个协会一样,专做求人的事,人来求己的却很少很少。

那一阵,交际舞最时兴,把美协的老先生们带回了年轻的浪漫时光里,不由脚下也痒痒了。于是美协很快组织了一次舞会,开销不大,意义不小,全体会员允许各携带一名家属或亲友参加。

舞会租的是一家新开张的宾馆的舞厅,饮料小吃有供应,但需自理。董健没有带什么人去,他也不喜欢跳舞,但他是组织者,不去不行,去了就往旁边一坐,不吃不喝也不动弹。

后来来了一个姑娘,显然也没有跳舞,坐在他对面的空位子上。

"你是画家?"姑娘问他。

董健摇摇头。

"哎哟,谦虚什么呀,你不是美协的理事吗?不是画家做什么理事呀,我都画了五年了,还没有入会呢,你能帮帮忙吗?"

董健说:"帮什么忙呀,你想入会是吧?唉,真是不公平,你画了五年,我一天也没有画过,我看还是把我的会员证转给你吧。"

姑娘笑了:"是呀,换张照片就可以了。"

董健又问:"你是画什么的?"

姑娘说:"什么都画,有形的和无形的,人、鬼、物全画。"

"哦,不,我是问搞哪一种画种,是油画还是水粉画……"

姑娘又说:"什么都画,中国画和外国画,油画、版画、水粉画、水彩画……"

"喂,理事,你是哪里的?"姑娘要继续同他啰唆。

董健看着她的打扮,说:"采莲浜的。"

"啊哈,采莲浜,黑窝,你晓得我是哪里的?"

董健摇摇头。

"我是阎王荡的,怎么样,半斤八两,门当户对,嘿嘿……"

董健笑笑,阎王荡官名菱花荡,和采莲浜一样,也是本市的一个下等阶层的居住区,不过不是下放户集中的地方,而是一批外来户,安徽、浙江、苏北的,那里住的人,有收破烂的,有拖板车的,有帮佣的,也有以乞讨为生的,反正各种各样的人都有。菱花荡的房子,不是公家统一造的,而是各家自己弄的,虽然有的房子比采莲浜的质量要好一点,但从整体上看乱七八糟,和采莲浜真是难兄难弟。

看着这个菱花荡出来的姑娘装扮得如此耀眼,董健不由咧嘴一笑,他想起苏州人嘲笑菱花荡的姑娘,"不怕屋里天火烧,只怕出来跌一跤",所有的好货都穿戴在身上。

姑娘见董健笑他,并不在乎,也挖苦说:"喂,采莲浜的,你们那里还出个人才呢,做了什么理事呢,真是鸡窝里飞出个……"

"癞蛤蟆!"董健截住她的话头。

两个人一起大笑。

"看上去,你还没有老婆或者女朋友吧,要是有,你会带来的,对不对?喂,我怎么样?"姑娘面皮很老。

董健不很喜欢这样的姑娘,但也不讨厌,三十岁未近女色,怎么会讨厌一个并不丑的姑娘呢。这姑娘看上去不很俗,也许真是个搞画的,有点修养呢。

"你叫什么名字?"他问。

"啊哈,你终于想要知道我的名字了,说明我对你有了影响,对不对?接下来要问我的年龄了,对不对?我叫许玮,老姑娘,大龄女青年,今年二十八岁……"

"二十八,看上去好像十八。"董健揶揄地说。

许玮假痴假呆地一笑,反问:"你呢,你几岁?"

"三十。"

"哎哟,你和我相反,太老颜了,倒像四十岁了。不过,男人嘛,老颜一点好,老颜一点有派头,不像那种嫩答答的奶油小生,一掐一泡水,老颜一点掐不穿,禁用,咻咻……"

董健觉得这个姑娘实在有点"十三点",不值得理睬,却又摆脱不了她的纠缠。

"你的装裱社,"许玮说,原来她早已打听了他的情况,"为什么不扩大一点范围,为什么只搞传统项目?……"

董健不得不承认她提的问题切中他的心思,装裱社至今还只是经营修补古旧破损的书画和装潢未裱过的宣纸书画的业务,许多人要求加工油画的木框、版画的镜框以及其他绘画艺术品的装饰,却都失望而归,董健几次建议社里扩大经营服务范围,可老人们一致反对,只好作罢。现在许玮也想到了这一点,他竟然有点感激她,好像遇了知音似的。

许玮见他不说话,又说:"要不要我帮你想想办法,你自己搞嘛。"

"什么?"董健心里最敏感的一根神经被触动了:"什么自己搞?"

"咦,你心里最清爽,还假装什么呀,退出那个装裱社,自己搞嘛,做个体户嘛。"

董健心里正是这样想的,可他不明白许玮怎么知道他的心思,好像钻进了他的肚皮。

"搞个体的装裱以及各种装饰艺术加工,还没有人想到过呢,对不对?现在,再往后去,喜欢收藏一些画的人会越来越多的,弄到一张名人的画,放在那里总不舒眼,总要裱一裱,装潢一下,你不趁这个机会……"

董健打断她的话:"你到底是做什么的,既然你心中如此有底了,你自己为什么不搞?"

许玮夸张地拍一拍手:"哎哟,人家说,没有金刚钻,不揽瓷器活,我又不会裱画,不像你,有一套硬功夫,却不充分利用,浪费!"

董健若有所思地点点头。

许玮还想说什么,主持人宣布,晚会结束。这时候,不要说许玮,连董健都觉得时间太快太短了。

以后,许玮就和董健轧起朋友来。董健也慢慢地接受了她的"十三点"脾气,比起以前他接触过的一些装扮成洋小姐的姑娘,这种"十三点"反倒更真实更可爱一些。

两个人约会的时候,许玮更多的总是在向他了解装裱艺术,了解这一门学问,她听得极其认真。董健很奇怪,几次问她是不是要改行当装裱匠,许玮就说她要做装裱店的老板娘,董健心里总是笑骂一声"十三点"。

其实,许玮说的倒是真话。

董健被"十三点"的激将法激得坐立不安,终于下决心辞职,自立门户搞装裱。他在向单位递交辞职报告的同时,也向工商部门提出了领取执照的申请。

董健没有告诉许玮,他是属于A型血型的人,事情没有眉目,是不会先吹出来的,总要十拿九稳了,才肯公开。

许玮却很是性急,每次见面总要追问不停,董健被盯急了,和她开个玩笑:"唉,搞个体装裱店,谈何容易,首先要钱,我哪里来那么多的钱投资啊!"

许玮脱口而出:"你不是有两万块的外快吗?"

董健大吃一惊,仔细看许玮,发现她有点紧张,好像后悔说了这句话,他心里一沉,问:"你就是冲着这两万块钱来的吧?"

许玮一愣,僵了一会儿,摆出一副无所谓的样子:"是的,又怎么样?你以为你还有其他什么吸引人的地方呀,你有房子?采莲浜,连阿乡也不肯去住的,你有本事?有本事怎么……"

"你……"董健如雷击顶。

他自以为这两万块钱的事，除了自己屋里人，外人是不会晓得的，可世上确实没有不透风的墙，这么快就有人冲这钱来了，他心里不寒而栗。

好像许玮把董健的心思揣摩得很准很透，所以很快就接近了目标，却又由于过于急迫，一下子前功尽弃了，她又羞又伤心，走了，不再来见董健了。

董健内心深处始终不愿意承认这一事实，他喜欢许玮。

许玮不上门，董仁达和董克都很焦急，追问董健，董健说："她不是要同我结婚，她要同两万块钱结婚。"

大家其实都明白。

董克教训弟弟："你少来这一套，你到现在还在做美梦吧，还在梦想寻找什么真正的爱情吧，现在是什么时代了，没有物质金钱做基础，什么事也干不成，包括结婚讨老婆，你心里又不是不清楚，还做什么大头梦，快拎拎清头脑吧……"

董仁达愁眉苦脸地说："我看许玮这姑娘人不错的，你不要再作骨头了，你不为自己，也要为你妈想想，她为你们……"

"我看也是……"董克又插了上来，"许玮不是蛮好的嘛，你说她看中你的钱，她叫你买什么了，金戒指还是金项链，你连一件衣服也没有给她买过，她希望你把两万块钱拿出来做一番事业，不是正合你的心意吗，你还挑剔什么？"

董克这番话倒是触动了董健的心境，闹翻以后，他一直在想着许玮，怎么也摆脱不了。

许玮心中也同样丢不开董健。

后来他们又和好了，并且都感觉到双方的感情反而更深了。起于金钱，以金钱为基础的恋爱也能迸发出真正的爱情火花嘛。

董健不想再拖了,他等不及了,他想早一点领取结婚证。可许玮却总是让他等一等,再等一等。董健不晓得她到底要等什么,是房子,还是他的事业。夜里他一个人躺在灶屋里的那张狭窄的小竹片床上,心里总是呼唤着许玮,呼唤着女人。但是,看着这又黑又破的小灶屋,他泄气了,也谅解了许玮。这里的房子,叫她怎么住得进来,隔壁屋里的轻微声响,可谓是声声入耳,她受不了的。

过了几天,许玮突然激动地跑来,催他赶快去领结婚证。董健觉得很突然,想问问明白,许玮却笑着说要保密,暂时保密。

领回结婚证的那天,许玮在董家吃了夜饭。饭后,董克一家出去了,说是看电影,董仁达到隔壁人家去吹牛,也走了。

董健抓住时机,一把拉住许玮,说:"我们是正式夫妻了!"

说这句话的时候,春英子的脸在他面前晃了一下。

许玮说:"照老规矩,要举行了仪式才算结婚。"

董健却顾不了那么多了,一股强烈的热浪在体内冲击顶撞,他用力把许玮推倒在父亲睡的那张床上:"快来吧,不要假正经了,你是我的老婆,女人!"

许玮挣扎着坐了起来,看着董健血红的眼睛,惊愕地说:"想不到,你这么野蛮,这么粗俗!"

董健不说话,又一次把许玮压倒,在她脸上、胸前乱摸乱吻,喘着粗气,很快就进入了实质性的步骤,他动手拉扯许玮的裤子。

许玮被董健压得直喘气,左躲右闪,断断续续地说:"你、你再这样,我要喊人了。"

董健继续干他的事,一手压住扭动着的许玮,一手扯下她的内裤,不顾一切地说:"你喊吧,你大声喊吧,没有人来捉我的,我可不是强奸犯,我是和自己老婆睡觉呢。这里可不是美国,老婆可以告丈夫强奸。这是在中国,在采莲浜,采莲浜你是晓得的,有名的黑窝,这里什么丑恶黑暗的事都有,不会有人来管丈夫和老婆睡觉的……"

许玮下半身雪白的肌肤露出来了,董健已经无法控制自己了,他迫不及待地要干那件事,他不能再等了。

许玮虽已无力抵抗,但仍坚持着,紧紧夹住双腿,可是她哪里是豹子一样的董健的对手噢,眼看着最后一道防线要被击破了,许玮突然流下了眼泪,说:"你强迫得了我的身体,却强迫不了我的心……"

董健一愣,喘着气说:"我只要你的身体,就够了!"

"不!"许玮咬紧牙关说,"你不是,你不是那种人,你要的是……"

不等许玮说完,董健一下子松开了她,吼叫一声:"滚开吧!"

许玮惊恐而又痛心地看着他,慢慢地爬起来,系好裤子,拉平被揉皱的衣服,等待董健平静下来。

董健像只瘟鸡似的缩着脖子,低着头,什么也不说,什么也不看。

"我不明白,"许玮小心翼翼地说,"男人怎么会这样,一下子变得像野兽……"

"你是不会明白的,"董健冷冷地说,"你不可能进入男人的心里去,你眼睛里只有钞票。"

许玮伤心地看了董健一眼,为了钱,这句话也许会跟着她一辈子了,她走出去的辰光,董健一拳重重地砸在台子上。

这以后,许玮很少来董家,即使来了,也很尴尬,一会儿就走了。但董家其他人却都放了心,领了结婚证,这个女人是跑不了的。

他们只是催促董健快点想办法去租房子,许玮一定是在等房子。

董健终于租到了一处市口较理想的房子,里外两间,里面可做卧室,外面开店,再好不过了。

许玮也果真积极起来,去看家具,准备购买结婚用品,她没有开口要董健一分钱,董健的钱是要投资在店里的,不能动,结婚的费用由她来承担。

董健心中又感动了,他实在捉摸不透这个女人。

万事俱备,只欠东风,执照一批下来,就是双喜临门了。

吴中装裱社见董健去意已定,晓得挽留不住,同意了他的要求。可是申报个体经营执照却一直没有动静,董健和许玮去打听了几次,总是说再研究研究。

研究的结果终于来了,董健被告知不允许开办个体装裱店,理由很简单,因为目前在全省范围内,还没有此类先例。个体书画店是有了一些,但个体装裱店却没有,别的城市不破例,苏州也不能带头。当然,还可以讲出许多理由,比如说,裱画的特殊性,不同于一般的生意买卖那么简单,有相当高的技术水平上的要求,有相当高的装备上的要求,不是一般混混就能过去的,倘若弄得不好,要损害顾客利益,个体户更会失信于民等。

董健心里一片混乱,他听不进那些理由,领不到执照,一切计划都无从做起,租的房子要退,婚事又落空,原来的单位怎么有脸再回去,什么都没有指望了。

他不知道该怎么把这个消息告诉许玮,告诉家里人。

董健拖着沉重的步子,回到采莲浜,却发现采莲浜十分异常,大家三五一群地聚在一起议论什么,一个个满脸紧张、兴奋的神色,好像发生了什么特大事件。董健自己也紧张起来,连忙奔回家,在家门口,邻居们也都围在一起,看见他过来,有几个就叫喊:"哎,董健!"

赵巧英抢先说:"喂,你还不晓得吧,我们这里开心煞了,冻结啦!"

"什么冻结啦?"董健一时摸不着头脑。

"你个憨坯,什么冻结啦? 户口冻结啦! 我们采莲浜的户口冻结,只许出不许进了,哼哼! 一直把我们采莲浜当黑窝,现在,哼,要想进也进不来了……"

户口冻结,意味着采莲浜要动迁了。董健从工商局带出来的一腔怨愤,被这个天大的喜讯一扫而光,他激动地问:"真的?"

"当然真的,街道干部都挨家挨户通知了,啊哈,快了,有盼头了,住新房子了……"

不少人居然已经在议论新公房的好处了,他想要三楼,他想住四层,超前意识,董健不由得笑了。

过了一阵,有人说:"哎,有几家人家,恐怕老早得到信息了,前一阵,听说采莲浜进了不少人……"

赵巧英一拍巴掌:"哎呀,董健,你倒是有先见之明啊,你们小许的户口,也迁进来了吧,分起新房子来,占便宜了……"

董健这时才想起许玮说的"暂时保密",许玮有个舅舅,好像是在市里城建部门工作的。

董健的面孔红了起来。

没有人注意到他的神态,所有的人都想入非非,沉浸在自己美妙的想象之中。

是的,在采莲浜,由拆迁引起的震动,恐怕是最大最强烈的震动了。

第 9 章

采莲浜发生了一桩骇人听闻的人命案。

有两个身强力壮的小青年,在采莲浜被活活地打死了。

其实,开始的时候,并没有什么很大的事情。

采莲浜的户口冻结后的第二个春天,西边那片空地上,果真开始造新大楼。

采莲浜的人每天都要去看几次,回来互相传递信息。

地盘大得吓煞人,看上去不是三幢五幢十幢八幢的阵势呢。

听说是开发公司的房子,现今社会开发公司顶吃硬。

管他啥人在造房子,采莲浜的人总归认定,这批新楼房是属于他们的。只有采莲浜的人,才最有理由住进这些大楼。

地盘打好了。

砌起一层了。

造了三层了。

上到六层了。

封顶了。

一车车白瓷浴缸、青瓷面缸、抽水马桶从采莲浜门前运过去了。

一批批用于室内装修的瓷砖、画镜线运过去了。

油漆门窗了。

装锁配钥匙了。

终于,建筑工人的队伍开走了,又来了筑路的,连新区的通道也修好了,还有小花园。

工地上只有矗立的白色的高房子,安静地等待着,再也听不到搅拌机、切割机、升降机的轰鸣。

采莲浜的人在嘈杂的兴奋中度过了一年多的时间,现在心里却有了一种落空的感觉。新区的安静使他们不安了,他们四处探听,从各自的单位,从城建部门,从市政府,反馈来的信息十分不利,采莲浜西部的这个新区好像不是属于采莲浜的。

这个新区不叫采莲,叫采西。

终于,住新公房的人,从城市的各个角落拥了过来,采莲浜是通向他们新居的唯一途径。

采莲浜的人站在自己低矮的门前,看着别人的大卡车小卡车面包车黄鱼车木板车以及摩托车自行车满载而过,驶入那个崭新的天地,看着他们额骨头上的汗和面孔上的笑。

"×他娘,拿我们当猪头三,当猢狲耍啊!"

有人开了一个头,像是点燃了炮仗的引子,引起了一连串的难以中断的爆炸。

"当我们采莲浜的人不是人啊,当我们好吃,欺侮我们……"

"事情没有这么便当,要叫他们讲讲清爽,不然不让他们过门……"

"戳他娘的×,叫他们来尝尝采莲浜的滋味……"

"听说采西住的全是干部,哼哼,共产党的世界,做干部顶实惠……"

并没有明确的目标,也不晓得在骂谁,不晓得要找谁算账,只是发泄着心中的怨恨和不平。他们心里也明白,采莲浜的拆迁,靠一两个人是解决不了的。

于是,这股怒火莫名其妙地转移到采西新居的住户头上。采莲浜的大人在那条必经之路上泼许多污水,扔各种杂物,叫他们的车轮转得不那么畅快。采莲浜的小人无师自通,无师自承,跑到那边去,在新房子门口拉屎撒尿,把垃圾箱里的垃圾捅出来,撒了一地,在新房子雪白的墙上乱涂乱画,写不堪入目的下流话。到夜里,采莲浜的青年,三五成群地守在路口,专拣采西新区的姑娘戏弄,必定把人家弄哭了为止,然后采莲浜老老少少一起大笑,心安理得地回自己的猪狗窝睡觉。

我过得不称心,你们也别想过得舒服!临睡时,他们好像是这样想的。

当然,采西新村的人,也不是吃软的角色,这道理想也想得明白,当今现世,住房何等紧张,吃软的人能轧进采西来吗?

对立情绪日益严重,终于导致了一场惊人的人命案。

先是两个采西的姑娘,穿得妖娆艳丽,涂脂抹粉,勾颈搭背地走过采莲浜,八成是去跳舞、约会。

采莲浜某家的一盆脏水无意地溅了她们的脚后跟,皮鞋脏了,其中一个姑娘吐了一口唾沫,另一个说了一句:"两块头。"

"两块头"是苏州人挖苦苏北人的专用名词,苏北人把"这里那里"说成"这块那块",而且经常用这个词,所以被称作"两块头"。

"两块?"采莲浜的人立即接上嘴,"你们两个加起来,还不值两块呢……"

"哈哈哈哈……好贱啊,轻骨头啊……"

采西的姑娘红着面孔骂了一声:"江北猪猡!"

她们继续往前走。

路却被挡住了。

几个粗壮蛮横的女人叉腰站在她们面前。

"小死×,嘴巴清爽点,你骂啥人?"

女人碰女人,互相是不肯认输的。时髦姑娘鼻子里"哼"出不屑的声音:"啥骂人,大家心里有数脉,骂江北猪猡!"

采莲浜的女人别无所有,却有的是力气,上前捏住一条嫩得能挤出水来的手臂:"你这张嘴巴,要动动手术,消消毒了,你敢再骂?"

偏偏又骂一声:"江北猪猡!"

旁边一位还补充一句:"江北猪猡野蛮货!"

非常迅速地,一人被赏了一记耳光,白嫩的面孔马上红肿了。

她们尖叫起来,拼死而斗,又抓又挠,扯下了采莲浜女人的头发,抓破了她们的皮肉,然而,她们毕竟不是采莲浜人的对手,终于捂着面孔,哭着跑回去了。

很快,她们带来了七八个手持棍棒年轻气盛的男人,为漂亮的姑娘而战,小伙子们是在所不惜的。

采莲浜的男人也出动了,他们不仅为了自己的女人,更为了他们自己。

一场流血事件就这样发生了,大家不知哪来的那么大的火气,都要把对方往死里打。

头打破了,肋骨打断了,采西的小伙子想退也退不了了,那两个姑娘跪在他们当中求饶,却已经迟了,采莲浜的人红了眼,再也把握不住自己,管不住手中的利器了。

一个人捂着冒血的胸口倒了下去,连采莲浜的女人都吓坏了,尖叫着想劝阻。

可这时候什么力量也无法阻止疯狂了的人群。

又一个小伙子倒了下去。

有人拼着命喊了一声:"出人命啦,打死人啦!"

人们一下子清醒过来,看着倒在血泊里的两个人扭动了一阵,就不再动弹了。

全场鸦雀无声,静得吓人。

人命案就这样糊里糊涂地发生了,杀人的人不晓得自己为什么杀了人,也不晓得杀的是什么人。被杀的人不晓得自己为什么被杀,也不晓得杀他的是什么人。

报纸、电台、电视台连续报道这桩惨案,新闻的透明度,也说明了我们的国家越来越走向民主,宣传机器越来越贴近人民,全市人民要求严惩凶手的呼声此起彼伏,报纸电台的来信来访日以千百计。

采西死了两个,致残两个,是受害者。采莲浜死了三个,是害人者,被枪毙了。另有八个被判了十年至二十五年的徒刑。

人命案到此算是结束了。

通过这件事,全市人民进一步认识了采莲浜——黑窝,此后数日之内,大家都把这件事当作饭后茶余的话题,感叹法律的威力和公正,哀叹冤死者和枪毙鬼的不幸。

虽然杀人凶手已经伏法,从犯也都判了刑,但采西新区的人仍然心有余悸,一致要求政府另外修一条路,他们决不再从采莲浜进出。政府只有在紧而又紧的城建开支中紧缩出这一部分本不该用的计划之外的钱来,另外修了一条路。采西骑车上下班的,大都绕道而行,只有少数上了年纪的、步行的人,因为绕道太远,仍走采莲浜,但无不低眉垂眼,目不斜视,匆匆而过,反弄得采莲浜的人很没趣。

公安机关对采莲浜也格外地关注,隔一段时间,就来扫一次垃圾,总能扫出一堆卖淫的、赌博的、偷鸡摸狗的、打群架的、窝藏赃物的等乌七八糟,什么都有。

提起采莲浜,安分守己的平头百姓心里都有点打隔顿,谁家的小人不学好,大人就骂作"采莲浜的坯子"。哪个姑娘作风不正,别人就说她只配到采莲浜去混混。邻居里有了矛盾,和事佬就以采莲浜为例来劝架,我们这里不是采莲浜,有事好商量嘛。

采莲浜真是个名副其实的黑窝。

黑窝的名气也是越来越响了。

事后俞进对别人说:"那一天我不在,我要是在,也要打的,该打,打杀活该!"

人家同他寻开心:"那一天你要是打了,肯定老早吃了花生米了,这辰光也不会在这里吹牛了。"

俞进一副无所谓的腔调:"吃花生米有什么了不起,活在人世,没滋没味,还不如换个场所去看看。"

隔壁董仁达"嘘"他,示意轻一点,俞柏兴这段时间情况很不好,什么事都不顺心,心力交瘁,病在床上,他最担心的自然就是这个不争气的儿子。

俞进朝自己屋里看看,叹了口气,要不是为了老父亲,他不知道自己会放纵到什么程度。

一年前,他因表现好,提前从劳改农场释放回来,那一天,刘倩和父亲一起到农场去接他。在轮渡上,在汽车上,大家看着他的行李和他的脸色,猜出是刑满释放的,一路议论纷纷。俞进心里在想,这趟旅程的终点,应该是他人生的一个新起点,他要彻底忘记过去。在两年半的服刑期间,是刘倩的忠诚、善良、坚贞给了他勇气和信念,现在,他终于又回到正常的生活轨道上来了。

仅只两三年工夫,刘倩瘦多了,精神也不好,父亲更是大不如从前,而且看上去忧虑重重。俞进坚持要先回采莲浜陪父亲住一段,俞柏兴几次看刘倩的面孔,直到刘倩点了头,老人才松了口气。

俞进回到了采莲浜,和父亲一起住了十多天,刘倩每天来看他,终于有一天俞柏兴说:"进儿,你去吧,好好过日子,千万……"

千万什么,俞柏兴没有说出来。俞进也只当是一般的叮嘱,没放在心上。

俞进住回老丈人家去了。

再迟钝的人也感觉得出来,老丈人丈母娘全家没有人欢迎他。俞进不怨别人,谁愿意在家里供一个没有工作的劳改犯呢。

俞进忍住这口气,他是看在刘倩的面子上,是刘倩一再劝他住回来的。

白天他到处去寻工作或是做临时工,晚上为了不让丈人家的人见了他眉毛长,总是很晚回来。刘倩也不问他的情况,她自己照常上班,只是夜里俞进提出那个要求时,她显得很勉强很为难,或是推托或是应付。

俞进说:"你怎么啦?我在里面关了两年多,没有碰过女人,七八百天呀!"

刘倩总是说:"我很吃力,我想睡!"

俞进似乎感觉到他们中间有另一个人存在,但他不愿意往那方面想,也不相信,如果真是那样,刘倩为什么不提出离婚,为什么这么关心他?

可是矛盾终于还是暴露出来了。有一天早上,他醒得迟了一点,听见外屋丈母娘在责怪刘倩:"你这个人,真是没有用,我们刘家出你这么个女儿,真是!"

没听见刘倩的声音,俞进心里很紧张。

"你怕他?有什么可怕的,他要犯法,公安局会来捉的,你这样下去总不是过日脚的样子,一边这样吊着,一边又那样追着……"

俞进的心提了起来。

"那辰光你说不能对不起他,不能落井下石,等他出来再说。现在出来了,你怎么又不说了呢?"

"我……"是刘倩犹豫的声音,"我……"

"你不敢说,哼,你怕他,我不怕,你不说,我来说,我今天就把张老师叫到屋里来,看他姓俞的还住得下去!"

俞进浑身抖了起来,突然,刘倩推门进来了,他来不及闭上眼睛。

"嘿嘿,张老师。"俞进冷笑一声。

刘倩幽怨地盯住他看了一会儿,哭了。

俞进继续冷笑着说:"我真佩服你的两副面孔,我还不晓得你有这样的本事呢,一面做快乐的情人,一面又是忠诚的妻子,可我还是不懂,你何苦还要做我的老婆呢,为了什么?良心!怕我杀你?还是有其他什么目的?"

"什么也没有,什么也没有……"刘倩一边哭一边说,"你不理解我,没有人为我想一想。你进去以后,家里人天天骂我、逼我,我得不到一点温暖。每次去看你,本想寻找一点慰藉,可每次去总是提心吊胆的,一句话不对,你就像暴君一样大发脾气,谁还敢指望能在你那里得到一点宽慰?我受不了,我什么都不要,只需要一个男人,一个能给我一点温暖,能体贴我、爱护我的男人……"

俞进一下子泄了气,心里说不出是什么滋味,他呆呆地看着刘倩,她很瘦弱,是的,她是个女人,需要保护,需要男人疼爱。她需要的一切,他却不能给她,他还有什么理由去指责她呢?既然当初刘倩连他判刑吃官司都可以原谅,他为什么就不能谅解她在那种情况下做出来的事情呢,冷静下来想一想,似乎一切都可以想通,可是俞进却无法冷静下来,他的狭隘自私的灵魂恶狠狠地说:她欺骗了你,做了婊子又立牌坊,她在戏弄你。俞进心如乱麻,嘴里什么也说不出来。

刘倩见俞进不说话,自顾自往下说:"我不是想骗你,可我确实想要瞒过你,不让你晓得,等你回来了,我就和他断了,只要你愿意,我们可以重新过日脚……"

"可惜被我晓得了,"俞进冷冷地插上一句,"可惜你没有和你家里人先统一口径……"

"我和他们是统一不了口径的,"刘倩渐渐平静下来了,"他们的态度你也很清爽……"

俞进低了头,回来以后,在刘家过的这些日脚,滋味实在难熬。

刘倩盯住他的眼睛,俞进也不回避,两个人都感觉到,他们之间的爱,还没有死。俞进心里一刺,刘倩颤抖着说:"如果你能谅解,原谅了,我、我们……"

"砰!"房门被撞开了,刘倩的母亲蛮横地闯进来,对女儿说,"你还在日大头昏,还想同这个人过啊?"

"妈!"刘倩皱着眉头说,"你不要干涉我们的事,好不好?"

"你们的事,哼,这可不单是你们的事,我们一家门倒霉,屋里有个劳改犯……"

"劳改犯"几个字是最戳心境的,俞进面孔变了色,忍住火气,对丈母娘说:"你以后说话注意一点。"

"啊,你还有资格来教训我?"丈母娘尖嘴利舌,手指戳到俞进面孔上,"我说话注意什么?我哪一句说错了?你不是劳改犯人啊?姓俞的,我告诉你,这个家里没有你的份,你面皮比城墙还要厚,我女儿找了你这种人,算是一家门瞎了眼睛。告诉你,我们刘家也不是不讲道德的人,当时就要离的,考虑到你家老头子身体不好,你自己还关在里面,刘倩不肯。其实你也晓得,我们家同你们家不是一路上的,我们刘倩同你也不是一类人,早晚总要离的,你还是识相一点……"

刘倩的眼泪又冒了出来,她没有办法阻止母亲,又不能叫俞进不要听,她应该是个有主张的人,但在这件事上,却手足无措了。

俞进被丈母娘这一顿羞辱,一股怒气发不出,索性摆出一副无赖的腔调:"离,没有那么容易吧,你老太婆想得倒美,告诉你,没有我签字,有得拖呢,法院的一套我最清爽,我拖死你们!"

刘倩母亲一愣。

"我做不成你刘家的女婿,叫别人也做不成。你不是骂我劳改犯吗,劳改犯是什么事体都做得出来的,你等着看吧!"

老太太面孔发青,嘴唇直抖。

俞进却得意地抖着腿。

老太太从牙缝里蹦出三个字来:"癞皮狗!"

俞进冷冷一笑:"本来就是癞皮狗,劳改犯有几个不是癞皮狗呢。"

老太太气得差一点闷过去,头昏眼花,连忙扶住墙才没有倒下,刘倩也急了,去推俞进:"你、你这样,你太不讲理,你、走吧!"

俞进一怔:"走,你叫我走?"

不等刘倩再说什么,他走了。

他终于两手空空地离开了刘倩的家,而不是他的家。

俞柏兴对儿子突然回来好像并不很吃惊,只说了一句:"到底回来了。"

俞进不想再让风烛残年的父亲为他担忧,编了个谎话,说刘倩出差了,他一个人住在那里没趣,回来住几天。

俞柏兴却摇摇头:"你不要说了,我都晓得,只怪我们自己,不怪别人……唉唉,日脚过到这个地步,你妈妈,九泉之下,也不得安宁噢……也不知哪一辈子作的孽,如今遭这样的报应,蛮好的媳妇……"

俞进本来已经烦透了,听父亲没完没了地唠叨,粗暴地说:"烦死人了,你懂个屁! 蛮好的媳妇,好得偷男人!"

俞柏兴滚下了两颗老泪。

俞进把自己原来睡的床重新搭起来,往床上一靠,抽起烟来。他又回到了从前的日子里,心绪居然平静了下来。

他怎么也想不到,刘倩接踵追来了。

俞柏兴看见儿媳妇来了,反倒不好意思了,好像偷人的不是刘倩,而是他自己。他哆哆嗦嗦地给她抹凳、倒茶。

刘倩坐在俞进对面死死地盯住他。俞进却眯着眼不看她,很悠然地吸着烟,缓缓地吐出一个个烟圈。

俞柏兴急得直跺脚:"小祖宗哎,你开口呀。"

俞进无动于衷。

终于,还是刘倩说:"如果你同意,还是跟我回去,我想,我们还是住在一起……"

俞进睁开眼睛看着刘倩,又闭上。

俞柏兴紧张地看着他们俩,想说什么,又不敢说。

刘倩转身问俞柏兴:"爸爸,你说呢?"

"好,好,当然好……"俞柏兴语无伦次。

突然,像扣人心弦的情节片一样,门口又闯进一个人来,刘倩的母亲尾随女儿来了。人未站稳,老太太就大声说:"姓俞的,你就死了这条心,我们刘家没有你的地方!"

刘倩生气地说:"妈,你怎么这样,是我叫他住回去的,我们是夫妻,有权……"

"有权个屁!"老太太恨透了这个女婿,连带女儿也不顾了,"现在你选两条路,你要跟他,就不要回我们刘家!"

刘倩不服:"屋里的房子,也该有我一份。"

"哼,不给你,就是没你的份,你有种上法院去告,或者叫劳改犯来杀了我!"

俞进跳起来,却被俞柏兴死死拉住。

"哼哼,你要跟这个劳改犯过,好吧,你就住进这采莲浜吧。"老太太手指在屋里一指,"尝尝味道也好,有种你不要回来求我……"

老太太闹了一阵走了,屋里沉静下来。俞进心灰意懒地又闭了眼睛。

不晓得过了多少辰光,只听见桌上那只钟"嘀嗒"地走。

俞柏兴不断地叹气,最后,他说:"刘倩,你还是先回去吧,以后,慢慢,再说,再想……"

刘倩突然果断地说:"我想好了,我搬过来住。"

俞进猛地睁开眼睛,瞥了她一眼,没有表示什么。

刘倩转过身去问俞柏兴:"爸爸,你说呢?"

"好,好,好,当然好,是好……"俞柏兴语无伦次。

"不好!"俞进闷闷地打断父亲的话,又重复了一句,"不好!"

"你……"俞柏兴急了,"刘倩愿意住过来,你为什么……"

"愿意是一回事,行不行是另一回事。这地方,采莲浜,不是人住的地方。"俞进冷冷地说,"她住不长的。"

"你怎么晓得?"刘倩反问。

"你住不长的,你只有在住惯了的地方才能住下去。这地方,不是你待的,蚊子苍蝇、蛇虫八脚、发水进水、下雨漏雨,冬天像冰窖,夏天像烘箱,你会逃走的……"俞进冷静地分析,"你若是住在自己家里,和我分开,你还会想着我,觉得我在采莲浜很可怜,觉得自己对不起我,会经常来看我,送来同情,送来安慰,表示自己的爱。可是你如果长期住在这里,就是另外一回事,你会怨我、恨我,怪我害苦了你,那时候我就不再是同情对象,而是一个祸害了,不出多久,你又会投到那个张……"

"你……"刘倩面孔血红,"你……"

"我说的都是真话,你仔细想一想,恐怕你也不得不承认这些道理。人本来就是这样,所以,我不希望你搬到采莲浜来住,因为目前我还不希望很快地失去你……"

"你说什么混账话!"俞柏兴生气地训斥儿子。

刘倩却说:"他说的也有道理,可是他把人看得太低了,真理不是要经过实践检验嘛,没有用实践来检验,怎么就能断言这是真理呢?"

俞进叹了一口气,说:"你走吧,不要再勉强自己了……"

刘倩问:"你真的要赶我走?"

俞进说:"不是我要赶你走,这里的环境会赶你走的。"

俞柏兴突然插上来,很振奋地说:"房子的事体,总是有盼头了,市里不是已经开过会了吗,和各个单位各个系统打过招呼了,采莲浜快了,等房子分到,一切都解决了,刘倩,你就先在这地方委屈几日吧,快了,真的快了……"

刘倩出了一口气,点点头。

俞进却"哼"了一声:"房子,在哪里?采红?还是西环?还是南环?还是东环?告诉你,新公房区,地皮还没有画好,房子已经全分掉了,照顾下放户呢,下一世等吧……"

俞柏兴争辩:"这一次是真的了,你想想,政府说话总归要算数的!"

"说话不算数,才是本事呢,采莲浜动迁,已经讲了几年了?当年必须完成的十件大事之一,每年都有采莲浜拆迁的,哪一年完成了?"他固执地又回头对刘倩说,"你回去,这里不是你待的地方,你如果愿意等,就回去等吧。"

刘倩的眼泪止不住又掉下来:"你要把我往哪里逼呀,我一个人回去住,你明明晓得,屋里人要逼我的,他,他也会不断来寻我,我、我不能……"

俞进挖苦她:"不能什么,不能同他断绝,对不对?其实,你也用不着羞羞答答,你想借用我的力量来忘记他,真是可笑。我算什么,一个劳改犯。我有什么,一间猪狗窝。要说力量,恐怕只能给一点反作用力,把你往他那边推一把,我看,还是干脆……"

"天哪!"俞柏兴叫了一声,面孔涨得通红,"丢人现眼啦,你、你这个混账东西,你给我滚!"

俞进住了嘴,很冷静地环顾了一下这间破旧矮小的房子,心里和它道了一声"再见",就走了出去。

走出一段,听见父亲在后面声嘶力竭地喊:"你回来!"

他停顿了一下,又继续往前走。

"你回来!"

苍老悲凉的声音在采莲浜上空回荡着,久久不散。

过了两天,刘倩在俞进的一个朋友家里找到了他,一伙人正在赌博。

刘倩很痛心地说:"你为什么要这样作贱自己、毁掉自己。一个女人愿意跟着你受苦,只要一家人能够重新好好过日脚,你还要我怎么样?这还不够吗?"

俞进嘴上叼着香烟,说:"我不要你怎么样,不过我晓得,你不是那种长期共患难的女人,采莲浜改变不了你,你也适应不了采莲浜。既然今后总会分道扬镳,还不如早一点分开。正像你母亲说的,我和你不是一类人,你在我这里寻不到什么高级的精神安慰的,我是采莲浜培养出来的坯子,哈哈哈哈……"

一伙人也一起大笑。

刘倩无地自容,她真是自找没趣,但她还是尽了最大的耐心,又说:"不管你对我怎么看,也不管我们的关系会怎么样,你总不能这样混下去。你不为我,也要为你父亲想一想,你把他一个人扔在屋里,自己出来混,你太残忍了,你没有想一想老人的心情……"

俞进不说话。

刘倩越来越冷静了:"我回去了,再也不会来干扰你,但你不能这样对待老人,他老了,病了,需要你……"

"好了,你不要再说了!"俞进吼了一声,"我的父亲,我会照顾他的!"

"你恐怕……"刘倩还想说什么,突然发现俞进一脸杀气,心里一抖,住了口,慢慢地走出了这个空气混浊的地方。

俞进把麻将牌"哗啦"一下推倒了,骂道:"他娘的,瘟女人来瞎搅,搅得没有劲了,不玩了!"

那几个人笑他:"算了,你小子,不要嘴硬骨头酥了,是女人的话把你的心给说动了吧?不过你老婆总算还不错噢,你吃官司,她偷了男人,不是一对一打平了吗?"

俞进拎起拳头要打人,有人连忙劝:"好了好了,寻开心的,话说回来,你老婆还是蛮上路的,换了别的女人,有几个肯跟劳改犯过的?她还关心你老头子,不像是假的,你小子也是没良心,连自己老头子都不问了……"

俞进低垂了头,猛吸了一阵烟,扔下几根烟来,临走时说了一声:"不陪了!"

俞进终究还是回到采莲浜去了。

他到原单位去要求重新安排工作,可单位也有苦衷,都承包了,哪个部门也不要他,只有去街道,泡在居委会,耐心地等。他一次次想去找那些小弟兄,去偷去抢去赌去混,但一看到父亲愁苦的面孔,一想到母亲,他一次又一次地忍耐下来了。

这一日,他又无精打采地到居委会去报到,一进门,就发现屋里有一种平时少见的喜悦气氛。见他进来,居委会周主任喜笑颜开地说:"小俞啊,好消息来了,房子的消息,昨天市里又开会了……"

俞进讥笑说:"是呀,又开会了,又开会了,又开会了,又……"

周主任说:"这次不一样,具体化了,开发公司到各单位要钞票了,啥人单位先交钱,啥人先搬新房子,有单位的,由单位出钞票,没有单位的,自己出一半,公家贴一半,听说是照顾下放户呢,一平方米只出三百元,人家外面买商品房,一平方米要近六百呢……哎,小俞,你们家的钞票应该你阿爸单位出的,是文化局吧,你还不去问问清爽,这种事体也要盯的,不盯人家,人家跟你拖,盯得他难过,就会出了……"

俞进被提醒了,连忙赶到文化局。

王局长笑眯眯地说:"一个比一个性急,已经来过两家了,你第三,俞老先生身体还可以吧?快了,总算要熬出头了……"

"怎么样?"俞进急促地问,"买房子的钱……"

"交了,这次我们文化局表现好,是交得最早的几个单位之一,虽然局里经费很紧,但我们一致认为,这个钱不能拖……"

"有没有讲,什么辰光可以搬?房子在哪里?"

"采西二区,新房子已经交付了,只等收齐了钱,一起开门。"

俞进从文化局出来,急急忙忙赶回家,路过一爿小烟店,无意中看见那块公用电话的红色招牌,他停下来,犹豫了一会儿,朝那个电话走去。

俞进的话还没有说完,电话那头,刘倩突然哭了起来。

俞进的眼睛也有点发酸,他发现小店里一个老头和一个老太都在盯住他看。

大家都指望在雨季之前搬家。

可是钱总是收不齐,收了你的,收不到他的,盯住了这家,跑了那家,开发公司成了讨债公司,也是一肚子怨气。

开发公司承接了这个工程可是亏大了,若是承建一般的商品房,投资的钱恐怕早收回了。采莲浜是全市最后一个下放户居住区,在这之前,开发公司负责的另几个下放户住宅区的动迁,已经吃过亏,按规定,应该由下放户所在单位先出钱,开发公司筹集了资金再造房,然后分房。而事实上,总是公司先垫了钱造房,房子造成了,去向各单位讨钱,人家就软磨硬拖,说,哎呀,我们今年不景气呀,眼下实在拿不出来,先欠一欠,打个欠条,立个字约,某月某日准定归还,还带利息,看看下放户是太作孽了,让他们先搬吧,钱反正是逃不脱的。开发公司发一回慈悲,就上一回当,一旦人住进了新房,再向单位要钱,人家就硬起来了,要钱没有,要命有一条,你开发公司可以去告我们,可要钱却拿不出来。是呀,人住进去了,不可能再赶出来。开发公司却是大蚀本了,据说那几个新区的钱,至今还没有收齐呢。现在轮到采莲浜了,他们不能再心慈手软,大家都讲经济效益,开发公司当然也要讲经济效益,只投资不赚钱的生意,谁也不肯做,谁也做不起。

讨债公司日复一日,上门讨债,债户们各有一本难念的经,有的厂下放户多,一户出两万,十几户就是二三十万,这笔钱到哪里开支都不晓得,叫厂长怎么办?有的厂长承包了,正为这一年经济效益不理想而发愁呢,再来个讨债的,火上浇油,开发公司自然看不到好面孔。还有的厂长索性"绝对民主",让全厂工人讨论该不该出这个钱,自然是不该,这几万十几万的钱,本来可以给大家分红的,如果拿去给几家人家买新房子,别的人怎么会服气,怎么可能举手赞同,你们下放户住得蹩脚,我们住得也不高级,你要买,我也要买,大家买。再说,下放是毛主席提出来的,又不是我们工人提出来的,为什么要扣我们的奖金给你们买房子?还有的事业单位,日常开支都开不出来,到哪里去弄钱为下放户买房子噢。

于是,自然而然地出现了人人骂人、人人挨骂的滑稽事体。

开发公司被下放户骂,觉得很冤,就说,你们骂错人了,该去骂你们厂长,骂你们的头头,他们不出钞票,我们哪里来的房子,当初是他们把你们下放的,你们找他们算账嘛。下放户找单位领导纠缠,领导也觉得很冤,当初又不是我把你们下放的,谁叫你下去的你去找谁呀。可是,当初下放别人的人,大都已不在原来的岗位了,退的退了,调的调了,走的走了,死的死了,到哪里去追?现在厂长承包,都是上面的意思,一年要交多少多少,如果上面松口,一年减去多少多少,就拿这钱来买房子。可是承包合同哪可以随便更改呢,总不能为了几个职工要住新房子而降低承包标准呀。说来说去厂长有苦衷,单位有难处,还是开发公司不上路,矛头又回到开发公司。开发公司有的是钞票,捞得肥水直流,这点钱也不肯垫,真是越有钱越抠门小气。后来是漫无目的地骂公家,公家有那么多钱造大宾馆大酒家大饭店,就是不肯拿一点点出来,拿出百分之一千分之一来解决下放户的困难,不把人民的死活放在心上,算什么人民政府。最后是公家即人民政府出来叫苦叫冤,细细地、头头是道地、一分不差地算一笔账,一年收入多少,上交多少,自留多少,某项开发多少,某项经费多少,每一项都是国家国民大事,省不下来的,末了一看,还亏损多少,拖欠多少,就像一个家庭一样。

真是各有各的理,各有各的苦衷。

最冤最苦的自然还是下放户本人,这么多年动荡下来,到末了,甚至没有人肯承认他们吃的苦,他们骂起人来难免更加厉害,火气也更大。

　　当然,骂归骂,等还是在等,等了这么多年,再等,不等又能怎么样呢,等,才是中国人的本色嘛。

　　大家只是指望钱早一点收齐,雨季迟一点到来。

　　可这一年的雨季,偏偏提早来了。

　　雨季来的时候,老薛和赵巧英夫妻俩到苏北去看大女儿还没有回来。

　　眼睛一眨,从苏北回城已经好几年了,这几年里,赵巧英和老薛几乎没有安逸过。开始是为薛玲发愁,后来薛玲到农村中学去寄读,算是走对了路,小姑娘完全变了,寒暑假回来,从不野出去白相,一直关在屋里读书,眼看着出息了,懂事了,爷娘也放心了,但另一块心病却始终没有医治好。大女儿薛琴隔三五日就写信回来,诉说乡下怎么苦,婆家待她怎么不好,日脚怎么难过,一会儿求,一会儿骂,虽然隔着千把里路,却把赵巧英弄得天天困不好觉。采莲浜的房子一日不解决,薛琴的事也一日不得落实,就这样拖了一年又一年。去年年底薛琴回来过年,做爷娘的看到女儿那么憔悴,那样落魄,心里怎么不难过噢。过了年,薛琴一直不想回乡下去,赵巧英再三劝说,才哭丧着面孔走了。

　　这一阵,开发公司到处讨债,老薛的单位总算上路,没有打隔顿,钱交得很爽气,钞票的事体解决了,房子大约也快了,赵巧英心里一轻松,和老薛双双调休了半个月,去看女儿了。

　　去的时候是两个人,回来时却成了六个人。薛琴连同三个女儿一起跟了上来,最大的女儿在乡下读书不肯读了。听说住新房子,薛琴在乡下一分钟也不想待了,连女婿坤宝子也有点动心了。

老薛一看这情形,皱着眉头说:"唉,新房子,八字还没见一撇呢……"

薛琴不满地打断他说:"哼,钱都交了,什么八字没见一撇,说不定回去就分了呢……"

老薛连忙摇头:"哪有这样好的事体噢,说分就分呀,户口冻结那一年,也说当年就要搬的,到现在几年了?又好几年了……"

薛琴面孔一沉,很凶地说:"哼,你们不让我回去,我偏要回去,我死也要死回苏州去,天皇老子也拦不住我。我熬了十几年,你们做爷娘的,良心给狗吃掉啦,女儿扔在乡下受苦,你们自己倒活得惬意、轻松……"

赵巧英又气又伤心,这些年来,女儿哪一日不记在她的心里,可是前几年,自己在采莲浜过那种人不像人猪不像猪的日脚,哪里还有能力顾及女儿呀,现在虽然有盼头了,可毕竟房子还没有到手,这一家老小拥回去,采莲浜的那间破屋里,要拆翻天了。

坤宝子总算识相,没有跟回去,可赵巧英挡得住女婿却挡不住女儿和外孙女。

六个人浩浩荡荡开回采莲浜,满心希望好消息等在门口呢,谁知采莲浜仍然是那副老面孔,采莲浜的人仍旧过着天天盼望又天天失望的日脚。

赵巧英一路打听情况,人未到家,已经是一肚皮的气了。

老薛长叹一声,回头对女儿说:"你看看,叫你们不要急,再等一等……"

薛琴护住三个小人,翻着白眼说:"我是等不及了,我是等不及了,就算住狗窝,我也要回来了……"

几个人站在门口等赵巧英开门,偏偏钥匙又不知塞在哪个包里,正等着,一阵大雨来了,劈头盖脸浇下来,赵巧英只好带了女儿外孙女先到隔壁人家去躲雨。

隔壁沈菱妹老太一看赵巧英拖老带小回来,叫了起来:"哎呀,赵阿姨哎,你怎么到今朝才回来呀,你快点进屋去看看吧,今年发水发得早发得大,我们屋里全进水了,你屋里不晓得怎么样呢,我们忠明想进去看看,你们上锁了,进不去……"

赵巧英立在那里发呆,老薛推了她一把:"发什么呆,快去看看吧!"

赵巧英手忙脚乱,寻了半天才寻到了钥匙,奔回去开门,只觉得门特别地沉重,推不开,她急了,连忙叫老薛一起来推,"轰"的一声,门开了一条缝,从屋里冲出来大股大股的水,一直冲到赵巧英和老薛的腿弯。

赵巧英只来得及朝屋里瞟了一眼,就"哇"地大哭起来。

薛琴带了几个小的跑过来看,也惊呆了,屋里的水足有半尺深,许多物事全汆在水面上,所有的家当全浸在水里,床上的被褥湿漉漉,看上去,水最大的辰光,淹过床高了。

沈菱妹赶过来说:"咦,都立在这里做啥,快点舀水呀,再不收作,你这点家什全要泡烂了。"

赵巧英一边哭,一边指挥大家舀水,外面正在下大雨,屋里还在漏水,一边舀,一边还要接水。沈菱妹又去叫来几个邻居,大家七手八脚忙了一阵,总算把屋里的水弄干了。

帮忙的邻居走了以后,一家人坐在湿板凳上,谁也不说话,薛琴思前想后,越想越伤心。几个小人被吓坏了,不敢吵闹,但辰光长了,忍不住肚皮饿,盯住妈妈要吃的。

薛琴骂道:"吃吃,吃你们个魂!"

小人哭起来,叫着要回家,要回乡下去。

薛琴也忍不住哭了,边哭边说:"滚,你们滚,滚回去吧,你们是江北种,这里没有人要你们!"

赵巧英没有再说什么,连忙生炉子,烧饭。

薛琴带着小人就这样住下来了。三天以后坤宝子的信就来了,询问情况。薛琴没有回信,一拖就是个把月。

有一天坤宝子突然追来了,他本想来找老婆算账的,以为她进了城,享了福,把乡下男人甩开了。一进采莲浜,一进薛家,他的那股火气全消了,变成了疑问,他觉得奇怪,觉得不可思议,采莲浜的居住条件比苏北乡下还不如,他不明白薛琴怎么愿意住在这种地方,要户口没户口,要口粮没口粮,要工作没工作。薛琴在乡下,公社照顾知青安排在乡里供销社工作,每月有固定收入。他在屋里种田养猪,一家人日脚也不错的,去年造了新瓦房,今年又买了电视机,薛琴却偏要到这里来受罪。几个小人也很无聊,因为没有户口,学校上不成,成天关在一间小屋子里,比吃官司好不了多少,坤宝子真是越想越糊涂。

"走吧,跟我回去吧,这样下去,算什么呢……"坤宝子好言相劝。

薛琴却眼睛一弹:"啥人跟你回去,你回去,这里是我的家!"

坤宝子说:"你的家?这算什么家,还不如我们乡下呢……"

"用不着你管,我就是讨饭吃,也要赖在城里的,我是城里人!"

"那好,"坤宝子让了步,"你可以在这里赖下去,可是小孩要跟我回去,她们在这里不行,读书怎么办,没有户口,做黑人啊?"

"不行!"薛琴一口咬定,"不许回乡下,在乡下一点出息也没有,我这一世人生触够了霉头,算完结了,要指望三个小的了,不能让她们回乡下去,做乡下人。"

坤宝子横劝不听竖劝不听,不由火了:"你这个女人,你想把我一家人拆光啊?你休想,你不回去拉倒,小孩是一定要跟我走的,不然,我就住在这里不走了!"

薛琴随他怎么样。坤宝子果真厚着面皮住下来了。

赵巧英和老薛夹在当中,劝谁谁也不听,一间小屋子,轧了这么多人,又是雨季,天天漏雨舀水,弄得隔壁邻居也看不过去,来相帮劝薛琴。

薛琴不买任何人的账,翻脸说:"谁叫他们当初把我带下去,又把我甩在乡下的,现在我要叫他们赔偿我的损失。"

她横竖横,就是打出牌子赖在屋里吃,赖在屋里住,赵巧英夫妻俩工资不多,一下子额外增加四个人的开销,实在有点受不了了。何况,眼看要到暑假了,是薛玲高二升高三的关键一年,这样的环境,叫她怎么回来安心看功课。赵巧英总要想办法在放假前,把薛琴这一家弄回乡下去。

薛琴完全晓得爷娘的心思,愈发觉得委屈、不平,脾气更坏,一不顺心就骂人,男人小孩爷娘祖宗一一骂过来。

雨季老是过不完,屋里天天漏雨,老薛到单位里找领导要求派个人来捉漏修屋,人家说,咦,你们不是买了新房子吗,钞票早就交了嘛。老薛苦笑笑,说新房子还早呢,领导又说,那就对不起了,给你们交了那么多钱买新房子,单位算是尽力了,再要帮你们修旧房子,恐怕天底下也没有这么好的事了,反正钞票已经交了,估计新房子也快分了,你们就再坚持一下,克服一下吧。

采莲浜的人就是这样坚持了一年又一年,克服了一年又一年。

采莲浜的人能坚持下去,坤宝子却坚持不下去。一日,赵巧英下班回来,薛琴正在屋里拍桌子摔板凳。原来,趁薛琴外出的一会儿工夫,坤宝子带了三个小人溜走了。

坤宝子恐怕是早就有准备的,走得悄无声息,干净利索。

尽管坤宝子和小人都走了,薛琴却坚持下来了,她宁愿等,她有耐心,和采莲浜的大部分人一样,这么多年来,他们就是在等待中过来的。

采莲浜的人,并不是个个都有这样好的耐性,有的人等得下去,有的人却等不下去了,千方百计自寻出路,跳出采莲浜。有人钻天打洞拜到了"真菩萨",烧了高香,遂了愿;有人下决心摔掉了既好不了又饿不死的铁饭碗,干了个体户,或当了"倒爷",赚了,发了,自己造了新房子,对着采莲浜"拜拜",走了。

于是,更多的人在采莲浜过不安分了,心思活络了。

毕艳梅就是其中之一。在采莲浜窝囊了这几年,她受够了,又出了王小飞和金小英这样的丑事,她一天也待不下去了。

这几年里,她四处开码头,帮小地方培养小演员,虽然也捞了不少外快,但要想自己弄房子,还差得远呢。

毕艳梅有一个师妹,前一阵筹办了一个戏剧实业公司,想到毕艳梅虽然也是唱戏出身,但外面关系多,路子活,请她出山。这个戏剧实业公司,实际上与戏剧并无多大关系,它的经营范围,巨细无分,包罗万象。毕艳梅开始心里还有点寒丝丝的,担心这种皮包公司不牢靠。后来经师妹再三动员,终于干了起来。当时,在中国大地上,这一类公司还属凤毛麟角,全社会对中间商、掮客还不怎么了解,所以,他们的生意很顺当。毕艳梅也完全从一个戏剧演员转变成了一个商人,她到这时才发现,自己原来更适宜于后一种工作。

自从金小英离开采莲浜,住到单位去,毕艳梅再也没有见到过她。经历了这一事件,金媛媛和她居然成了仇人,见了面就啐她,好像是她怂恿王小飞去干那件事的。毕艳梅几次想去问问金小英的情况,都被金媛媛骂了出来。

可是有一日,金媛媛突然上门来,对着她又哭又骂,说金小英失踪了,有个把月没有去上班,是单位来人寻找,金媛媛才晓得的。

金媛媛一把眼泪一把鼻涕,缠住毕艳梅耍赖皮:"你这个害人精,女儿是你害的,你赔我女儿!"

毕艳梅又急又气,说:"怎么要我赔你的女儿?你昏了,女儿是我的,你应该赔我的女儿,你反过来咬我一口,蛮不讲理!"

两个女人正在胡搅蛮缠,王小飞偏偏不适时地走了进来,两个女人一齐扑上去,揪住他又抓又挠,金媛媛气极了,对准他下身踢了一脚。

王小飞莫名其妙地被打了一顿,半天才明白是怎么回事,急得跺脚喊:"哎呀,你们女人,还闹什么,有没有报公安局?"

一句话提醒了金媛媛和毕艳梅,金媛媛一听"公安局"就联想起"死尸"一类的可怕情形,又哭了起来。

毕艳梅说:"哭有什么用,先去报案吧。"

王小飞不知趣地凑上去:"要不要我去报?"

毕艳梅"呸"了他一口:"你滚远点,你这个畜生!"

王小飞的面皮是骂不穿的,结果还是他陪着两个女人去报了案。

公安局找了几个月也没找到金小英或是她的尸体。

戏剧实业公司倒霉了,一大笔高息借贷来的巨款被骗了,被人侵吞了,这笔钱是从毕艳梅手里出去的,若是追不回来,不光公司倒闭,所有的人倾家荡产也还不起。

毕艳梅被压垮了,生了病,住进医院。

一日傍晚她正躺在病床上暗自落泪,突然看见金小英身着十分高级华丽的衣服走进病房,走到了她的床前。她愣了一会儿,才证实了不是在做梦。

不等金小英开口,她小心翼翼地说:"你怎么,不声不响地走了,大家,急煞了……"

金小英不动声色地笑笑:"急什么,我又不会去死,我立牢了脚,会回去接我姆妈的,当然,不是你。"

毕艳梅不好说什么,只是关心地问:"你、你怎么样?"

金小英反问她:"你以为我怎么样,你看我怎么样,比在采莲浜时怎么样?"又很随便地问了一句,"采莲浜,现在怎么样?"

毕艳梅叹口气,摇摇头,她看了金小英一眼,心里奇怪她怎么还牵记着采莲浜。

金小英突然"咯咯咯"一笑:"采莲浜,真有意思,哈哈哈,采莲浜,一场梦,成千上万的人在做梦……"

毕艳梅不知金小英是什么意思,想笑却笑不出来。

突然,金小英走近毕艳梅,眼睛里射出一股叫人胆战心惊的寒光:"你大概还蒙在鼓里吧,你那笔款子,是我吞的!"

毕艳梅惊愕地张大了嘴:"不,不,不是的!"

"是的,你们不是上了香港广深公司的当吗,告诉你,那个老板是我的姘头,你懂了吧?"

毕艳梅看出来这是真的,也许金小英一直就在盯着她,要报复她,真是冤枉。毕艳梅此时却来不及为自己叫冤,猛地从病床上翻下来,扑通一下跪在金小英面前。

金小英犹豫了一下。

病房里其他病人和家属都朝这边看,议论纷纷,毕艳梅却跪着不动。

金小英皱了眉头说:"你起来。"

毕艳梅才爬了起来,回到床上。

"钱可以还你,"金小英不再兜圈子,直截了当地说,"但有一个条件……"

毕艳梅紧张地看着自己的亲生女儿。

"你要和他离婚。"金小英好像全然无动于衷地说,眼睛死死地盯住毕艳梅,不断地追问,"怎么样?"

毕艳梅的心一阵一阵发痛:"你、你想和他……"

"这用不着你管。"

毕艳梅觉得自己快要死了,她喘着气,断断续续地说了一个字:"不!"

金小英又盯住她看了一阵,古怪地一笑:"那就对不起啦……"说着,人飘飘地走了出去。

毕艳梅心口遭到猛烈的一击,人倒在床上,同病房的人惊叫起来。

已经走到病房门口的金小英回头看了一眼,停顿了一下,还是走了。

过了一会儿,毕艳梅清醒过来,只觉得活着比死更难受。

病友们的关注没有得到毕艳梅的反应,于是成了叽叽喳喳的议论,直刺毕艳梅的心。

"面孔蛮像的,是不是她的女儿……"

"不会吧,女儿对娘这种腔调呀,吓煞人的,凶得来,我要是养了这种女儿,气也要气死了……"

"哎哟,你不要讲,现在什么样的不肖子孙都有的,还有杀亲爷娘的呢……"

毕艳梅再也听不下去了,金小英不等于在杀她吗?她对病友抬抬手,说:"你们别说了,她、她不是我的女儿……"

"不是你女儿,她怎么可以对你一个有病的人这么凶,这么强横!她有什么资格……"

毕艳梅欲哭无泪,定定地靠在床上,病友议论的嘈杂声渐渐远去,她脑子里慢慢地成了一片空白,什么都没有了,一切都完了。

半夜里有个病人起来上厕所,听见毕艳梅在呻吟,声音很不对头,开灯一看,发现毕艳梅正在挣扎,满嘴吐白沫,床头柜上有一个空的安眠药瓶。

病友的惊叫唤醒了全病房的人,有人马上去喊来了夜班医生护士。

一阵混乱,灌肠洗胃,注射药物,一直折腾到天亮,毕艳梅的命总算保住了。

送早饭来的王小飞在走廊里被医生狠狠地训斥了一顿,弄了半天才晓得毕艳梅昨夜吞了几十片安眠药,差一点今天就见不到她了。

王小飞跌跌撞撞地冲进病房,毕艳梅已经脱离了危险,但人还睡着。王小飞扑过去拼命地摇晃她,眼泪扑扑簌簌地滚下来。

男人的眼泪大概比女人的眼泪更能感染别人,同病房不少人也跟着伤心,前前后后把事情告诉了王小飞。

王小飞是个聪明人,立即猜到是金小英来过了,但金小英怎么会使毕艳梅服药寻死呢?他不相信金小英会有这样的能力,更不相信金小英会这么狠心。

毕艳梅从昏迷中醒来,看见王小飞拉住她的手坐在床边,百感交集,滚下两行泪水。

王小飞把头埋在毕艳梅的手里,连连说:"我该死,我该死,是我害了你……"

毕艳梅不说话。

王小飞继续忏悔:"我不是人,我不是人,我……"

毕艳梅从牙缝里蹦出几个字来:"她,不是人……"

王小飞又惊又疑地看着毕艳梅。待毕艳梅很吃力地把金小英的话复述了一遍以后,王小飞也愣住了。报复,多么可怕多么残酷的报复。金小英变了,完完全全地变了,但是,是谁改变了她,不正是他王小飞吗?

夫妻俩相对无言。

突然,毕艳梅的师妹满面喜气地跑进来,开口就喊:"师姐哎,开心煞了,那笔钱,追回来了!"

毕艳梅和王小飞都不敢相信。

可这是真的。昨天夜里,广深公司的人来了,款子也带来了,所以说,这钱,是人家送回来的,不是追回来的,人家真要赖你,追是根本追不回来的。此外,广深公司还提供给戏剧实业公司一批紧俏商品。

"不,不能要!"毕艳梅浑身抖了一下,她想起金小英的那双冷酷的眼睛。

师妹笑起来："你不要急了,这批货我已经连夜找了主,订了合同,人家急于要进货,今天一早已经汇了款,师姐哎,你想想,一夜工夫,不仅追回了几十万,还赚了几万,哎呀呀,昨天不晓得是什么黄道吉日,真是开心煞了。"

毕艳梅面色惨白,嘴唇直抖。

师妹却一点也没有觉察到,只顾自己开心："哎呀,这一阵,总算熬过来了,看把你吓出毛病来了。你看,我叫你不要慌,我晓得人家广深公司不是拆烂污朋友,人家多上路噢,咦,师姐,你怎么不开心?"

毕艳梅忍住眼泪,摇摇头。

师妹看看王小飞,王小飞也很尴尬。

夜班医生护士下班前来视察病房,看看毕艳梅醒了,肚皮里的气又上来了,特别是那个忙了一夜、眼圈发青的瘦小的护士,说了一串不太好听的话。

师妹这时才发现毕艳梅神情很不对,连忙问："你、你怎么啦?"

毕艳梅和王小飞都不回答,还是那些多嘴的病友说出了毕艳梅吃安眠药的事。

师妹拍了一下巴掌,又跺跺脚："哎呀呀师姐,你怎么这样想不开?我跟你说的,山不转水转,车到山前必有路,你不是一直蛮豁达的吗,怎么碰到这点事体就——唉,什么辰光做的这种戆事体?"

王小飞说："我也是早上来才晓得昨天半夜里……"

师妹又是一跺脚："哎呀呀,你看多危险,推板一点点,早上的好消息你就听不到了。唉,也怪我,昨天夜里没有马上来告诉你一下,不过我想你大概已经困了,差一点误了大事。哎,是啥人发现去喊医生的,要谢谢人家的……"

那个"救命恩人"本来正在恨他们对她的大恩不问不提,现在人家要谢她,反倒不好意思了,连连说:"她自己命大,她自己命大……"

师妹看毕艳梅仍旧一脸灰色面孔,推推她:"师姐,好了,事体过去了,我们公司还大有做头呢,形势好着呢,等你身体好了出院……"

"我、我再也不想做什么事体了,"毕艳梅叹口气,问,"师妹,现在归在我名下的大概有多少钞票了?"

师妹警惕地盯了她一眼:"你、你做啥,你问……"

"你把应该是我的一份算给我吧,我不做了,吃不消了……"

师妹瞪着眼睛:"你、你发昏了,正在顺头上,你,为什么?"

毕艳梅不回答师妹的问题,却对王小飞说:"你打听打听看,这点钱可以弄一套公房了吧,回去我们就……"

"买房子?"王小飞急忙问。

毕艳梅点点头:"离开这里,离开采莲浜,到城东去买房子,离得越远越好。"

"采莲浜,你们是采莲浜的?"病房中有几个人一直在听他们谈话,听到采莲浜三个字,忍不住插嘴了:"你们是采莲浜的,哟,倒看不出来……"

好像采莲浜的人出来都有什么标志似的。

"我们单位有个采莲浜的户头,真是脱底棺材,工资加奖金赚得也不少,就是等不牢钞票,三十七八岁的人了,也不想女人,不要讨家主婆,香烟老酒……"

"哎哟,这算什么呀,前一腔,吴门区公安局提审了几个卖货,全是采莲浜的,听说那个女人,野得不得了,警察去捉,一点也不怕,仍旧那么轻骨头,还想花警察呢。那里的人,哼哼……"

毕艳梅的师妹气不过,一边安慰毕艳梅,一边对那几个长舌女人说:"采莲浜的名气不好听,是真的,但不过也不见得个个不正经,讲闲话要把牙齿刷刷清爽再讲……"

毕艳梅其实根本无心听他们讲采莲浜的臭事,她已经拿定主意了。

离开采莲浜。

第 10 章

比起采莲浜的混乱,这地方的嘈杂又是另一番味道。

在离市中心不远的王洗马巷,在春申君庙左侧,一座既有全套现代设施,又保持着古典建筑风格的大楼,巍然矗立,和破旧不堪的春申君庙中那些七倒八歪、摇摇欲坠的大殿、戏台等形成了鲜明的对比。

这个下属于市城建委的城建开发公司,倒是选了一个十分有意义的地方建了自己的办公大楼。

王洗马巷,据说是春申君的住宅旧址,现存于此的春申君庙始建于明初,重建于清代同治年间,是为纪念春申君黄歇而建。黄歇,战国时楚国人,楚考烈王时为相国,封为春申君,被考烈王赐予领管江东吴国旧地,所以常住姑苏。此人精通水利、建筑,住苏州期间,他十分关心苏州老百姓的生活,当时他测得太湖水位高于苏州城,又眼见每逢雨季湖水高涨,常灌入城来,百姓深受其害。为使苏州免遭水害,黄歇大兴土木,增辟了水陆城门,封闭了部分水门,使胥江出水绕道入城,分成水势。同时又在城里开凿了许多纵横交错的小河道,使河水绕贯全城,既便于排泄涝水,又利于水上交通。以后,几次发大水,浙西一带山洪涌来,太湖承揽不了特大洪峰,向下游推进,湖水从胥口经胥江出胥门,但因封闭了水门,湖水折回,流入黄天荡,虽四乡田地浸没了一些,但苏州城内安然无恙。

在苏州民间,关于春申君治水建城的传说是很多的,春申君造福于苏州百姓,为苏州的发展做了很大的贡献,苏州人民为纪念他,曾多次建庙修庙供奉他。

城建开发公司当初寻地皮建办公楼,并没有在意右边的这座无人过问的破庙,只是贪图此地出脚方便,市口好,便以相当高的价格买下了这块地皮,而且事实上,隔壁的破庙与他们的大楼并无妨碍,去年春申君庙被列为市一级文物保护对象,也只不过在庙门前竖起一块石碑罢了。

等到大楼竣工,开发公司正式开始在那里办公,每日进出,难免听见巷子里的居民有些议论,不外乎是嫌大楼挡了他们的阳光和清风,嫌大楼搅了小巷的清静。

每天进出开发公司的人是很多的,开发公司门庭若市,小巷里的居民很眼红他们会赚钞票,又气不过他们赚了钞票只为自己,老人们就想起了从前关于春申君的传说,看着春申君庙门前冷落凄凉,感叹着时代到底大不相同了。

开发公司每年要承担一大批民宅建筑任务,所以,上门来求他们的人很多,上门来骂他们的也不少。但是,求也好,骂也好,一切都要照章办事。大家愤愤地说,什么"章",这个"章"就是一个字——钱。于是,有人写了一副半通不通的对联送给他们,上联是:旧日春申君为民造福;下联是:今朝贵公司见钱眼开。横批:今非昔比。

对待这样的批评,开发公司也只能苦笑了之。

年初，市政府开会，照例又排出城建部门在新的一年里必须完成的十件大事。采莲浜下放区的动迁第四次被列入。

前三年，拆迁采莲浜每年都作为没有完成的一件大事往下一年移，这已经是第四次了，今年能不能完成，谁晓得呢。

这是全市最后一个下放户居民区，因为它是最大的最难办的一个，所以，成了最后一个。

近两千户人家，要靠一个开发公司，一年内是绝对不可能解决的。市政府开掘各种渠道，动员各方力量，定出一些特殊优惠政策，提出了十多种可行性方案，但是，最后落到开发公司头上的还有一千两百套住宅的巨大任务。要在采莲浜原住址上造新房子，首先要拆旧房子，要拆旧房子，又先要让旧房子里的住户搬出去，往哪里搬，这可是个关键。

临时过渡一至两年，这是唯一的可行的办法。

下放户们强烈反对，各单位也意见纷纷，临时过渡的房子单位解决不了，住户自己也找不到。即使有，他们也不愿意再过渡了。回城后，过渡了近十年，还要过渡，真是太欺侮人了。老话说：搬一次家，等于遭一次天火烧。他们再也烧不起了，于是，各家各户统一口径，要么就死在采莲浜，要么就直接搬进新公房，除此之外，决不能妥协。

当然，还有一个原因，恐怕也是最主要的原因，他们信不过，对政府，对什么公司，对什么单位领导，一个也信不过，过渡一年两年，新区能建成吗？十年前，也是说让他们过渡一年两年，他们还记忆犹新，结果却是十年。即使一两年间新区真的建成了，据说这个新区的现代化设施要优于现在全市所有的新区住宅，还有配套的各种商业网络、学校、文化娱乐场所等，而且，比起其他新区，采莲浜出脚方便,离城里不算很远,到时候,这样好的新住宅,能轮到下放户住吗?他们吃够了空心汤团,再也不梦想吃天鹅肉了。所以,他们的目光,就盯住了开发公司已建成的和即将建成的那些新公房。

开发公司却说,那些房子早已经有主了,什么主?自然是买主,高价购房的人。

于是,一封封揭发信、控告信飞到市政府,又批回开发公司,开发公司哭笑不得。纪检部门派人专门下来查处,结论是,这些来信大部分属于无中生有。至于卖商品房,开发公司有权这样做。

采莲浜得到的结果仍然是等待和沉默。

等待没有结果,沉默却有了结果。

一个因为失恋而精神错乱的青年,跑到市政府大门前,坐在石阶上,整整唱了一天语录歌。这件事正巧被一位敏感的记者听到了,捅到省报,省报虽没有公开发表,但却转给了省委,被省委的"内部参考"通报了。

"好,煞渴!"采莲浜的人听到这个消息,拍手称快,中国人往往就是这样,要靠来自上面的力量戳一戳,才能办成事,他们的希望又飘近了。

可是,他们又高兴得太早了。

在现今这个世界上,可说是人人肚皮里一包怨气、一腔冤气。市里因为这桩事受了通报,想想上面也真是没有良心,这个市一年上交的数目,比人家一个省几个省还多,而且一年要比一年多,才能通得过。交得多了,自己留得就少了,留得少,要办的事可不会少,事情办少了,上面还是要批评,下面也会骂人,一开口就是总产值第几,为什么不为老百姓办事?真有点又要马儿跑,又要马儿不吃草的味道。

现在事体是明摆着的,采莲浜的拆迁一拖再拖,为来为去为一个钱字,政府没有那么多钱,所以以为精神病人到市政府门前唱语录歌可以解决问题是没有道理的。于是又批评开发公司办事不力,你们开发公司不是赚了不少钱吗,现在叫你们贴一点也不肯。

开发公司前几年靠造房子是赚了一些钱,近两年却不来事了,建筑材料涨得吓人,又不能把开发公司经理的肋骨拆下来代替钢材,就算能代替,开发公司总共二十个人,几百根肋骨,拆下来又能派什么用场噢。材料紧张,全是高价进出,承包费也大大提高,成本猛涨。但是这一头房价高了,买主要骂,工程慢了,等住房的要骂,叫开发公司又去骂谁呢,骂上涨的原材料?

记者的信息是很灵通的,开发公司确实有一部分建成的住宅还没有出手,但就是不肯给下放户,他们的政策是:一手交钱,一手交货。

记者义愤地说你们去看一看采莲浜的现状,你们的铁石心肠也许会软下来的。

他们说,采莲浜我们去过,比你们记者去得多,熟悉得多,你们记者只不过挎个相机,转一圈,听住户发发牢骚,就觉得那边的世界太不公平了,你们不知道我们这边的世界也同样不公平吗?我们是三天两头去采莲浜,挨家挨户上门讨骂的。

挨了骂还得办事,这就是现状。

陆顺元其实早就搬走了。

国家归还了他的私房,举家乔迁。可是,不多久,又回来了,使采莲浜瓜分了陆顺元那一间房的邻居们大为不满。

陆顺元家那一地段的民宅大都是清朝中后期和民国初年时造的,又破又旧又危险,根据"城内城,城外市"的总方针,为了保持古城风貌,城里的旧民居,一般不能随意乱拆。但房子旧了,再住人,说不定哪一天就出人命了,即使不出人命,那样的旧式房子也不适应现今的情势了。所以,城建部门决定进行"旧改新"的试点,这个点正好试在陆顺元老屋那一段。住户要自找门路,暂时全部搬出,陆顺元在城里没有可寄居的亲戚朋友,不好住别人家,只有回采莲浜再混一阵,也该应他的罪还没受到头。采莲浜他的那一间破屋,早被几家邻居占据了,他们住回来,还惹了一肚子气。

"旧改新"工程并不大,从整体规划到具体图纸设计全部弄好了,才让大家搬出的,期限是三个月。

可是,想不到,刚开工就出了问题。

这个"旧改新"的方案,说起来是比较合理的,是广泛征求了专家、领导、住户等各方面的意见,经过反反复复的论证、研讨,才最后敲定的。选的试点住宅是苏州城里最典型的旧宅,即那种几大几进的格式,每一进都是三开间的楼房,三楼三底,东西各有两厢房,前面是一方天井。旧宅由于年代已久,各家都自行修理过,门窗也都改建过,格式破坏了,地板也都破烂不堪,踩上去吱吱嘎嘎作响,块头大一点的人,胆战心惊。因为没有专门的灶屋间和卫生间,住户的煤炉炊具到处乱放,天长日久,熏得屋子里到处是烟黑,马桶放在床前桌旁的状况实在也是令人难堪的,加之住宅内没有自来水,十分不便。"旧改新"的方案以保持古典风格为前提,从解决住户实际困难出发,决定在外貌上保持原样,不动大手术,只是稍加油漆粉刷,恢复青砖黛瓦龙背式的外表,在住宅内部,把厢房一隔为二,一半做灶屋,一半做卫生间,各户接通自来水,设置抽水马桶和浴缸。对原来三开间的住房,有选择地隔出一部分,增加住房的实用性、利用率,地板尚好的,重新油漆,地板毁坏的,重换地板,窗户一律改成木质镂花长窗。这样一个方案,可说是受到了上上下下、左左右右、前前后后的拥护,上报时也很快通过了。

在城建这一头,为了旧城改造和城市建设,过去不知吃了多少苦头,左一分一厘不行,右一分一厘也不行,不是这边批评,就是那边指责,两边不讨好也是常有的事。可这一次"旧改新"的方案这么顺利通过,真是喜出望外,住户一搬出,立即动工。

可是,人不作人,天作人。在挖自来水管和排水管道时,也不知是施工中的问题,还是房子本身的问题,一堵墙的墙脚被碰松了,倒塌了,一下子连带倒了好几间,压伤了两个工人。

工程一下子停了。

方案的可行性值得怀疑,要重新研究,有待改进。

这一停可是苦了不少人,首先是建筑承包商和施工队,现在的工程都是讲大承包的,从建筑材料到完工日期,全靠一纸合同。现在,一边合同已签,一边却要停工,他们不晓得怎么办才好。

城建部门也自认晦气,好容易搞了一个四面讨好的方案,偏偏又被意外事故卡住了。

最倒霉的还是住户,原来讲好三个月迁回的,所以大家也就马马虎虎,有的人家把家具往什么地方一寄,一家老小随身携带几件替换衣服,往单位办公室里一住,一日三顿吃食堂,应付两三个月。有的人家挤到亲友屋里,看人家的面孔过日脚,一心只盼熬过这三个月,也有的人家到城外租了农民的房子,上班上学十分不便,但看在这三个月的分上,也将就了。

他们都是掰着手指过日脚的,谁想到这边刚开工就停了下来,回归的日子一下子变得遥遥无期了。

陆顺元带着老婆小人搬回采莲浜时,也是讲好只住三个月的,后来三个月很快过去了,不见他们有搬走的意思,几家邻居等不及了,竟上门催促起来。

吕芬本来就窝了一肚皮的火,陆家里的私房虽然破旧,但比起采莲浜的猪窝狗窝,不晓得要惬意多少倍,重新轧回采莲浜,日脚真是难过,别人却还以为他们赖在采莲浜不肯走呢。

赵巧英仗着自己是做媒人的,比别人硬气,对吕芬说:"小吕啊,啥辰光要搬回去了,先关照我一声啊,他们那几家,真是如狼似虎的,我们抢不过的……"

吕芬皱皱眉头:"哎哟,我们还没有搬呢,就要分我们的房子啦!"

赵巧英不开心地说:"话不是这么说法的,当时不是讲好三个月吗,现在三个月早过了,人家总归要关心关心的吗……"

"三个月个屁!那边还没有名堂呢,"吕芬不阴不阳地说,"这边倒要赶我们走了,哼,我们又不想赖在这种地方……"

赵巧英也把话丢过去:"我们又没有说你们赖在这里……"

"哼,这套房子是当初分给我们的,就是赖在这里,别人也只好干作急……"

赵巧英自讨没趣,虽然对吕芬很不满意,但又不敢得罪她,只好灰溜溜地走了。

陆顺元在一边见赵巧英就这样走了,有点不过意,埋怨吕芬:"你怎么像吃了火药,对人家……"

"呸!"吕芬是一向不容陆顺元有开口的权利的,"你还有面孔讲话呢,我跟了你,没有过一日太平日脚!"

陆顺元不说话了。

吕芬却不能不说:"当初我就不肯搬出来的,旧房子不是蛮好嘛,要改什么,旧改新,改个屁!现在倒好了,塌了,连旧的也住不成了,把我们赶了出来,没有个限期了。你这种木货,也不去打听打听,到底怎么回事,别人家怎么办的,你这种男人,一天到晚死在屋里做啥……"

陆顺元给老婆吵得头昏脑涨,只好出去,探探消息。

陆顺元是不敢到城建部门去的,在外面转了半天,转到一家邻居寄住的地方,进去叹了半天苦经,又出来了。

一路走回家一路想好用什么样的回答来蒙混过关,哪里晓得屋里吕芬却正等着他兴师问罪呢。

吕芬结婚前是做临时工的,生了小孩以后,索性不去做了,在屋里领小人,又苦于经济上搭不够,就一边带小人,一边弄点手工活回来做做。搬回采莲浜不久,原来看水龙头的人家嫌烦,不肯管了,就由吕芬接替了。开始一段时间,吕芬是把小毛头放在睡车里,推到自来水龙头旁边照管的,后来天气冷起来,那地方又不避风,只好把小毛头留在屋里。

这一日,吕芬因为在屋里哄小毛头,外面有人要用水,喊开水龙头,她慢了一脚,出来就受了别人批评,说她管不好就让位,让能管的人来管。

照理看水龙头是应该守住龙头不走开的,吕芬明明理亏,却要强词夺理,火气很大,双方又吵了起来。后来还是别人提醒她,说小毛头在屋里哭了半天了。

吕芬这才收了场,奔回去一看,小毛头从睡车里滚下来,躺在地上哭叫。不满一周岁的小人,虽然还不会说痛痒,但身体不适意,已经会喊"哇哇"了。吕芬哄了半天也哄不住女儿,见她不停地蹬腿,喊"哇哇",怕小人跌伤了骨头,连忙抱了去医院,也不管什么水龙头了。

医生查了半天,说没有什么硬伤,但看小人哭闹得厉害,也觉得什么地方有问题,又拍了片子,说是小人有先天性的风湿,关照吕芬要让小人住向阳、干燥的地方,不能受风寒潮湿。

吕芬气喘吁吁抱了小人回来,一进门,就感觉屋里潮气很大,越想越冤,等着陆顺元回来出气呢。

陆顺元一进门,劈头盖脸遭到一顿臭骂:"你这个猪猡,你这个瘟生,死到哪里去了,半天不回转,死到外面去做什么,啊?"

陆顺元哭丧着面孔,回嘴:"你叫我出去的,你不要我死在屋里,赶我出去,又不是我要出去的……"

吕芬跳起来:"啊,你还强辩啊,你不晓得小人有毛病啊,送医院也只有我一个人,我前世作的孽噢……"

弄了半天,陆顺元才弄明白怎么回事,他看看小女儿的脸,心里也不好受。

"你打算怎么办,啊?"吕芬咄咄逼人,"你开口呀,你的嘴张不开了啊,这种房子,潮湿得要命,小毛头不可以住的,你还不去想办法呀……"

陆顺元说:"我有什么办法,那边房子还没有动静呢。"

吕芬抱着女儿,抚摸着她的小腿,伤心地说:"我哪世里作的孽噢,自己弄成了跷脚,嫁了这样一个猪头三,触够了霉头的,断命日脚没有一日安生过,搬过来搬过去,拿小人做成这种样子了,你的良心给狗吃掉了,不肉痛小人啊……"

陆顺元四十几岁结婚得子,说他不肉痛小人,是不可能的,可他越是嘟嘟哝哝地表白自己,吕芬越是怨他,怪他没有本事。

陆顺元被她骂急了,还嘴说:"当初,你嫁过来,就是住采莲浜的房子的,你也没有这样怨过嘛,现在不过临时住住,你这样作骨头,算什么名堂呢……"

吕芬一张嘴是没有输的时候的:"你懂个屁!当初是当初,当初我一个人,猪窝狗窝住住也无所谓,现在我是急小毛头,你这种做爷的……好,你不管我们母女,我走……"

陆顺元看看吕芬收作物事,真的要走,连忙问:"你到啥地方去?"

吕芬白他一眼:"我带女儿回娘家去住,采莲浜这鬼地方,只有你这种坯子住得下去,我是住不下去了……"

陆顺元又讲了一句:"你带小毛头回娘家,你娘家有地方住?"

吕芬娘家是没有地方住的,娘家几个兄弟为住房也是天天吵闹,吕芬回去往哪里轧噢。

陆顺元讲的是老实话,吕芬以为他挖苦她娘家,更加火冒三丈:"啊,你这种人,还敢讥笑我们屋里,告诉你,我回娘家困灶屋、困地铺,也比你断命采莲浜好一百倍!"

吕芬说到做到,抱了女儿就走,陆顺元也不敢阻拦。临出门,吕芬交代他:"你耳朵听好,你一日不搬出采莲浜,我一日不回你陆家门!"

陆顺元眼巴巴看着吕芬母女俩走了,他一个人孤零零地站在屋里,好容易组成的一个家又散了。

他实在想不通,采莲浜,他怎么又回来了呢?也许是他同采莲浜缘分还未了结,现在他是毫无办法可想的,只有希望屋里房子早一日修好,早一日搬出采莲浜,他的家才能重新成为一个完整的家。

第 11 章

大家都说那桩荒唐的丑事是酒引起的。

酒能乱性。

事情其实很正常,因为是端午节,总是要喝一点酒的。

从前,苏州人过端午是很讲究的,什么门前挂蒲剑,床头贴五毒符啦;什么屋里供钟馗像,院里洒雄黄酒啦;什么年轻妇女头上插石榴花,老太太佩戴虎绒,小人穿五毒衣,踩虎头鞋,额头上用雄黄写个王,胸前挂盐鸭蛋、大蒜头……名堂很多。这些其实都是空的,所以现今也就不再有那么复杂了。最实惠的是裹粽子,肉粽、火腿粽、赤豆粽、红枣粽、蜜枣粽、长脚粽、小脚粽、三角粽、四角粽,花样甚多,家家各显神通,这个过端午节的主要节目倒是传下来了,虽然物价涨得吓煞人,买肉也买不到,但粽子总还是要裹的,端午之夜,男人家弄点小酒喝喝,还是办得到的。

董健平时不大沾酒,这夜里二两酒下肚,已经有点血液沸腾了。吃过夜饭,屋里闷热,大家出来乘风凉。微风一吹,董健只觉得身上热烘烘,心里痒兮兮,血脉畅通。他也就体会到了父亲和阿哥为啥每天都喝一点老酒下肚。

沈梨娟紧靠着董健坐。她和董健不属于同一代人，不仅是年龄的差别，还有更多更多的区别。可是她偏要坐在他身边，黏住他。

　　邻居里寻他们的开心，说："董老二，这个小骚货倒是真心喜欢你呢。"

　　董健笑着说："小骚货，做我的女儿还差不多……"

　　大家就问梨娟："你给董老二做小老母吧，过两日等许玮来，你求求她，看她肯不肯。"

　　梨娟厚颜无耻地说："什么，我求她？你们颠倒五六了，我要她来求我呢，要么我做大老婆，她做小老婆，还差不多。喂，董老二，你讲对不对？天天在你身边的是我，不是她，她有什么资格做大？哈哈哈哈……"

　　大家跟着一起笑。

　　董健却笑不出来，他被刺痛了。许玮是很少在他身边，自从听说采莲浜要拆迁，急急忙忙领了结婚证，已经一年多了，许玮就这样拖着，理由是等房子。这个理由当然是无可指责的，采莲浜的房子实在不能做新房。所以，董健虽然生她的气，怨她太冷酷，但同时又是谅解她的。在采莲浜，领了结婚证，三五年结不了婚的，何止一二。

　　梨娟见董健眯着眼睛，靠在椅子上，半天不说话，就去撩他："喂，董健，你看，许玮来了。"

　　大家顺着她手指的方向往前看，果真有个女的骑车过来了，很像许玮，董健连忙坐直了。可是，近了一看，不是许玮，是过路的。

　　采莲浜的小伙子眼睛发亮，立即来了精神，急忙把座位移到路中央。那女青年看上去车技并不高，连忙下车，推着自行车走过去。

"喂,小姐,慢慢走嘛。"

"哎,来,坐坐白相一歇嘛。"

"哟,小姐,你这身套裙,值几钱,是不是香港买来的?"

大家瞎起哄,董健也乘兴说:"唉唉,漂亮是漂亮,可惜还不太露,再露一点,让大家饱饱眼福嘛……"

那个姑娘气得面孔血红,骂了一声:"流氓!"

被骂的人哈哈大笑,盯住姑娘看,姑娘慌慌张张地骑上车逃走了,好像再晚一秒钟就要被强奸了。

梨娟站起来,叉着腰,很神气地看看采莲浜的人,说:"你们男人,不要面孔,一个个都是馋虫,女人的肉有什么好看呀,就这点花头经……"

董健拍拍梨娟的肩:"哟,小骚货,你来教训我们呀,你不要这样老卵,你小辰光我还抱过你呢,那一次,你爸爸把你驮在背上到公社去开下放户大会,你撒了一泡臊尿在我头上,倒霉的……"

梨娟"咯咯咯咯"地笑,笑得好像站不住了,就势往董健身上一倒,嗲声嗲气地说:"就算你从前抱过我,现在你还敢抱我吗?"

大家哄笑起来,拍手跺脚,有滋有味地看着董健。

董健被梨娟碰到了那个要命的部位,浑身发热,二两酒在心里猛烈地撞击,他看看有意往他身上靠的梨娟,一张看起来天真无邪的年轻的面孔,柔软无比的身体,他慢慢地站了起来,一句话也没有说,一下子把梨娟横着抱了起来,一步一步地走进自己屋里。

于是,就发生了那桩事体。

后来大家才晓得,在这件事发生以前,三十四岁的董健还是个童男子,而十八岁的梨娟却早不是个姑娘了。

在采莲浜没有人觉得这件事有什么了不起,你情我愿,倒是双方的屋里人见了面很有点尴尬,特别是沈忠明,连着几天不抬头。李瑞萍后来还是去报了派出所,她实在接受不了这样的事情,从一个小布尔乔亚式的妇女,成为今天采莲浜女人中的一个,她已经变化太大太大了,再叫她面对这样的丑恶,她无法忍受。

派出所好像没有当一回事体,并不见有人来追究。

倒是许玮听到了风声,追来了。

李瑞萍、董仁达和董克都很难堪,连忙退出来让他们两个人直接交锋。

董健和许玮面对面坐在那里,僵持了半天,许玮问了一句:"是真的?"

董健不看她,也不说话。

许玮又闷了一会儿,突然哭起来,边哭边说:"你、你是不是人?"

这回董健盯住她看了一会儿,慢吞吞地说:"正因为我是人!"

许玮心里一刺,说:"是人就应该控制自己。"

"控制?"董健古怪地笑起来,"控制,最能控制自己的,大概是古时候宫廷里的太监……"

"你……"许玮手指划着桌面,在桌面上划出一条痕纹,"你……"

"我、我不想再控制了,够了,控制得够了!"

"那个……那个沈梨娟,怎么这样烂?"许玮希望董健不是因为爱沈梨娟才同她发生关系的,事实也是如此。

"男盗女娼采莲浜,你不见得没有听说过吧?"董健自嘲地笑笑,"我早就警告过你,黑窝里没有好货色的,你现在要退货,也不迟嘛,以后再找男人,你可以告诉他,你并没有同我睡过,可以叫他跟你去医院检查……"

许玮面孔气得煞白,痛心疾首地瞪着董健:"你、你原来是……这种人,想不到你……"

"你想不到的事体多呢,不是采莲浜的人,决不可能体会采莲浜的一切!"

董健并不想失去许玮,但既然总是没有希望得到她,失去的痛苦也就会轻一些,何况出了这种事,他不求她原谅,或者宽容什么的,横下心来,等待发落。

许玮虽然对这件事咬牙切齿,恨之入骨,但却不急于发落董健,她也不想就这样失去他。许玮很自信,她相信董健以后会有一番出息的。

在外面听壁脚的董家人,发现屋里半天没有声息,忍不住要进来参与一下了。

董克先在门口探了一下头,小心翼翼地走进来,看看两个人的面色,对许玮说:"吃茶呀!"

许玮尴尬地一笑,没有碰那杯茶。

看董克的样子,真叫人难受,想坐又不敢坐,想开口又不敢开口。董健不耐烦地说:"你有什么话,说嘛,有什么可怕的,这里全是人,又没有鬼!"

董克被兄弟一逼,更加局促,瞪了董健一眼,僵了好一阵,一句话也说不出,沮丧地退了出去。

许玮却突然说:"我们两个人坐在这里,你们屋里人没有地方去了吧?出去走走,怎么样?"

董健想不到许玮还有好胃口好兴致去荡马路,相比之下,反显得他心胸狭窄,不如女人豁达了。

他说:"走吧。"

许玮先站起来,很随意地理理头发,整整衣服,出门的辰光,一只手很自然地挽住了董健的胳膊。

董健大惑不解。

外面乘凉的人个个都惊讶地看着这一对,当然主要是看许玮,研究这个气量如此之大、风度如此之好的姑娘。

许玮贴近董健,笑眯眯地说:"你做什么呀,面孔板板六十四,好像别人都欠了你的账,放松一点嘛……"

"放松,什么放松?"董健晓得许玮要他做出一种姿态,瞒天过海,告诉采莲浜的人,什么事也没有,可他却做不出这种姿态来。

刚才邻居见许玮赶来,开始都很紧张,个个怀着同情心等着看一场悲剧,可是看到的却是这样一出喜剧,心里不免失望,天性中的忌妒,惯以别人的痛苦来安慰自己的习性又滋冒出来,好像很不情愿这出戏就这么收场,急迫迫地一个个登场了。

"哟,一对小夫妻,出门啊,荡马路啊?要好煞了……"金媛媛打头炮,自从女儿金小英出了事体,不管什么样的青年男女在一起,她都忌恨,都看不惯。

许玮对她甜甜一笑。

金媛媛哼了一声,转向李瑞萍:"李阿姨啊,你们家这个媳妇,量位真大……"

"是呀,倒看她不出,"赵巧英也来凑闹猛,"像煞无介事,蛮活得落……"

"哈哈,董老二,早晓得这样,尽管多上几次,哈哈……"

李瑞萍对她们几个合十拜几拜,愁眉苦脸地说:"你们行行好,少说两句吧……"

"哎哟,你们家媳妇不当回事体,要你急什么呀。李阿姨,你真是多愁多急……"

许玮斜眼看看董健,董健面孔壁板。许玮说:"采莲浜,真滑稽,走吧……"

突然,梨娟从自己屋里出来,看见许玮夹紧了董健,拍手哈哈一笑,故意大叫大嚷:"董家里的哥哥哎,你不要把我甩掉呀……"

等看戏的人总算等到了精彩的场面,用不着自己登台,一心要看剧情的发展。

许玮可以在别人面前保持镇静,看见梨娟,却有点控制不住了,挽住董健的手在发抖,面孔也变了色。

董健感觉到了,心中不由一动,有点可怜起许玮来,觉得很对不起她,但正想训斥梨娟几句,沈忠明比他更快,跳到梨娟面前,举手就是两个耳光,清脆响亮。

梨娟捂住面孔,大约只有几秒钟的痛苦,肉体和精神的,很快恢复了常态,大声地对父亲说:"哎哟,爸爸,你打轻点呀,打破了面孔,难看煞了,男人会不喜欢我的……"说到一半,她停顿了一下,然后,声音又加了码,"董家阿哥……"

沈忠明没有让她说出更无耻的话,一把揪住她的头发,掐她的嘴,抓得梨娟叽哇乱叫。沈忠明为这个女儿真是花尽了力气,总觉得过去对不起女儿,尽最大努力要对女儿好一点。和第二个老婆结婚不到一年,就离了,也是为了女儿。女儿和她合不来,他终于还是为了女儿,丢了女人。可现在女儿却成了这种样子,他气得要吐血。

沈菱妹老太又来干涉儿子:"你做啥?女儿是你自己养的,

打她你不肉痛啊……"

沈忠明恶狠狠地说:"这种货色,打死她也不肉痛的!"

许玮总算出了一口气,拉着董健赶快离开这个可怕的地方。梨娟却开口唱起邓丽君的一首歌:"……虽然已经是百花开,路边的野花你不要采。记住我的情,记住我的爱……"

许玮的假面具再也戴不住了,她甩开董健的手臂,像逃避瘟疫似的逃走了,只听见后面梨娟哈哈大笑。

董健一愣,随即追了过去。

两个人在郊外的小路上,不晓得走了多长辰光,也不晓得还要走多少辰光。

谈话的内容很集中,许玮坚持要董健立即搬出采莲浜,离开黑窝。她好像完全忘记了当初是她自己急急地把户口迁了进来。

采莲浜是个大染缸,里面什么货色都有,身居采莲浜,怎么可能不被染上各种色彩呢。董健何尝不想搬出来,可是,搬出采莲浜,并非一件很容易的事。

"搬出去住,"许玮以不容违抗的口吻说,"哪怕高价租房子。"

董健动摇了一下。

"你的那一笔钱,要藏到什么辰光,你成了守财奴了,该用的,就拿出来用……"照理,许玮对那笔钱至少也有一半的权利,因为法律上她们早就是夫妻了,那笔钱应该属于夫妻共同财产。当然,如果离婚,则另当别论,那恐怕要算是董健婚前的财产,许玮是分文得不到的。尽管现在许玮有权支配一半的钱,但她还是强调了"你的"两个字。

董健没有说话。

其实,许玮也晓得,这两万块钱,寄托着董健的理想、希望、事业、追求。

果然,董健说:"单位已同意我辞职,第二份申请报告也交到工商局去了。"

许玮说:"你怎么不早告诉我?"

"你一直没有来。"

"你忘记了我的地址、电话?"

"没有忘,不过……"

许玮叹息了一声。

"快了,"董健却振奋起来,"根据目前的情形看,我也打听了一下,估计不会再有什么大的阻碍了。可是,那两万块钱,恐怕不够投资了,我预算了一下,准备结婚开支的那笔钱,恐怕也要用来投资了,租的房子已经基本落实,市口很好,在观前街中段黄金地段,开价很辣,而且要求一次先付两年的租金,再加上门面装饰,门面不能马虎……"

"我晓得,现在钱不值钱了,人民币贬值了,要是当初就办成了,唉……反正你看吧,实在不够用,我再去想想办法,既然要弄,总要像样一点,做出点名堂来……"

许玮虽然不能给他肉体上的享受,却在精神上给他支持,这也许就是董健一直依恋许玮的原因。同样也是他最遗憾的,倘是两者兼而有之,那该多好呢,那就决不会有梨娟了,可惜,生活却不能尽如人意。

又是一段路的沉默。

"那个沈、沈梨娟,"许玮突然又提起这个刺心的名字,"我听人说,这个人很不正经,经常在星星咖啡厅那里混,据说那里有一个卖淫集团,公安局正在侦查……"

董健很紧张地问："你、你怎么晓得,你去调查过她?"

许玮神色黯然："你真关心她。"

"是的,我看着她长大的,看着她一步一步走向邪道,却无力拉回她……你,不会去揭发她吧?"

许玮没有回答,眼睛却有点发虚,不敢正视董健。

董健心里出现了一丝含糊的感觉,但很快掠过去了,他很难过地说："是的,梨娟早晚要出事体的,恐怕我也会牵连上的,这是我自找的,她却毁了,还不到二十岁……"

夜已经很深很深了,不能再无限期地走下去了,许玮侧过面孔,看着董健的眼睛,说："我跟你回去。"

董健心里一抖,女人啊,一定要到这辰光才软下来,可现在跟他回去住,算什么呢,那张快要散架的小竹床两个人怎么睡,势必又要增添屋里人的烦恼和不快。妈妈本来对粉宝带着小人上来,轧在一起十分不满,现在有了小儿媳妇,却进不了门,更会迁怒于粉宝的。

"算了。"董健灰溜溜地说,一点情绪也没有,他心里明白,就是许玮今夜和他同居,两个人都不会有什么好的感觉,只能是勉强的。

许玮也明白这个："好吧,反正也快了……"不晓得是在安慰董健,还是在安慰她自己。

这天夜里,董健把许玮送回家,又回到采莲浜,已经是后半夜了。

出乎意料的是,采莲浜却没有入睡。

梨娟被抓了。

那是在董健和许玮走后一个钟头左右,来了几辆"呜呜"叫的警车,开始以为又是扫垃圾,夏天快到了,每年必然来一次。

可是警车却停在沈家门口,下来七八个人,进了沈家屋里,出来时,就是梨娟两只手被手铐铐上了,面孔煞白,嘴唇发紫,平常那副油腔一点也没有了。

只抓一个梨娟,大家才晓得这次不是大范围的扫垃圾,而是直奔梨娟来的。

梨娟被推上警车,哭了起来,回头喊了一声:"好婆!"

一向开朗乐观的沈菱妹忍不住号啕大哭起来。沈忠明眼睛里泡着眼泪,直愣愣地看着女儿,好像痴呆了。

梨娟在警车上又抓又跳,又哭又叫,警察说:"你想拒捕?不想想自己犯的什么事!"

梨娟仍旧哭闹,采莲浜的人都晓得梨娟是个烂货,平常日脚,女人们怕她勾上自己的男人,骗钞票,母亲们怕她引坏自己的儿子,骗感情,都恨她,看不起她。现在却被她哭动了心,特别是男人们起了公愤,拦住警察,要警察讲清捉人的理由。

为首的警察说:"你们采莲浜,真是什么样的事都有,什么样的人都有。"

警车叫了一阵,开走了,到底没有人敢拦住警车。

捉人的是区公安分局,沈老太叫沈忠明赶去打听消息,有不少邻居也一起陪着去了。

过了半个多钟头,跟去听消息的人陆续回来了,事情有点眉目了,居然比大家猜测的还要吓人。原来大家都以为梨娟这样的小烂货,犯的事体顶多是做做卖货,骗几个钞票用用罢了,不曾想到,这个不足二十岁的小姑娘加入了一个盗窃走私文物集团。前一阵,博物馆失窃的几件价值连城的国宝,就是他们偷的,而且已经出手了。这种案子,首犯是要枪毙的,比惩罚卖货、婊子还严。梨娟虽不是主犯,但起的作用可不小,她以色相引诱,给偷、卖文物创造了极有利的条件。

事情到底是怎么穿帮的,打听不出来。董健夜半以后回采莲浜,有几个好事的人,抢上前来说:"哎,董老二,你怎么这辰光才回来,你屋里人急煞了,当你也被牵进去了呢?"

"什么牵进去?"董健莫名其妙。

"沈梨娟,喏,抓起来了……"

于是,几个人争着告诉他采莲浜出了什么事体。最后他们又担心地说:"董老二哎,你要惹去惹别人好了,怎么可以去惹那个小骚货呢,弄得不好,你也要沾点边呢……"

梨娟出事,可以说既使董健吃惊,又在他的意料之中,他连自己也奇怪,端午日那天黄昏头,怎么会抱起梨娟,做出那件事体,老法里讲五月是毒月,真好像是中了邪毒了。不过,他既做了这桩事体,就说不上懊悔,也不想推卸责任,如果有什么牵连,只有他自己承担。

董健往回走,听见他们在说:"看他样子倒不像,作兴是他的那个不肯过门的老婆……"

他没有明白他们说的什么。

踏进家门,发现屋里人也都没有睡,见他回来,才松了一口气。李瑞萍连忙问:"许玮呢,她怎么样?"

董健反问:"她会有什么事?"

董克盯着兄弟看了一会儿,问:"隔壁,梨娟的事,是不是……"

"你不要瞎问。"李瑞萍打断大儿子的话。

"什么?"董健追问,"是不是什么?"

董克看看母亲,过了一会儿,还是说:"采莲浜好多人在讲,是你和许玮去报的案,是不是?"

董健恼怒地问:"谁说的?"

没有人回答,看上去屋里人也有点相信这种传说。董健心里冒出一股火,可一下子又萎了,他想起来,他问许玮是不是要告发梨娟,许玮心虚地躲开了他的注视。

董健也没有说一句话,缩进自己的小黑屋去了。

第二天一大早,董健到隔壁沈家去打听情况。

沈菱妹见了他,倒也没说什么难听的,只是叹了一口气。

董健不晓得该说些什么,安慰是空的,辩解反而会引起误解。

沈忠明倒反过来劝他:"和你没有关系,她是自作自受。只是可惜,年纪轻轻,不晓得要判多少……"

沈老太抹了一把眼泪鼻涕。

沈忠明鄙夷地看了老母亲一眼,他始终认为是她把他的女儿教坏了。

事到如今,沈老太回想起来,自己是有责任,梨娟很小的辰光,她就给她讲自己年轻辰光的风流事,像她这样的女人,前半世就是在妓院里过来的,在这个问题上,很少有什么廉耻心,观点、态度和一般的人是不同的,她几乎是梨娟的启蒙老师和做人的楷模,对梨娟影响最大的莫过于她了。她却没有想到,梨娟生活的时代和她那个时代大不一样了。所以对儿子的责难,老太太只有默默地承受下来,她对不起儿子,对不起孙女。

董健心中很不踏实,听说沈忠明要去送生活必需品,不知道受什么样的心理支配,他跟着他们母子一起去探望梨娟。

这种探望是不能多讲话的。

董健和梨娟总共说了三句话,梨娟见了他,眼睛一亮,先说:"我晓得你会来看我的。"

沈忠明母子见梨娟情绪好像稳定多了,都松了一口气,可看守人员却不允许他们多说什么。

董健抓住时机问了一句:"这事体,怎么穿帮的?"

梨娟盯住他看看,摇摇头。

董健觉得梨娟心里是有数的,他还想追问,看守人员已经来赶他们走了。

三个人丧气地走了出来,出门的辰光,听见梨娟在里面大声喊:"和你不搭界,和你的女人也不搭界。"

董健心头一热,眼睛有点潮湿。

半个多小时以后,他却得到了久盼的好消息,执照批下来了,全市第一家个体装裱店终于被承认了。

董健记不得有多长辰光,没有经历这种感情上的大起大落了,他坐在那里愣了半天,不晓得下一步该做什么。

后来还是发执照的工商干部提醒了他:"哎,门面都弄好了吧? 什么辰光开张,通知我们一声……"

董健这才回过神来,连忙赶到店里,寻到承包门面装修的工头,重申了限期完工的要求,包工头拍拍胸脯说:"董老板,你不用着急,反正合同上白纸黑字,逾期我会赔偿的……"

听人家叫他"董老板",董健差一点笑起来,他细细地品味了一下这"老板"两个字的滋味,却是什么味道也品不出来。

忙完这一切,他喘了一口气,才发现自己忘了一件大事,居然没有通知许玮。他寻了一个电话亭,投了四分硬币,抓起电话筒,才想起,人家早下班了。

他觉得莫名其妙,怎么到现在才想起许玮,心理上有什么东西在作怪,在支配着他?暗示着他?他努力地赶走那些不着边际的胡思乱想。回到采莲浜,在半路上就遇见了董克。

董健高兴地招呼哥哥:"哥,执照批下来了,我明天至多后天就可以搬出去住了!"

董克"哦"了一声:"好,好……你终于……出去了……"

董健发觉哥哥神色不对,连忙问:"屋里有什么事体吗?"

董克说:"你回去看看吧。"

"你、你到啥地方?"

"出去转转……"

董健回到屋里,才晓得粉宝走了,回苏北乡下去了,带走了十三岁的大儿子。

粉宝自从被董克弄回苏州,在采莲浜的这个家里,她没有过上一天舒心日脚,为了丈夫,为了小人,她忍辱负重,熬了一天又一天,总想有一天熬出头来。可事实上,日脚却越来越不好过,上次董健和梨娟出了那桩事体,李瑞萍又发了一次病,出院回家后,天天扳粉宝的错头,迁怒于她,好像是粉宝害了小叔子。粉宝想出去做做临时工,也好躲一躲她,她又不许她走,说一个人在屋里太闷,要粉宝陪她。粉宝被弄得走投无路,忍无可忍,只好向董克诉说,董克的心境也不顺,日里在外面卖苦力,回来筋疲力尽,多想有个温暖舒适和和平平的家庭在等他,可是一回到家,不是母亲唠叨,就是粉宝哭,或是小人吵闹。憨人憨脾气,发起来,不能把母亲怎样,总是粉宝倒霉,经常吃拳头,身上青一块紫一块,还不敢声张,眼泪只能往自己肚子里落。她也暗示过董克,想带老大回家,把老二留下,董克却没有把她的话当真。

进城后,遇到的一切事,使她对这个城市起了厌恨之心,也促使她最后终于下了决心回家。她是个文盲,临走时想写个条子留给董克,却提不起笔来,她只让大儿子写了一句话:我们乡下有句老话,"宁跟讨饭的娘,不跟做官的爷"。

董克下班回来,看到这张纸条,抽掉了半包前门烟。

董健抓住自己的头发,后悔莫及:"唉,我要是,早一点告诉家里,我有地方住了,有了自己的房子,粉宝就不会走了,怪我,怪我,我……"

董仁达摇摇头说:"不只是为房子,粉宝走,不只是为房子!"

这句话像一块沉重的铁砣,压在全家人的心上。是的,粉宝不仅仅是为了住房太紧张才走的,她是为寻回自己而走的,她住在采莲浜,基本上失去了她自己,就像城里人终究要回归城市一样,她也终于回乡下去了。

以后怎么办,谁也不晓得,谁也不敢往前面想,也许,希望在董健身上。

董健也希望自己能挽救这个破碎的家。

直到装裱社开张前一日,董健才通知了许玮。

出现在许玮面前的是一爿并不很华丽,但却十分典雅有独特风格的店面,她和董健住的房间也收拾好了,虽然还是一间空房,却可以由她来创造一个新天地。

"明天开张,"董健说,"你父母愿意来,最好来看看……"

许玮想了一会儿,突然说:"开张,不如来个双喜临门,把婚事一起办了,不好吗?"

董健也觉得这个主意不错,可是什么也没有准备,他问:"来得及吗?"

"怎么来不及,不就是差一套家具吗,告诉你,我早买好了,寄放在一个朋友家里,去搬吧。沙发家具店里现成的,式样很多,去买一套。酒席嘛,同一桌酒,庆两件喜事,不是更好吗……"

董健心里一乐,忍不住抓住许玮吻了一下,许玮红着面孔,推开他:"又来了,你这个人,改不了……"

"一世人生也改不了的,男人贪色,女人贪财……"董健同她寻开心。

许玮却收敛了笑脸:"以前你说我是为钞票才和你结婚的,现在你还这样想,你把我看成和她一样的货色?"

"她",刺痛了董健的心,他皱了皱眉头,许玮注意到董健的神色说:"你还在牵记她,看得出来……"

"我不否认,我们毕竟……"

"毕竟有过一次风流,"许玮尖刻地说,"幸亏进去了,不然……"

董健不由又回忆起那天许玮躲开他的眼睛的情形,脱口问:"你恐怕希望她永远不再出现吧,那次是不是你去报的案?"

许玮模棱两可地笑笑:"你说呢?"

"你调查过她,你可能掌握了她的情况,然后……"

"然后去告了她,是不是?"许玮笑得很奇怪,"她那种人,你认为不应该吃官司?应该让她在社会上害人?"

董健被问住了,情与法,是不能搅和的,但从来又都是紧紧地搅和在一起的。

他心里蒙上了一层阴影,这层阴影不可避免地会给结婚之喜和开张之喜抹上一层灰暗之色。

许玮在店里忙前忙后,好像什么也没有发生。董健在一边看着她,突然发现他的妻子很陌生,他始终没有吃透过她,过去如此,以后呢,在一起生活会不会深入了解一些呢?他不知道。

董健终于离开了采莲浜,靠的是什么力量,他自己的力量?不是,那个老华侨的力量?似乎也不是,好像冥冥之中有一个力量在帮助他,虽然这个力量来得很迟很迟,但毕竟来了。九年前住进采莲浜的时候,他曾经一千次一万次地想象,搬出采莲浜的这一日,他会怎样高兴,该怎样来庆贺。

可是,这天傍晚,他在采莲浜的老屋里,和屋里人一起吃了最后一顿夜饭,带上几件替换衣衫,走出门的辰光,他却没有感觉到什么愉快、兴奋,只是觉得自己的心被什么东西在拉扯,几乎要撕碎了。

左邻右舍都真心向他祝贺。

董健看见为了房子曾和他打过的俞进也在向他注目,他走了过去,问道:"俞老伯身体怎么样?听说又发毛病了……"

俞进朝自己屋里看看,情绪很低落:"躺倒了……"

董健进屋去看望俞老先生。

俞柏兴躺在床上,只听见有人进来,不晓得是什么,也没有精神询问。

董健走过去,说:"俞老伯,是我,隔壁的董老二……"

"哦哦哦哦……"老先生发出一连串含糊的声音,喘了一阵,等平息了,突然清醒了,问,"董健,是你要走了,搬出去了?"

"嗯。"董健点点头。

俞进在一边说:"他自己开了店,有房子了……"

"哦哦哦哦,好好好好……"老人好像有点激动,想坐起来,却挣扎不动,只好躺着说,"你总算出头了,你总算出头了……"

董健看看俞家的家境,破落灰暗,连忙说:"快了,采莲浜快了,大家都要走了……"

俞进笑了两声:"快了,哼哼。"

俞柏兴长长地出了一口气:"快是快了,不过,我恐怕,恐怕,等不到了……"

董健心里一动,看老人形容枯槁,恐怕是不得长了。

俞进不耐烦地说:"老是讲丧气话,已经够晦气的了,天天日日讲这种话,这种日脚真过得没有劲道,戳气!"

董健不好再说什么,想劝慰老人,说出来的话会使人以为是虚情假意,只会引起俞进更大的气恼,他便告辞出来了。

在门外,他压低声音对俞进说:"无论如何,你要让他坚持到搬进新房子,老人一辈子的希望全在这里了,他的病,要抓紧看……"

俞进眼眶红了,说:"人家都说,气数到了,医生也认为只是时间问题了,恐怕真的熬不到走出采莲浜了……"

董健几乎要大声吼叫起来了,他拼命压抑自己冲动的情感。

"小刘呢,最近来吗?"他提起刘倩,就想起许玮,心里不知怎么酸溜溜的。

俞进说:"很少来,但她很有耐心,还在陪着我们,陪着采莲浜一起等……"

董健从俞进这里走开,又进了沈忠明家。

沈老太还是那么健壮,但神态中却增添了一种过去从未有过的负重感。梨娟的案子还在审理,听说判起来不会少于十年。

董健在这种情形下走进沈家,心中自然不好受,但他不能不来。

"沈好婆,我要走了,来同你们告辞一下。"他小心翼翼地说,唯恐又伤了老人的心。

沈忠明点点头,"我们都晓得了,还是你先走了……"

沈菱妹老太太不说话。

董健犹豫了半天,还是把那句话讲了出来:"我想再去看看梨娟,但不晓得探监的辰光和规矩……"

老太太眨巴眨巴眼睛,说:"唉,只有你,还想着她,别人……"

"你又来了。"沈忠明打断了母亲的话。

沈老太太又说:"你要是有空,将来最好多去看看她,她就想有人去看她。可是除了我和她爸爸,再也没有别人去了。你要是去,带一点话梅,她顶欢喜吃的……"

沈老太太捏了一把鼻涕。

"判了以后,也不晓得关在哪里,苏南听说没有女监,恐怕要到苏北去了……"沈忠明说。

董健又从沈家逃了出来,他不想再去挨家挨户告辞了,他心中的负荷太重了,他承受不了。他不能沉浸在采莲浜的痛苦和不平之中,他要做的事还很多很多,他要走了。

他一个人,没有要屋里人相送,背着一个包,走出了采莲浜。

他觉得有点愧对采莲浜,自己像个逃兵,在艰难之中,在胜利到来之前逃走了。

第 12 章

采莲浜的历史有多长。

也许是一万年,也许是两千年,也许是十年。

在采莲浜十年的历史中,死了多少人,没有人统计过。与其他住宅区比是多是少,也不得而知。但大家都晓得,采莲浜死的人,有许多不是好死,是恶死。被枪毙的、自杀的、意外事故的,千奇百怪,寿终正寝的却是不多。对此,大家也不以为奇,本来嘛,采莲浜的住房就是建在坟堆上的,在这地方住,怎能不得罪阴间众生相,还指望能有什么好的归宿吗?

俞柏兴也死了。

死在采莲浜,能死得这样安详、这样平平和和,也算是俞柏兴的造化。

更令人意想不到的是老先生身后的风光。

连续几天,到俞家门上来吊唁的人络绎不绝,这在采莲浜是绝少见的,采莲浜活着的人不值钱,死了也贱,屋里人哭一场,邻居伤心几天,送火葬场一烧了事。

一批和俞柏兴一起共过患难的、后来先后改变了处境的老艺人,看到俞柏兴在采莲浜那样的地方度过晚年,最终也未能有个好去处,不由得悲伤愤懑,自发地组成了一个治丧会,发了许多通知出去,事情扩展到了全市戏曲戏剧界、文化界,于是出现了那种奇观。

左邻右舍都对俞进说:"你阿爸,死后总算争了一口气,他会开心的。"

俞进却说:"太晚了,他死的时候,只有我一个人在身边,他的身前太凄凉,死后这样热闹,他是不会晓得的。人一死,一切都完了,什么也不存在了……"

大家默然,想想也是的。俞柏兴的死虽然安详,却是很悲的,他终于未能看到自己所希望的:搬出采莲浜,儿子媳妇和好,合家团圆。他没有等到这一天,急急地追赶老伴去了。谁也不晓得在他临去之前,仍然是抱着希望,还是万念俱灰了。

俞进却是万念俱灰了。

采莲浜再也没有什么值得他牵挂的了,他要走了,虽然不知道路在哪里,但他要走,离开采莲浜。

他先到法律顾问处打听清了协议离婚的手续,然后准备把签了名的离婚协议寄给刘倩,信投进邮筒时,他的心抖了一下,他一时也许忘不了刘倩,但他要努力地忘掉她,他相信自己能够做到。

他把全部旧家当捆捆扎扎装了一车,推到旧家具店卖了,又回到过去那些朋友中,吃喝、赌博,混了几天,最后,他终于身无分文了。朋友们倒还上路,要借钱给他,被他拒绝了。他摸摸口袋,还有半包烟和一把钥匙,是采莲浜家门上的钥匙,他不愿意带着这把钥匙走。

俞进又回到采莲浜,走进邻居赵巧英的家,把钥匙扔给了赵巧英。

赵巧英既惊讶,又掩饰不住喜悦:"你、你要走了?"

"你们还不走,还要在这里住下去,我的那一间,你们用吧!"

俞进不等赵巧英再说什么,急急地退了出来。

走过自己家门口,他不由自主地停顿了一下。

屋里好像有人在,有声音,俞进吓了一跳,连忙走进去,才发现门没有关上,推了一下,门开了,他朝屋里一看,是刘倩。

刘倩穿着一件白色的上衣,站在那里,使一间黑乎乎的屋子变得有点亮了。

刘倩到这里来,俞进应该是有所预料的,不过一旦刘倩真的来了,他的心又被牵动了。

刘倩一个人站在空荡荡的屋里,显得十分单薄、孤独。

"你……"俞进心里很乱,"你,做什么?"

刘倩笑了一笑,但笑得很勉强:"我想,我也许应该回来了。"

"不!"俞进叫了一声。

"从现在开始,"刘倩停顿了一下,又说,"我们可以有自己的家了。"

"不要!"俞进又是大叫一声,"我不要这个家。"

刘倩轻声说:"你要的,你要这个家的,我们都要这个家。"

俞进把面孔埋在手掌里,好久好久不抬头。

刘倩也不说话,她好像很有耐心地在等待俞进,可是,她自己有信心重新建立一个真正的家吗?俞进不晓得。就是刘倩自己也不晓得,她还爱着俞进吗?她在同张老师的交往中,发现自己更爱的还是俞进吗?此时此刻,刘倩的内心绝不比俞进平静,自从俞柏兴去世,她就一直在想,要不要还回采莲浜。现在她终于回来了,但她内心的挣扎却不可能就此结束。她也许可以做到和张老师断绝一切来往，但感情上的事是不可能一痛永诀的。她也可能与俞进一起共建新家，但他们之间的隔膜呢？……

现在刘倩毕竟是回来了，她愿意和俞进重归于好。

俞进却不想在采莲浜继续待下去，采莲浜只能使他窒息，使他落拓，使他心灰意懒。他只有走出采莲浜，才会有结果，生或者是死。

从前采莲浜唯一羁绊他的，是他的父亲。现在父亲不在了，却又来了刘倩。刘倩和父亲一样，用她的爱，把他紧扣在采莲浜。

俞进进退维谷，他不能不为刘倩真挚的爱而动心，却又不能在这爱的庇护之中生存。

刘倩默默地注视着俞进，留下来吧，让我们从头开始，哪怕在采莲浜，只要有自己的地方。何况，采莲浜的拆迁是势在必行的了，很快，他们就会有一个崭新的家，一个充满阳光的天地。她希望俞进留下来，和她一起等待采莲浜的变化，那样，她自己也就有了信心。

俞进的生命中缺少爱，缺少温暖，所以，他终究会倒在爱的怀抱里的，只是在倒下来之前他还要挣扎。

"哼哼，我竟然如此好福气，找了一个愿为丈夫牺牲自己的好老婆，养活白吃饭的丈夫而毫无怨言的贤妻良母……"

以刻毒的冷嘲热讽来对待刘倩的爱，俞进自己也痛恨自己，但刘倩却能够理解他。刘倩越是能理解他，他越是不舒服。

刘倩说："你不会吃白饭的，你可以有许多事情做。你知道我在你父亲的遗物中找到了什么？"

俞进摇摇头，父亲死后，他根本没有动过老人的东西。

"你还不知道，他从乡下回来后这些年，一直没有歇过，一直在整理、搜集有关评弹艺术的材料,我把这些材料送到戏剧博物馆和文化局去,他们看了,都很重视,同意由你来继续整理,工资由文化局发,虽说是临时工,但也有可能转正的,现在他们很需要这样的人……"

俞进想不到父亲在那样穷困潦倒的处境下,还在干着这样有意义的事。刘倩显然就是要用父亲的行动来影响他,振奋他的精神,解决他的出路。按理,他不知应该怎样感恩于刘倩。可是,一开口,偏偏又是冷言冷语,他自己也觉得奇怪,好像把握不住自己的理智了。

"你真有工夫,一切都帮我安排好了,就差往我嘴里喂饭了。可惜的是,我不想吃这碗饭。我阿爸也许是很高尚,你也是,可我不高尚,在采莲浜我是高尚不起来的……"

"采莲浜很快就要拆了,不复存在了……"刘倩说。

"在其他任何地方都一样,"俞进叹了口气说,"你和我阿爸,根本上是一种人,可我和你们,是不一样的……"

"没有什么不一样,"刘倩轻轻地说,"只要你和我们一样生活,你就和我们是一样的……再说,你出去,又能怎么样呢?"

俞进盯着她,他觉得自己正在一点一点地被她说服、被她感化,他不想再挣扎,他也无力再挣扎了。真的,挣扎出来,又能怎么样呢?他根本就不知道路是什么,路在哪里,也不知道自己要做什么。

沉默了一阵,刘倩说:"如果你愿意,我就去搬东西。"

俞进看看她,说:"其实,你心里也是不愿意的,你能否认吗?"

刘倩是不能否认。

天渐渐地黑了,小屋暗下来,他们都感觉到一阵寒意,不由自主地靠近了,最后终于依偎在一起。

两颗既要相互依托,又要相互挣脱的灵魂也能融合为一体吗?

俞进和刘倩同时流下了两行眼泪。

薛玲高考的分数终于出来了,全家人终于松了一口气,按她的分数,上大学是稳笃笃的了,连一直对家人横眉竖眼的薛琴也开心起来。

赵巧英履行诺言,拿出五十块钱给薛玲,说:"讲好的,考好以后,让你出去白相,喏,放起来,称称心心地白相一圈。啊,你想到哪里去?"

薛玲没有回答,她心里早已有了一个去处。

薛玲到苏北的劳改农场去看梨娟了,这是大人不可能想到的。

梨娟吃官司的事,薛玲是后来才晓得的,听到这个消息,她的心震动得很厉害,有一种不寒而栗的感觉,她和梨娟几乎是要走上同一条路的呀。薛玲偷偷地在沈菱妹好婆那里打听到了梨娟的地址,她决心要去看梨娟,也说不清为什么,反正她要去看她。

现在她如愿以偿了。

出现在她面前的梨娟,完全是一个成熟的女人,一个大人了,长得又白又胖,高大丰满,薛玲几乎不敢认她了。

梨娟看见薛玲来,并不很意外和吃惊,也不显得特别开心,只是很随便地对薛玲点点头,说:"你来啦?"

薛玲有点失望。

后来梨娟就问她有没有带什么吃的给她,薛玲连忙拿出一包小吃食,递给梨娟,梨娟才笑起来,匆匆忙忙地拆包,看了一下,面孔就有点黯淡,说:"太少了,这么一点点呀。"

薛玲的面孔立时红了。

梨娟又说:"也好的,也好的,总归比没有的好,这一点,也可以吃两天呢。"

薛玲叹了口气,她好像是准备了一肚子话要对梨娟说的,现在却一句也说不出来了,僵在那里,有点尴尬。

梨娟看薛玲半天不响,也晓得她的心思,就主动问她:"哎,你看见我好婆了吗,她身体还好吧?"

梨娟只有在提到好婆时,才流露出一点眷恋。

"她很好,"薛玲小心翼翼地说,"她叫我带信给你,叫你在里面好好听话,争取早点出来,她等你……"

"等我……"梨娟突然一笑,笑得很惨,"到我出去,自己也已经是老太婆了,她那把老骨头,早就成灰了……"

薛玲鼻子一酸,拼命忍住眼泪。

梨娟看了她一眼,皱皱眉头,过了一会儿,又问:"我阿爸讨女人了吗?"

薛玲摇摇头。

"你回去同他讲,说我带信给他,他还是讨一个好,上次那个,她是蛮情愿来的,是我搅掉的,让她再来吧。你跟他说,不要忘记啊,上次他来看我,我也跟他说的,他不响,写信给我,也不提这桩事……"

梨娟突然停下来,她看看薛玲要哭的样子,就转而一笑:"哎,采莲浜呢,要拆迁了吧?你们可以住新房子啦!"

薛玲说:"说是快了,还不晓得呢。"

梨娟的神情一下子又变灰暗了:"我是没有福气了,等我出去,新房子也变成旧房子了,唉……"

薛玲劝她:"你也不要太悲观,你可以争取早一点……"

不等薛玲说完,梨娟面孔一沉,恶狠狠地盯住薛玲:"你也来劝我,你算什么,你算老几,你也来教育我……"

薛玲简直不晓得怎么办才好,她原是出于好心,想来安慰安慰梨娟的,可是梨娟这种喜怒无常的表现,把她弄得不知所措了,她到底年纪还小,不晓得怎么应付了。想想自己千里迢迢跑来看她,却得到这样的对待,真有点想不落,真是自找没趣。

过了片刻,梨娟却又笑起来,压低声音说:"哎,薛玲,你借点钞票给我,多一点,好不好,过日我会还给你的……"

薛玲看看梨娟,不明白,在这样森严的劳改农场,要了钱到哪里去用。

梨娟笑笑说:"你放心,只要有钞票,到哪里不好用,我们总归会有办法的,买吃的。你身边有多少,全借给我吧。"

薛玲看梨娟伸出一只手,她心里一抖,不由自主地摸出二十几块钱来,给了梨娟,自己只剩下回去的车票钱了。

梨娟也不看是多少钱,连忙藏好了。

薛玲本来是想把自己考大学的事告诉梨娟的,可是到最后还是没有讲。告别的时候,梨娟问她:"哎,薛玲,你考大学了,对不对?"

薛玲惊异地看着梨娟。

"我早晓得,你考了大学会来看我的,嘿嘿……"梨娟未卜先知,得意扬扬地看着薛玲,她真是看穿了薛玲的心事。

梨娟是绝对聪明的,薛玲自愧不如,可是……薛玲离开那里时,觉得自己突然之间好像长大了好几岁。

薛玲当夜就住在农场的招待所里,准备赶第二天一早的车回家。

农场招待所的客人,绝大部分是来探监的犯人家属,夜里,房间里很热闹,大家没有事情,就互相询问,讲闲话消磨时间。薛玲自然也被大家问了,听说她来看的人非亲非故,大家就很奇怪,议论了半天,见薛玲不作声,也只好作罢。

后来,场部就放闭路电视给大家看,片子是场里自己拍摄的,有关犯人服罪改造的情形,也是配合家属做工作的一种方式。

薛玲看了一会儿,觉得没趣,这跟她的生活毕竟没有什么大的关系,她正想走开,就看见梨娟的镜头,她重又坐下来看。

梨娟是作为改造的积极分子上电视的,片子介绍了她怎样认罪服罪,服从政府,积极改造,还拍了她参加劳动,认真学习等镜头。看见梨娟精神抖擞的样子,薛玲很开心。可她突然又想起在接待室里,管理人员出去几分钟,梨娟向她要钱的情形,她心中不由产生了一些疑问。

后来梨娟也谈了改造的体会,她说了一大段政府对她的关心,说得真挚感人,看录像的家属们都感动得泪水盈盈。最后梨娟说:"我所以犯罪,和从小养成的习惯是有关系的,我从小就不正,是在一个黑窝里长大的,那个黑窝什么肮脏事都有,所以我就学坏了。现在我也要从头学起,学好,彻底告别过去,告别黑窝,告别采莲浜……"

别人并不晓得什么采莲浜,薛玲听到采莲浜,却忍不住流下了眼泪。

是的,梨娟要告别采莲浜,正因为采莲浜深深地印在她的心中。薛玲也要告别采莲浜,她要去走自己的路。等她回来,采莲浜也许已经不存在了,可是,她心中的东西,却是永远也不会消失的。